ESTEVÃO

ESTEVÃO

ANDRÉ CARAMURU AUBERT

Estevão

Faria e Silva é uma empresa do Grupo Editorial Alta Books (STARLIN ALTA EDITORA E CONSULTORIA LTDA).

ISBN:978-65-6025-166-3

Impresso no Brasil – 2ª Edição, 2024 – Edição revisada conforme o Acordo Ortográfico da Língua Portuguesa de 2009.

Dados Internacionais de Catalogação na Publicação (CIP)
(Câmara Brasileira do Livro, SP, Brasil)

Aubert, André Caramuru
Estevão / André Caramuru Aubert. --
Rio de Janeiro : Faria e Silva Editora, 2024.

ISBN 978-65-6025-166-3

1. Romance brasileiro I. Título.

24-195388 CDD-B869.3

Índices para catálogo sistemático:

1. Romances : Literatura brasileira B869.3

Tábata Alves da Silva - Bibliotecária - CRB-8/9253

Faria e Silva é uma Editora do Grupo Editorial Alta Books

Produção Editorial: Grupo Editorial Alta Books
Diretor Editorial: Anderson Vieira
Editor da Obra: Rodrigo Faria e Silva
Vendas Governamentais: Cristiane Mutüs
Gerência Comercial: Claudio Lima
Gerência Marketing: Andréa Guatiello

Produtora Editorial: Milena Soares
Preparação e Revisão: Monalisa Neves
Projeto Gráfico e Diagramação: Clélia Aubert
Capa: Marcelli Ferreira

ALTA BOOKS
GRUPO EDITORIAL

Rua Viúva Cláudio, 291 – Bairro Industrial do Jacaré
CEP: 20.970-031 – Rio de Janeiro (RJ)
Tels.: (21) 3278-8069 / 3278-8419
www.altabooks.com.br – altabooks@altabooks.com.br
Ouvidoria: ouvidoria@altabooks.com.br

Editora
afiliada à:

ASSOCIADO

Este livro é para Clélia, a primeira, mais rigorosa,
e também a mais generosa das leitoras.
Para os meus filhos, Anna e Pedro, sempre.
E também para minha mãe, Alzira Helena,
responsável, afinal de contas,
por Estevão ter chegado até mim.

“E restaria ainda a mente que jamais descansa,
De modo que aquele que quer fugir, retorna
Ao que foi há tempos composto.
O imperfeito é nosso paraíso.
Repare que, em seu gosto amargo, o prazer,
Já que o imperfeito tanto arde em nós,
Repousa em palavras falhas e obstinados sons.”[1]

Wallace Stevens, *Os poemas de nosso clima*, III, 1942.

---

1 Tradução do Autor.

1. Estevão

> "[...] Dir-se-ia que a sorte aguarda por vezes nosso último dia, a fim de nos fazer compreender o poder que possuiu de derrubar em um instante o que custou longos anos para edificar, e assim nos impelir a exclamar com Labério: 'Ah! este dia é mais um dos dias em que eu deveria viver'".[2]
>
> Montaigne, *Ensaios*, cap. XIX "Somente depois da morte podemos julgar se fomos felizes ou infelizes em vida" 1580-1588.

Às vezes Estevão lamentava ter se divorciado, às vezes não. Divorciado era modo de dizer, já que na prática nada havia sido formalizado. Separação seria a palavra justa. E não que isso tenha sido iniciativa dele, muito pelo contrário; ele até que resistiu bastante à ideia, mas Simone foi inflexível, e chegou um momento em que não havia mais nada a fazer se não ceder. Mas a verdade é que agora ele se acostumara bastante bem à nova situação, a ponto de, em alguns dias, até achar melhor assim. Para sermos honestos, devemos dizer que, desde a separação, ele vivera numa espécie de ziguezague emocional. Às vezes deleitava-se com a sensação

2 Tradução de Sérgio Milliet.

de liberdade de ser – tanto quanto possível – senhor do próprio tempo e dos espaços domésticos; em outros momentos, porém, ao longo dos dias, sozinho em seu escritório, sentia falta de alguém com quem conversar, com quem tomar um café, com quem almoçar. Deitar sozinho na cama, à noite, também incomodava, não só pela falta do calor da presença física feminina ao lado, mas também pelo mais corriqueiro dos fatos, que era não ter com quem comentar as notícias do jornal da TV, à qual ele, desde há muitos anos, só assistia à noite, na cama, antes de dormir. Para além disso tudo, era obrigado a admitir, jamais deixara – e não sabia se um dia deixaria, de um jeito ou de outro – de amar Simone. Tudo somado, porém, em geral era pouco frequente passar por sua cabeça o desejo de voltar à vida de antes. Nem com Simone, com quem ainda se dava bastante bem, e muito menos com alguma nova candidata. Pois candidatas vez ou outra apareciam, mas ele tinha preguiça só de imaginar ter que se adaptar a tiques e manias de outra pessoa, a mudar a própria rotina, fazer as inevitáveis concessões, frequentar os inevitáveis almoços e churrascos, conhecer e se relacionar com antigos amigos da nova consorte, com os novos sogros, os cunhados, os concunhados, os tios, os primos, os filhos de casamentos anteriores etc. Quando pensava nisso tudo Estevão suspirava e se sentia um privilegiado por estar sozinho. Experimentou alguns namoros ligeiros depois que se separou, mas nenhum durou muito tempo.

É impressionante, Estevão concluiu, depois dos relacionamentos pelos quais passou, como, sem exceção, são carentes as mulheres solteiras (ou divorciadas) de uma certa idade. Que horror! Às vezes sentia falta de alguns aspectos da vida de casado; e às vezes pesava a ausência de Simone, por tanto tempo ali por perto. Nessas horas batia uma melancolia por viver sozinho naquela casa, suportando os silêncios opressivos e aquela espécie de, como dizer?, banzo de divorciado. Mas, no fundo, ou não tão no fundo assim, ele estivera até agora convicto de que, apesar de tudo, a vida de solteiro era melhor.

Tinha sido assim até recentemente, quando a atual namorada, ou melhor, a mais recente candidata, tinha aberto um buraco enorme nessa certeza que pouco antes parecia inabalável. Seu único caso de paixão à primeira vista tinha sido Simone, que viria a ser sua mulher, quando a viu em Diamantina. Mas a realidade é que agora estava posta em xeque, de uma vez por todas, a zona de conforto em que ele vivera os últimos anos. E a culpada disso tinha nome: Juliana.

Estevão pensava nessas coisas naquela manhã, quando abriu a janela do quarto e olhou para as árvores da praça em frente, já ensolarada apesar de ser ainda bem cedo. Entre as árvores distinguiu uma mangueira, ao longe, do lado de lá, no alto do aclive que começava no fim da praça. Olhar para aquela mangueira trazia algumas lembranças particularmente felizes. Esse era um hábito recorrente nos primeiros minutos de todos os dias: quando se levantava da cama, Estevão abria a janela e respirava um pouco o mundo do lado de fora, recapitulava sonhos, pensava bobagens, fazia planos. Esse ritual durava às vezes dois, às vezes cinco, às vezes dez minutos. Só depois é que ia ao banheiro, escovava os dentes, fazia xixi, se preparava para ir tomar café da manhã na padaria – um dos aspectos ruins de estar solteiro – e, enfim, retomar a vida. Naquela manhã em particular ele acordou especialmente feliz. Por dois motivos. Durante a madrugada, o que não era de todo raro acontecer, viera-lhe à mente a solução para o impasse da abertura do livro, um problema que o atormentara ao longo de toda a tarde anterior, como já vinha atormentando há meses. De todos os problemas que o livro trazia, a abertura, ultimamente, parecia ser um dos mais difíceis de resolver. É claro que a solução precisaria ser posta à prova, pois também era fato recorrente que as saídas mais brilhantes, pensadas durante a noite, mostravam-se totalmente idiotas quando testadas pela manhã. Mas ainda assim ele estava otimista. Além disso, sob o pretexto de precisar consultar um livro raro na biblioteca Mário de Andrade, convidara Juliana (que trabalhava lá perto) para almoçar, e ela aceitara. Juliana tinha aqueles cabelos castanhos lisos que eram a predileção dele, era bonita, charmosa; mas havia algumas dificuldades: estava recém-saída de um relacionamento complicado e tinha um filho pequeno (lidar com crianças, imagine só um enteado, não era o forte de Estevão). Juliana seria, enfim, a personificação da encrenca, mas ele fora fisgado, e estava, paradoxalmente, mais do que feliz por estar preso naquele anzol, totalmente disposto a pagar para ver.

A realidade é que o grande nó em sua vida recente era o livro. *Estevão*. Estevão era obrigado a admitir para si mesmo que o livro (ou a ansiedade e a frustração que ele vinha causando), é que havia sido o maior responsável pelo fim do casamento com Simone, e que era o livro – não só, é óbvio, mas o livro, mais do que tudo – que tornara impraticáveis os relacionamentos que ele experimentara nos últimos tempos. Ele, que jamais se gabara de ser muito simpático com as pessoas, tornara-se um chato nos limiares do insuportável – e sabia disso muito bem.

Naquela manhã, enquanto Estevão olhava para a praça, para vizinhos passeando com seus cachorros, uma ou outra pessoa correndo ou andando de bicicleta, o pensamento viajava, e ele começou a enumerar as namoradas recentes e a lembrar a história vivida com cada uma delas. Bem, é claro, ponderava, em pleno debate consigo mesmo, também não seria justo jogar no livro a culpa de tudo. Quanto ao casamento com Simone havia um desgaste que vinha crescendo há anos, normal em qualquer relacionamento. É claro que Simone não era fácil. Era controladora e não estava vivendo, nos últimos tempos do relacionamento, uma fase tranquila, emocionalmente falando. Abandonara definitivamente a pretensão de ser uma musicista, tornara-se irritadiça e fora, aos poucos, deixando de olhar para ele daquele jeito apaixonado, com aquele brilho nos olhos que ela tinha no começo.

É verdade que Simone não era fácil. Mas, afinal de contas, que mulher era? A verdade é que as mulheres mais novas o esgotavam, querendo, como queriam, um professor de manhã, um provedor à tarde e um atleta sexual à noite. Fazer-se de professor o aborrecia, bancar o provedor o deixava nervoso, e atleta sexual ele simplesmente não tinha mais preparo físico para pretender ser. Já as mais velhas eram emocionalmente frágeis, estavam sempre doentes, falavam o tempo todo dos ex-maridos, dos filhos e, naturalmente, de saúde. Ouvi-lo discorrer sobre o livro as entediava – a todas, diga-se; tanto as mais jovens quanto as mais velhas. A realidade é que em nenhuma delas, antes de Juliana, Estevão encontrara uma interlocutora para as questões do livro. E o ponto é que era essencialmente desse assunto, e de nada mais, que ele gostava de – ou conseguia – falar. E o livro, *Estevão*, afinal, sejamos justos, abrangia uma razoável variedade de temas, de modo que falar dele não era jamais falar de uma coisa só. De qualquer forma, agora as coisas estavam parecendo um pouco diferentes. E melhores. Fazia uns seis meses, mais ou menos, que Estevão fora convidado para apresentar um seminário no Aldeia, e foi ali que conheceu Juliana. Ela era sócia do lugar, uma espécie de livraria/centro de eventos/ong localizada na Galeria Metrópole, na avenida São Luís, no centro da cidade. O evento, desde as tratativas iniciais, passando pela preparação e culminando com a conclusão, foi o que deu aos dois a oportunidade de se conhecer e conversar.

Já na primeira vez em que Juliana e Estevão se encontraram pessoalmente deixaram-se ficar na porta da livraria, terminada a reunião, sem pressa, batendo papo. Ela perguntou no que ele estava trabalhando, em que projetos estava envolvido, ao que ele respondeu falando do livro. Ela demonstrou interesse, e então os dois foram tomar um café no bar em frente, ali na galeria mesmo. O café acabou virando cerveja e, quando se deram conta (e ela saiu correndo, atrasada, para pegar o filho na casa de um amiguinho), tinham-se passado quase três horas de um certo tipo de conversa mole, daquelas que se situam num vago limiar entre o que se poderia chamar de genuíno e verdadeiro interesse mútuo pela atividade do outro, e aquilo que é, simplesmente, o mais puro e descarado flerte. E, já naquele primeiro encontro, Juliana, conforme a conversa avançou, teve um *insight* e deu uma sugestão para o livro, a qual Estevão achou bastante pertinente e decidiu, de imediato, adotar.

Daquele dia em diante, Estevão e Juliana passaram a se encontrar com frequência crescente, pelo menos uma vez por semana, incluindo passagens dele pela Aldeia para prestigiar eventos e lançamentos de livros. Houve almoços e jantares e eles vinham trocando mensagens e se falando pelo celular com frequência cada vez maior, de modo que era inegável, apesar de não terem ainda dormido juntos, que alguma coisa entre os dois, verdadeira e intensa, estava rolando.

Naquela manhã tão bonita, porém, a vida de Estevão precisava seguir. Havia pela frente um dia promissor, mas cheio, e foi assim que, mais ou menos uma hora depois de acordar, janela e praça deixadas para trás, banho tomado, café da manhã na barriga, a cafeteira elétrica ao lado, Estevão religou o computador e foi testar a ideia de abertura para o livro que tivera durante a noite.

O céu, o campo. Os sons dos cascos, dos galhos balançando ao vento, dos insetos, dos pássaros, os cheiros das montarias, da poeira, do mato, as árvores retorcidas, os arbustos. O calor. As moscas. O zumbido incessante das moscas. É assim que vejo aquilo tudo quando fecho os olhos e tento reviver o horizonte sem fim do Cerrado, quando me vejo saindo da Cordisburgo de Guimarães Rosa, no passo lento de um cavalo de baixa estirpe, tendo já ficado, a oeste, a Lagoa Santa de Peter Lund (e, mais de dez mil anos antes dele, a terra do povo de Luzia), passando, ao cabo de um dia de cavalgada, pela Curvelo de Lúcio Cardoso e indo, depois, naquele passo irregular, em direção ao norte, ao Serro, antiga Vila do Príncipe, terra natal de Teófilo Ottoni e do compositor Lobo de Mesquita, para ao longe ver surgirem, pouco a pouco, as paredes de pedra da Serra dos Cristais (antes mesmo que o imponente pico do Itambé se fizesse mostrar, entre as nuvens, na distância), iluminadas pelo sol da tarde (assumindo que chegaria atrasado naquele ponto da jornada, já ali pelo fim do dia), preparando o rancho para passar a noite. E me lembro de contemplar, sem me cansar, aquelas paredes rochosas da Serra dos Cristais, estupidamente imponentes e belas para John Mawe (que era geólogo) em 1809; ainda repletas de diamantes para os olhos atentos do explorador e tradutor das *Mil e Uma Noites* Sir Richard Burton em 1865 (afinal, ele espionava para o governo da rainha Vitória); áridas e escabrosas para George Gardner em 1846 (talvez por ser biólogo, e cuja miopia, literal e metafórica, fez com que menosprezasse a aridez explosiva do Cerrado, mal comparada por ele à exuberância barroca da Mata Atlântica dos arredores do Rio de Janeiro e do sul de Minas). Aquilo tudo, penso, enquanto me lembro da jornada que fiz, é parte do passado, de muitos passados, do meu próprio passado e do passado de muita gente que já foi de carne, virou osso e hoje é apenas pó nas curvas dos tempos e das grimpas das montanhas. Com os olhos fechados, deitado de lado, quieto, ainda sem sono, busco ver e ter aquela imensidão toda, de novo, diante de mim. Ah, eu sinto muita falta daquela imensidão, de tudo, até do sofrimento, da sede, da dor no corpo depois de algumas horas em cima do sofrido pangaré baio que me empurraram quando pedi para alugar um cavalo de verdade. E foi aquela imensidão, penso agora, embora não pensasse na época, que me levou a estudar a vida de Estevão Ribeiro de Resende, o Marquês de Valença, nascido no ano da Graça de 1777 em Prados, uma cidade mais ao sul, na região de São João Del Rei, e que naquele cenário estupefaciente dos entornos da Vila do Príncipe (hoje Serro) e do Tijuco (hoje Diamantina), viveu um único, mas decisivo, ano de sua vida.

Funcionou, ficou bom, agora sim, Estevão pensou, feliz, com otimismo certamente um pouco exagerado, influenciado talvez pelo tom romântico de Otis Redding, que soava na playlist do computador, e pela expectativa do almoço que teria logo mais com Juliana. Encheu mais uma xícara com café quente, pôs duas colheres de açúcar, mexeu sem pressa, reclinou-se na cadeira e entregou-se, displicente, enquanto olhava as árvores da praça, bem diante da janela de sua biblioteca, a sonhar com Juliana, com o almoço que os dois teriam, com viagens que sem demora fariam, com a cama que compartilhariam, com... Sim, ele estava, pela segunda vez na vida, apaixonado.

Outro café e Estevão, fazendo esforço para se concentrar no trabalho e não pensar em Juliana, voltou ao livro. Releu a abertura. Com Otis Redding e tudo, porém, ela pareceu-lhe menos boa agora, na segunda leitura. Mas não desistiria desta abordagem, pelo menos não ainda. Um ajuste aqui, outro ali, talvez, era inegável que, embora não estivessem perfeitas, as linhas que escreveu pareciam ter potencial. Aquilo de começar com o céu, o campo, aquilo estava bom. E também ficara interessante o negócio de colocá-lo, o autor, dentro do texto. Estava bom, sim. Mas será que era o bastante? Estevão era maníaco por aberturas de livros. Elas são tão importantes quanto as das óperas, pensava, mais importantes do que as conclusões. Um bom livro com uma má abertura jamais será levado a sério, ao passo que um livro apenas razoável, com uma grande abertura, pode se tornar um clássico. Exemplo imbatível era o *Retrato do Brasil*, de Paulo Prado. Apesar da prosa saborosa, aquele livro não estava, de jeito nenhum, no mesmo patamar de outros clássicos das tentativas de interpretação do Brasil, como *Casa Grande & Senzala*, *Raízes do Brasil* ou *Os donos do poder*. Mas que abertura, que coisa linda, "Numa terra radiosa vive um povo triste". Toda uma visão de mundo (e do Brasil) resumida numa frase de insuperável poesia, concisão e beleza. E, diga-se, que frase atual!

Entre os brasileiros, só quem rivaliza com aquela abertura era aquela outra, falsamente singela, que Pedro Nava escrevera no primeiro volume de suas monumentais memórias, "Eu sou um pobre homem do Caminho Novo das Minas dos Matos Gerais". E também, como não pensar na abertura de Guimarães Rosa, para um dos contos de *Sagarana*? "Nove horas e trinta. Um cincerro tilinta. É um burrinho, que vem sozinho, puxando o carroção." Claro, isso para não mencionar as aberturas de Machado de Assis, uma melhor que a outra, e entre as quais a preferida de Estevão era a de *Dom Casmurro*, "Uma noite destas, vindo da cidade para o Engenho Novo, encontrei no trem da Central um rapaz aqui do bairro, que eu conheço de vista e de chapéu". Ele gostava tanto desta que, com frequência, em conversas casuais com amigos, se referia a alguém que conhecia, mas com quem não gozava de muita intimidade, como a pessoa que "é meu conhecido de vista e de chapéu". No mundo, não poderia haver discussão, ninguém superara ainda a abertura de *Anna Karenina*, "Todas as famílias felizes se parecem, mas cada família infeliz é infeliz ao seu modo".

Mas o que dizer da que Nabokov escreveu para *Lolita* ("Lolita, luz da minha vida, fogo de meu lombo. Meu pecado, minha alma. Lolita: a ponta da língua fazendo uma viagem de três passos pelo céu da boca, a fim de bater de leve, no terceiro, de encontro aos dentes. Lo. Li. Ta."), que ele citava tanto, e com tanta frequência, que ninguém, especialmente Simone, aguentava mais ouvir? Recentemente, nesses novos tempos pós-modernos em que tudo de sublime parecia já ter sido escrito, Estevão se deparou com uma abertura do romancista inglês Julian Barnes, tão linda que quase o deprimiu, "Você preferiria amar mais, e sofrer mais; ou amar menos, e sofrer menos? Esta é, eu penso, no fim das contas, a única pergunta".

Cada uma do seu jeito, ele sabia, eram aberturas maravilhosas, impossíveis de superar, igualar ou mesmo chegar perto, como se nos dias de hoje, ao compor uma ópera, alguém pretendesse fazer melhor do que fizeram Mozart e Wagner nas aberturas de *Don Giovanni* e do *Parsifal*. Mas Estevão, ainda que soubesse estar destinado a fracassar, sentia a obrigação de não desistir, de tentar, de tentar, de tentar, de insistir, sempre.

A realidade é que vinha sendo uma luta insana e inglória, a deste livro. O livro anterior tinha ido bem, ou muito bem, de fato. Algo que Estevão sentia como uma bênção, mas também como um peso. Financeiramente, mais do que bênção, havia sido um presente dos céus. Andavam na moda, naqueles tempos, as biografias de personagens históricos com papéis, por assim dizer, secundários. Ele sabia disso e andava à procura de um personagem sobre quem escrever. A primeira ideia que lhe veio à mente foi o escritor Alberto Rangel, autor de *Inferno Verde*, um dos grandes pensadores da virada do século XIX para o XX, amigo de Euclides da Cunha, e atualmente esquecidíssimo; depois, Estevão pensou em Manuel Ferreira da Câmara Bethencourt e Sá, o Intendente

Câmara, o tão genial quanto esquecido cientista, nada menos que criador da siderurgia brasileira; depois, ainda, ele pensou no naturalista dinamarquês Peter Lund, que não está totalmente esquecido, é certo, mas de qualquer modo trata-se de alguém que, com o potencial que tinha na juventude para ter a fama de um Humboldt ou de um Darwin, acabou relegado a um rodapé dos livros de história, em parte porque preferiu isolar-se até o fim da vida no sertão mineiro, em vez de regressar à Europa, onde seguramente ocuparia papel central nos debates científicos de seu tempo; e Estevão pensou, finalmente, em escrever sobre Frederico Wagner, um modesto funcionário provincial nascido na Alemanha, que acabaria por ter um papel fundamental na exploração e descrição que fizeram da província de Minas Gerais os prestigiados Johann Jakob von Tschudi e Heinrich Ferdinand Halfeld, este último tão lendário entre os mineiros que foi até mesmo citado por Pedro Nava logo nas primeiras linhas de suas memórias.

Mas nenhum desses personagens, por interessantes que fossem, logrou conquistar, de fato, o coração de Estevão. Finalmente surgiu uma boa ideia, e ela veio totalmente ao acaso, ao reler, um dia, fora de sua busca, apenas por prazer, *Os Sertões*, de Euclides da Cunha. Num determinado ponto do livro, no qual Euclides relatava o avanço das tropas federais rumo a Canudos, aparecia, fantasmagórica, sombria, empalada num galho seco de angico, a figura, ou melhor, o esqueleto, ainda vestido, e calçando as luvas pretas de montaria, do coronel Pedro Nunes Tamarindo, morto na expedição anterior, e que ali havia sido depositado pelos sertanejos como macabro alerta aos soldados do Anticristo que ousassem tentar, uma vez mais, atacar o arraial sagrado do Conselheiro.

Intrigado com a cena descrita por Euclides, Estevão começou a pesquisar. Queria saber quem havia sido, afinal, aquela figura de tão trágico fim. E descobriu então que Tamarindo, um militar sexagenário, simpático e bonachão, veterano da Guerra do Paraguai e já perto de se aposentar, havia sido enviado – bastante a contragosto, diga-se – a Canudos durante a terceira expedição, comandada pelo coronel Moreira César, à frente do 9º batalhão de infantaria; e, sendo o segundo homem na linha de comando, com a morte em combate de Moreira César, fora obrigado, relutantemente, a assumir o batalhão, em pleno calor dos combates (ou melhor, da retirada). Lutando desesperadamente para reverter a sorte da batalha, perdida desde o início por conta da mais absoluta inépcia e arrogância de Moreira César, Tamarindo acabou por levar, ele mesmo, um tiro fatal.

Quando o coronel caiu morto, porém, a situação das tropas federais já era tão caótica que não havia quem recolhesse e levasse, de volta, o corpo do oficial – melhor sorte havia tido o corpo de Moreira César – e ele acabou por ser deixado ali, largado no lugar onde morreu, num barranco às margens do riacho do Angico, nos arrabaldes de Canudos, para ser posteriormente pego pelos seguidores do Conselheiro e usado para assombrar, como se fosse um espantalho macabro, os soldados da República que porventura insistissem em voltar lá para bulir com o povo de Deus.

Além do fim trágico, Estevão descobriu que Pedro Tamarindo, na visão de Euclides da Cunha, no calor da hora mais crítica por que passou, oscilou entre a apatia e o ímpeto guerreiro, entre o pavor paralisante e o destemor irresponsável. Ou seja, havia, na história daquele velho coronel exatamente o material de que Estevão precisava para escrever o livro que queria escrever. Avançando um pouco nas pesquisas, ele concluiu que, após sua morte, Tamarindo havia sido, tanto quanto possível, esquecido, mesmo apesar de ter, afinal de contas, agido com bravura e caído morto no campo de batalha. Por quê? Porque, de acordo com a hipótese inicial de Estevão, sua morte – e a exibição de seu cadáver – abalara ao ponto do insuportável o orgulho do Exército brasileiro, republicano, positivista e progressista, uma garbosa força que, poucos anos antes, botara para correr um monarca velho e cansado.

Havia, evidentemente, naquele ponto, muito mais perguntas do que respostas, mas Estevão intuía que era quase infinito o potencial dramático daquele personagem e de sua história. Para começar, tudo o que girasse em torno de Canudos, uma das maiores tragédias da história do Brasil, repleta de símbolos e significados, seria, por si só, interessante. E o componente humano, no caso do coronel Tamarindo, parecia excepcional. Foi assim que Estevão decidiu ir atrás daquilo e escrever uma história de Canudos a partir da vida do coronel Tamarindo, ou, mais exatamente, uma história do coronel Tamarindo tendo Canudos como pano de fundo – ou como sombra.

No fim das contas, porém, a realização do projeto acabaria sendo muito mais complicada do que o inicialmente planejado, e isso por uma razão muito simples: os registros históricos sobre o coronel Tamarindo eram mínimos, mesmo no Arquivo Nacional e nos normalmente bem organizados arquivos do Exército. O velho oficial havia sido, de fato, esquecido, e a tarefa de resgate de sua história parecia impossível, num primeiro momento. Desanimado, com muito pouco com o que trabalhar nos arquivos do eixo São Paulo-Rio, e quase a ponto de desistir, Estevão decidiu arriscar um passo desesperado, e viajou até Inhambupe, no nordeste baiano, mais ou menos a meio caminho entre Salvador e Aracaju, por onde o próprio Conselheiro teria passado, antes de Canudos, e onde o futuro coronel nasceu, em 1837. E foi lá que, inesperadamente, os ventos favoráveis começaram a soprar. Foi na pequenina Inhambupe que ele conseguiu localizar parentes do coronel Tamarindo, ouvir um bom número de histórias – boa parte delas seguramente mentirosas, ou muito exageradas, mas ainda assim saborosas e aproveitáveis –, e encontrar uns poucos documentos e fotografias. A partir daí, construindo pontes fictícias para ligar as rarefeitas informações concretas que possuía, Estevão conseguiu construir uma narrativa. O livro estava, milagrosamente, se tornando realidade. Pedro Nunes Tamarindo se transformava, de novo, numa pessoa de carne e osso, em alguém que merecia ser lembrado, e os dilemas existenciais pelos quais teria passado, antes e durante a terceira expedição a Canudos, ganhavam vida.

A história do coronel Tamarindo, que tanto esforço custou a Estevão pesquisar e escrever, ao ser publicada, porém, não mereceu mais do que uma ou outra resenha, mornas algumas, negativas outras. Mas, por uma dessas inexplicáveis obras do acaso, ela acabou por ter, entre seus poucos leitores, um executivo de uma grande produtora norte-americana de vídeos por assinatura na internet, casado com uma brasileira e que passava férias no Rio, o qual comprou o livro numa livraria do Galeão e, sabe-se lá por que, apaixonou-se pelo que leu e decidiu comprar os direitos. Estevão vendeu, é claro, com a devida ajuda de um advogado especializado em direitos autorais, o qual negociou e incluiu uma cláusula de participação por resultados e exibições por países. E não é que a série de oito episódios, criada pela produtora, acabou indo bastante bem também lá fora, lentamente a princípio, primeiro na Argentina, depois no México, em seguida em Portugal, Espanha e Itália, então na Inglaterra, França e Alemanha, nos Estados Unidos, no Japão e, por fim, em mais de cem países, na Ásia, na África, na Oceania, em tantos, enfim, que Estevão já nem conseguia enumerar?

E Estevão, então, se não se pode dizer que ficou milionário, acabou por receber um dinheiro mais do que considerável. Depois da minissérie, o livro passou a vender feito água, e até mesmo *Todos os Santos*, seu fiasco anterior, passou a vender, finalmente, alguma coisa, a ponto de até ganhar uma reedição.

Mas, se dinheiro era bom, e dinheiro é sempre bom, para começar porque Estevão pôde parar de dar as aulas, que achava chatíssimas, para se dedicar exclusivamente a pesquisar e escrever, o sucesso de *Tamarindo*, por outro lado, fez com que fosse gravado um carimbo, ou uma tatuagem, em sua imagem pública: "autor de romance histórico de minissérie", algo que ele não pretendia e, mais do que isso, não queria ser. E era daí que vinha a obsessão de Estevão de construir, com este próximo projeto, *Estevão*, uma obra de verdade, um livro sólido, algo que fizesse a diferença, que as resenhas dissessem ser uma interpretação rica e original a respeito da formação da nação brasileira. Fora isso, é preciso que se diga, *Estevão* era um projeto muito mais antigo do que *Todos os Santos* e *Tamarindo*, algo em que ele vinha trabalhando, entre idas e vindas, desde que se formara em História, na USP, há muitos anos, e principalmente desde que conheceu, em Diamantina, Simone, sua grande paixão e com quem viria a se casar.

Em resumo, agora Estevão queria obter reconhecimento e respeito. Maiores as pretensões, mais difíceis as realizações... A cada dia que passava o livro se assemelhava mais e mais a uma fugidia miragem no deserto. Como em *Tamarindo*, ele estava usando um personagem pouco conhecido, dentro de uma trama já muito explorada, sobre a qual pretendia levar uma nova luz. E, a partir desta trama, que era a da independência e formação do Brasil, ele pretendia repensar toda a ideia de "nação brasileira" e, mais ainda, o porquê de, até hoje, ser tão importante, para os brasileiros, discutir, o tempo todo, o que é "ser brasileiro."

O protagonista de *Estevão*, Estevão Ribeiro de Resende, o Marquês de Valença, um personagem hoje esquecido, caía como uma luva em seus propósitos. Primeiro porque estava no limbo da história, condição fundamental para ser protagonista de um livro como os que Estevão gostava de escrever; segundo porque, sendo um dos principais braços direitos de D. Pedro I, acabou por se tornar uma figura central na construção daquele estado que se apartava do Império Português e começava a se tornar a eternamente jovem nação brasileira. Para completar, o marquês de Valença tinha uma história pessoal rica, com lances realmente emocionantes, e havia sobre ele muito mais material disponível do que havia, por exemplo, sobre o coronel Tamarindo. A ideia era promissora e o começo do trabalho pareceu confirmar essa impressão.

Mas as coisas não tardaram a se mostrar bastante complicadas. Dessa vez, não por falta de informações, e sim, para sermos francos, por excesso de pretensão.

Ah, esse livro. Eram inacreditáveis quatro anos, já, lendo, pesquisando, anotando, escrevendo, reescrevendo, rasgando, recomeçando, e Estevão, na maior parte do tempo, não se via chegando a lugar algum. Se com *Tamarindo* a dificuldade estivera em descobrir fatos e documentos, em *Estevão* a situação era exatamente oposta: aqui sobrava material, o que faltava, colocando friamente as coisas, era talento e arte para a confecção da obra. Era difícil lutar contra o desânimo de não saber, ao longo de quase todo o percurso, se conseguiria chegar em algum lugar, se conseguiria, no fim das contas, criar alguma coisa que prestasse. Todo autor, em todos os livros, passa por esses altos e baixos, ele não era exceção, sabia disso, pois lera a respeito e vivera nessa gangorra emocional nos projetos anteriores. Mas agora era diferente. Muito mais do que nos dois livros que publicara antes, houve aqui demasiada oscilação entre mania e depressão, entre os dias excitados, de extrema autoconfiança, e os desanimados, em que ele concluía estar escrevendo uma monumental e irrelevante besteira.

E o pior é que, ao longo do tempo, o mais comum era que, em suas oscilações maníaco-depressivas, os dias de depressão passassem a superar mais e mais os de euforia. Nesses dias, ele pensava, desanimado, que *Estevão*, que ele imaginara (ou sonhara, ou delirara) ser a sua obra-prima, a sua grande e definitiva contribuição para a interpretação do país em que nascera, provavelmente seria uma porcaria sem sentido, alvo de desprezo e de piadas. O fato é que ele se via, cada vez com mais frequência, atolado, empacado, com vontade de desistir de tudo e ir morar numa cabana em alguma rebarba de morro da serra dos Cristais, ou da serra do Cipó, ou da serra do Espinhaço, ou da serra da Mantiqueira, ou de alguma serra qualquer que já conhecesse – porque serras ele conhecia muitas, o que não conseguia era escrever o diabo de um livro decente – e, enfim, ficasse lá, esperando a velhice chegar, relembrando os dias felizes que viveu.

Era numa dessas fases terríveis que ele estava quando, do nada, os caminhos pareceram se abrir, os planetas se alinharam, e ele conheceu Juliana. As conversas com ela acabaram fazendo não pouca diferença, consolidando uma mudança radical em seu espírito, acrescentando um sentimento inicialmente sutil, mas que se mostrou a cada dia mais decisivo, alguma coisa que poderia ser descrita como um desejo de *mostrar* para Juliana, de *escrever* para Juliana, de *publicar* para Juliana. Pela primeira vez, desde que conhecera Simone, ele estava, de novo, e sabia estar, apaixonado. E foi essa paixão que injetou nele um novo e inesperado combustível. Estevão se sentia vivo e *Estevão* renascia. Assim, depois de um longo período em que impasses eram sucedidos por outros impasses, num processo desgastante, deprimente e aparentemente sem fim, ele passou a sentir que começava a ter nas mãos o livro que queria escrever. Não era só a questão do conteúdo –tentar explicar a formação da alma brasileira a partir da vida de um personagem secundário nos anos imediatamente anteriores e posteriores ao sete de setembro de 1822, era, por si só, bastante complexo; não, o que pegava mesmo era a questão da forma, do tom, por vezes lírico, por vezes épico, que pretendia imprimir à narrativa. Aí é que residia a maior dificuldade. Mas era justamente aí que ele intuía estar começando a encontrar caminhos. Estava longe do fim, mas pelo menos sentia que havia, diante de si, um norte.

E é por isso que Estevão, naquela manhã, era pura animação e contentamento. A música jorrava da playlist de seu computador, ele escrevia rápido, relia, corrigia, parava, divagava. O livro, a vida, Juliana. Tudo parecia estar se encaixando. Sim, a vida era boa. O futuro, depois de muito tempo, mostrava-se promissor, parecia até mesmo eterno. Ele estava se sentindo jovem de novo, como um adolescente, cheio de energia, repleto de vontades. Imaginava-se viajando com Juliana, vivendo com ela, preparando almoços para ela, e até mesmo do filho dela, Stefano, ele, que não tinha o menor jeito com crianças, se imaginava amigo, quase um pai. Não havia qualquer sinal negativo no horizonte, nenhuma nuvem escura, nenhum mau pressentimento, nenhum indício, nada, absolutamente nada, enfim, que sugerisse a ele que aquele seria seu último dia sobre a face da Terra, que nem mesmo o próximo pôr do sol ele veria, que, antes que a noite chegasse, estaria numa outra dimensão. Ou, dizendo de maneira mais direta, que em poucas horas ele estaria morto. Pode parecer triste, mas é assim que são as coisas. Exceto por mortes anunciadas, ou não exatamente anunciadas, mas bastante prováveis, como as dos que sofrem de doenças terminais, ou que vão se submeter a alguma cirurgia de alto risco, ou que estão indo para a guerra, ou que estão dentro de aviões em plena tempestade quando de repente ocorre uma pane nos motores, é assim mesmo que são as coisas. Morte anunciada, ou bastante provável, não era, porém, o caso de Estevão, dono de uma saúde de ferro, sem qualquer comportamento de risco ou perigo iminente.

Não, nada indicava que, antes que aquele dia terminasse, depois do tranco surdo dado por um ônibus, que ele não viu e não ouviu chegar, enquanto atravessava assustado, por conta de uns pivetes que se aproximavam, uma avenida, usando fones de ouvido, escutando música alta, Estevão seria atingido em cheio pelo ônibus, levantaria voo e giraria pelo ar, a mais de um metro e meio de altura, braços e pernas estendidos, como um trágico Nijinski, atemporal e desajeitado, antes de, diante de testemunhas atônitas na calçada e de um aterrorizado motorista de ônibus, aterrissar no asfalto e rolar algumas vezes sobre o próprio corpo, naquele chão imundo e repleto de manchas de óleo, até que, passados poucos segundos, já irremediavelmente morto e com a face desfigurada pelo impacto, estancasse.

2. Simone

"[...]
No meio do dia eu me deitei
com meu parceiro. Poderia
ter sido de um outro jeito.
Nós jantamos juntos
e a mesa tinha castiçais
prateados. Poderia ter
sido de um outro jeito.
Dormi numa cama
num quarto com pinturas
nas paredes, e
fiz planos para um outro dia
igualzinho a este dia.
Mas um dia, eu sei,
vai ser de um outro jeito."[3]

Jane Kenyon, *Otherwise*, 1993.

Definitivamente só. O peso insuportável e devastador do "para sempre", do "nunca mais." Ela já perdera, há não tanto tempo assim e no curto intervalo de menos de um ano, o irmão mais novo, Thiago, de câncer; poucos meses depois, a mãe, de tristeza; e,

3 Tradução do Autor.

um pouco só adiante, o pai, de tristeza e solidão; antes, já perdera o Nica, o melhor amigo dela e de Estevão, num acidente idiota, de carro, numa madrugada na Serra do Mar. Definitivamente só. Era assim que Simone se sentia no velório, óculos escuros cobrindo o rosto. Só agora percebia que, no fundo, o divórcio sempre fora para ela um pouco provisório, algo que poderia ser revertido a qualquer momento. A ligação que sentia ter com Estevão, mesmo com todo o desgaste, com todas as mágoas, era visceral e absoluta. E mesmo separados ele jamais deixara de estar por perto; sempre presente, preocupado, cuidadoso, generoso, inclusive tratando o dinheiro que ganhou com *Tamarindo* como pertencente a ambos igualmente, algo que ela se negava a aceitar. De alguma forma, pensava, eles nunca deixaram de estar casados. Estavam dando um tempo, isso sim, até que cicatrizassem, por um lado, as mágoas dela, e que arrefecesse, por outro, aquela obsessão maluca pelo livro novo, pelo *Estevão*. Como tinha sido boba ao deixá-lo, mas ele andava tão chato, há tanto tempo com aquela coisa maníaca com o livro... Mas não, na verdade o livro não era "o" problema, Simone sabia perfeitamente. Tinha sido mais um pretexto, ou uma gota d'água. Estevão era um cara maravilhoso, inteligente, culto, fiel, amigo. Mas era mimado, nossa, como era! E louco de pedra. Eram tantas as maluquices que Simone até desistira de enumerar. Maluquices do bem, é certo, ou nem tanto maluquices, TOCs, talvez. Não, idiossincrasias seria uma palavra mais adequada, sem qualquer traço de violência ou perversidade, às vezes patéticas, às vezes cômicas, infantis, mas na conta final, a partir de um certo ponto, insuportáveis. Ou assim pareceram.

A mágoa mais profunda ficou, ela sempre teve claro, por conta do modo como Estevão se comportara com relação à carreira de musicista dela. Não por qualquer coisa que ele tenha falado, na realidade ele falara muito pouco, e talvez fosse isso mesmo, a mágoa pelo que ele não falara, pelo entusiasmo que ele não teve, pelos olhos que não brilhavam quando ela tocava, como brilharam naquela noite, na Sala São Paulo, diante da exibição de Antônio Meneses tocando magistralmente os concertos para violoncelo de Richard Elgar, numa noite em que ela chorou muito, mais por dentro que por fora. Depois dessa noite ela nunca mais ouviu o Elgar. E gostava tanto dele! Não tanto das marchas, mas dos concertos, e não quis mais ouvi-lo; nunca mais depois daquela noite.

E no fim das contas ela seguira trabalhado com música, que era o mundo dela, a língua que conhecia, só que de uma maneira diferente, como produtora, ajudando as carreiras e as produções de outros músicos, não sendo ela quem ensaiava, tocava e gravava, quem subia no palco, quem se expunha. Será que teria podido ser mais do que isso? Ela nunca saberia, e esse não saber era, em boa parte, culpa de Estevão. Ou dela mesma, na verdade, que afinal de contas abaixou a cabeça e se submeteu à falta de entusiasmo dele. Mas quando a pessoa que supostamente mais nos ama é justamente quem puxa o nosso tapete, ainda mais num universo tão competitivo como a da música de concerto, onde encontrar forças para prosseguir? O fato é que esta mágoa ficou, foi um machucado que a princípio pareceu passageiro, mas que virou ferida, que se transformou em úlcera, depois em câncer, que evoluiu, enfim, e acabou por ter um peso decisivo, fatal, no relacionamento dos dois. Estevão nunca soube disso, nunca entendeu isso. Na verdade, tão autocentrado que era, ele nunca parou para pensar no assunto.

Ah, e aquelas músicas que ele ouvia para trabalhar?, aquela playlist insuportável? Aquilo também ajudou a matá-lo, pois com certeza era uma daquelas chatices que estava tocando no celular dele, e o idiota, usando fones de ouvido, não escutou, atravessando a avenida feito um doido, o ônibus chegando... E, para completar, com aquele livro infernal ganhando as dimensões que ganhou a coisa em casa foi ficando realmente pesada demais. Ela não aguentava mais; percebeu que se irritava só de ouvir a voz dele e decidiu sair fora. Mas tudo seria revertido, em algum momento eles reatariam, pois, agora ela via, se amavam e envelheceriam juntos, rindo das dores emocionais do passado e das futuras, que então seriam presentes, aquelas dores dos reumatismos & cia.

Até que tinha gente no velório, mas nem tanta gente assim. Estevão tinha muitos conhecidos, um número razoável de admiradores, mas poucos amigos. Pessoas que postariam condolências no Facebook, que leriam os necrológios que eventualmente saíssem nos jornais, mas que não se dariam ao trabalho de ir ao velório ou ao enterro. Melhor assim, pensou Simone. Mais íntimo, mais pessoal. Já estava tão difícil atravessar aquele dia.

E então uma moça, mais jovem do que ela, se aproximou e se apresentou. Simone já a tinha visto há algum tempo, meio sem jeito, num canto da sala, e sabia que era Juliana, a mais recente paixão de Estevão. Ela sabia porque, quando Estevão contara sobre o caso com ela, Simone não perdera tempo e foi logo checar o perfil da nova candidata no Facebook e no Instagram, como fazia com todas. Curiosidade, possessividade, ciúmes, mania de controlar tudo, difícil dizer, o fato é que, mesmo depois de separados, Simone manteve esse hábito. Estevão já havia falado bastante de Juliana, confessado que estava apaixonado de verdade, mas Simone tinha certeza de que era coisa passageira, pois o conhecia bem e sabia que ele era absolutamente volátil em suas paixões – exceto por ela, Simone, a única, a definitiva. Apesar de não ter nenhuma vontade, foi simpática com Juliana. A moça, afinal, não tinha culpa. Para ser honesta, nem Estevão tinha culpa, ora, se a separação havia sido ideia dela mesmo. E como era bonita, essa Juliana, Simone logo admitiu, até mais ao vivo do que nas fotos que vira na internet, e isso mesmo de longe dava para ver. E era bem mais jovem do que ela. Que sem-vergonha era aquele Estevão, ela pensou na hora, interessado em jovenzinhas. Ela continuou a pensar essas coisas enquanto trocava cumprimentos e apresentações com Juliana. Conhecendo bem o ex-marido, sabia que Estevão já tinha falado dela para a outra, mas a situação um pouco constrangedora não a impediu de beijar e abraçar Juliana, e Simone não pôde se conter, sorriu e chorou, em silêncio, discretamente, triste, enciumada e ao mesmo tempo se sentindo ridícula por estar sentindo ciúmes, por estar com raiva, a palavra era essa mesmo, raiva, raiva daquele sem-vergonha do Estevão, que conseguiu seduzir uma mulher bem mais nova do que ela e nada feia, aquele sem-vergonha. E também sentia raiva de ele estar morto; não, tristeza, isso sim. Ah, que tristeza funda, que coisa definitiva, porque Estevão não existia mais, ele não era mais. E chorou. Para de novo quase rir, lembrando de como Estevão era ingênuo, contava para ela todos os casos em que se metia. Naquelas ocasiões ela ria, tanto da ingenuidade dele como também porque logo via, quando Estevão começava a contar, que nenhum dos casos tinha a menor possibilidade de dar certo. E então Simone percebeu que precisava voltar de seus pensamentos, parar de viajar, que tinha Juliana diante de si, olhando para ela, segurando as mãos dela. Mais ou menos se recompôs e começou a falar, o que era bom, mas acabou não sendo completamente apropriado, porque, naqueles movimentos bobos de marcar território, de dizer que ele era muito mais dela do que da outra, contou para Juliana de quando viu Estevão pela primeira vez, em Diamantina, na rua. Se estivesse vivo, ele não ficaria com essa Juliana, não mesmo, de jeito nenhum. Ela não deixaria.

Simone ia pensando essas coisas enquanto falava aquelas bobagens para Juliana. E que besteira, para que falar disso, numa hora daquelas, com alguém que ela nem conhecia? Sabia que não devia, que não era apropriado, mas, como que por compulsão, continuou a falar. Na época ainda tinha pretensão de ser musicista, estava lá para um curso de música barroca mineira, tinha acabado de sair de uma aula, na Casa da Glória, você conhece lá?, sabe aquela que tem uma passarela que atravessa a rua, ligando duas casas?, é uma construção famosa, sempre sai em fotos turísticas de Diamantina, é aquela, então, saí por volta de cinco da tarde, uma tarde linda. Estevão vinha subindo a rua, eu descendo, tudo ali é subida e descida, não tem rua plana, Simone relembrava, ela levando um violoncelo, e ele, cara de pau, a abordou, na rua, assim, sem mais nem menos, e a convidou para tomarem uma cerveja, ela contou, e então... mas naquele ponto Juliana interrompeu a história de Simone, dizendo que não era aquela história que ela ouvira da boca de Estevão sobre quando eles se conheceram, que o que ele contara é que estava a cavalo, vagando por algumas trilhas nos arredores de Milho Verde, tentando viver a experiência real dos faiscadores, dos contrabandistas, dos soldados e dos fiscais de diamantes do século XVIII, quando viu Simone sair de trás de uma grande pedra, ali tem muitas pedras, e aquela vegetação de cerrado, áspera mas florida, o céu azul, montanhas ao fundo, a serra do Espinhaço, os paredões verticais refletindo a luz do sol, uma cena tão bem descrita, até o vestido que Simone usava ele lembrava, contou Juliana, um vestido de algodão com estampa de flores amarelas, que ela até desenhara tudo na mente, e ficara com um pouco de ciúme, porque uma paixão que começava daquele jeito estava destinada a durar para sempre, e imagine a inabilidade de Estevão, coitado, tão inteligente, tão culto, mas tão inábil com as mulheres, ele tentando seduzi-la e contando de quando se apaixonou por Simone, imagine! o pecado mortal, a pior coisa que ele poderia ter feito, logo se vê que ele não entendia nada de como são as mulheres, e então as duas riram muito, riram juntas, e choraram, de mãos dadas, mas assim que recuperou o fôlego,

Simone olhou bem nos olhos de Juliana e disse: era mentira dele. O Estevão inventou essa história de trilha, de cavalo, ele não sabia montar nem cavalo de carrossel de parquinho, ele viajava na cabeça maluca dele, misturou com imagens que construiu do nada ou tirou de algum livro, sei lá, mas gente, que coisa, a gente falando disso e o Estevão ali, deitado, morto, não dá para acreditar, não me conformo com isso, com essa morte estúpida... mas o fato é que ele inventou essa história de me conhecer quando andava a cavalo numa trilha em Milho Verde, e a repetiu tantas vezes, contou pra tanta gente, que no fim eu acho que ele mesmo acreditava nela, e, você quer saber?, eu mesmo já estava quase acreditando, mas é mentira, era uma fantasia dele. Quer dizer, para ser honesta, ele alugou mesmo um pangaré em Milho Verde e deu algumas voltas por ali, mas nada de mais, nem foi muito longe, não saberia como, foi tipo passeio de turista, e além disso nós nunca nos vimos por lá naquela época, nunca, só estivemos em Milho Verde algum tempo mais tarde, quando já namorávamos. Nós nos conhecemos mesmo foi no centro de Diamantina, num fim de tarde, eu saindo da aula de música, do jeito que eu te contei... E então Juliana falou, nossa, o Estevão era um doce, mas era meio maluco mesmo, né?, que história, essa... Ah, não consigo acreditar, ela continuou, que ontem mesmo estávamos almoçando, foi tão gostoso, Estevão estava tão bem, tão otimista com o livro, eu dei boas risadas com ele, e ele agora está aqui, assim, que coisa... e Simone pensou, mas não disse, que Estevão e ela deveriam estar almoçando hoje, estava combinado, e que aquela Juliana não teria o menor futuro com ele. Pensou tudo ao mesmo tempo, pensou também que, nossa, e agora isso, essa situação absurda... E as duas choraram e riram mais um pouco, por que será que nessas situações de extrema tristeza, de total desamparo, a gente tem vontade de chorar e de rir ao mesmo tempo?, e as duas chorando e rindo de mãos dadas, e apesar das mãos dadas com Juliana, Simone estava com raiva dela, e se sentia absolutamente só, assim tão sozinha no mundo, com um vazio absoluto na alma, um vazio que era gigantesco, indescritível.

Mas naquele momento havia obrigações a cumprir, afinal, apesar da separação, a viúva, ou o mais próximo que havia de uma viúva oficial, por ali, era ela, a única pessoa, por assim dizer, da família, então Simone pediu licença e deixou a nova amiga de lado, pois precisava dar atenção às outras pessoas presentes, e essas obrigações no fim das contas até que fazem bem, pois preenchem os minutos, as horas e os pensamentos, ajudando a atravessar o peso do tempo, e agora até uma equipe de um canal de televisão estava chegando para filmar e entrevistar. Puxa, Simone pensou, aquela série do *Tamarindo* acabou por deixar Estevão quase famoso, e era assim, como autor do *Tamarindo*, que, à noite, a TV noticiaria a morte de Estevão. Que ironia, isso, ela pensou, Estevão não gostaria nem um pouco de ser lembrado como o autor de uma série de vídeos na internet...

Mas gente, ele morreu, o Estevão morreu, destroçado por um ônibus, ela ainda não conseguia acreditar nisso, mas era verdade, é verdade, e agora ele está aqui, dentro deste caixão lacrado, tão feio ele ficou, a cabeça dilacerada pela pancada do ônibus, meu deus, e eu, Simone pensou, fui a única pessoa, entre as que ele conhecia, a ver o corpo, muito feio, todo estragado, no IML. Ah, que absurdo, que tristeza, que solidão...

3. Juliana

> "Eu a olhei sorrindo em seu sono
> e sei que é este o navio
> no qual meu sol navega sob a terra
> por toda a noite nas ondas da sua respiração
> não é à toa que os dias ficando mais curtos
> e eu despertando sem você
> seja o começo do inverno."[4]
>
> W. S. Merwin, *Kore*, 1977.

Foi assim que Juliana conheceu Estevão: ela vinha há algum tempo pensando que era mais do que oportuno realizar, no Aldeia, um seminário sobre o Haiti. Afinal, nos últimos anos, especialmente desde o último terremoto naquele país, o Brasil acabara por se aproximar – pela primeira vez na história, diga-se – do povo haitiano, seja enviando tropas para apoio humanitário, seja recebendo refugiados. Só que esses refugiados estavam longe de ser tratados, em nosso país, como "cidadãos" de primeira, segunda ou mesmo terceira classe. Eram párias, isso sim, e ajudavam a trazer à superfície, pelo simples fato de existirem, de estarem entre nós, toda a nossa mais que mal resolvida questão racial. A percep-

---

4 Tradução do Autor.

ção que as pessoas, de um modo geral, tinham daquele miserável país caribenho e de seus habitantes era, pelo menos assim parecia a Juliana, extremamente negativa e muito mais baseada em mitos e preconceitos do que em fatos. A televisão, de tempos em tempos, mostrava alguma reportagem em que haitianos com excelente formação, por exemplo, professores, engenheiros ou jornalistas em seu país de origem, ralavam para conseguir uma vaga de, digamos, frentista em posto de gasolina, e isso dando graças a deus pela desprendida generosidade do empregador brasileiro. Ela mesma não sabia muito sobre o Haiti, exceto o que todos sabem, que havia sido no século XVIII uma rica possessão colonial francesa de produção de açúcar, que fora palco da única revolta escrava bem-sucedida das Américas, a qual, porém, no longo prazo, acabaria por dar origem a um dos países mais pobres do mundo. Perguntando, aqui e ali, a respeito de quem poderia apresentar um seminário sobre o tema é que Juliana acabou chegando ao nome de Estevão. Mais de uma pessoa garantiu a ela que não havia quem soubesse mais a respeito do tema do que ele, que a história de Toussaint Louverture, o grande herói da independência haitiana, e a revolução naquele país, haviam sido o tema central de *Todos os Santos*, o livro que Estevão publicara antes de *Tamarindo*, e que, isso não disseram a ela, porque pouca gente de fato sabia, originalmente encalhado, acabou por esgotar a primeira edição e ganhar uma (não mais do que uma, porém) reimpressão depois que a série na internet foi apresentada. Juliana não tinha ouvido falar de *Todos os Santos*, e *Tamarindo* ela não lera, mas havia assistido a série, e gostado, sem saber quem era o autor, e ficou animada quando soube que era a mesma pessoa que ela chamaria para dar o curso. Contatado por e-mail, Estevão foi receptivo e, que bom!, imediatamente topou. Na sequência, os dois combinaram um encontro, em dois dias, a fim de discutir os detalhes.

O Aldeia tinha parecido uma boa ideia, mas era um projeto que ainda não decolara, pelo menos não completamente. Era uma mistura de livraria, biblioteca e local para eventos culturais, e a localização, na Galeria Metrópole, na Avenida São Luís, perto da biblioteca Mário de Andrade, aproveitava os aluguéis baratos de uma região deixada de lado por décadas, mas com fácil acesso, excelente infraestrutura urbana, e que vinha sendo recentemente redescoberta pela geração alternativa na faixa dos trinta e poucos anos. O problema é que, ainda que as pessoas dessa geração e perfil gostassem de espaços como o Aldeia, a verdade é que elas não tinham muito dinheiro para gastar. Já havia algum movimento e Juliana e Juan, o sócio, estavam conseguindo levar gente para lá, só que, mesmo tendo empatado as contas pela primeira vez nos últimos dois meses, nem ela nem Juan haviam recuperado ainda um único centavo do empreendimento, e no dicionário deles não constava a expressão "pro labore". Lançamentos de livros, eles estavam aprendendo, eram bons para divulgar o espaço, mas não rendiam muito dinheiro. Palestras, seminários e cursos eram o que poderia dar mais retorno financeiro. Temas atuais, desde que bem divulgados, tinham o potencial de lotar o lugar (que na verdade não era assim tão grande), e além do dinheiro das inscrições, nessas ocasiões sempre se vendiam alguns livros, inclusive aqueles de arte, arquitetura ou fotografia, mais caros. Juliana e Juan fizeram contas e perceberam que, se realizassem pelo menos três palestras ou cursos bem-sucedidos por semana, o lucro logo deixaria de ser, para eles, um conceito abstrato. Por outro lado, a vida pessoal de Juliana andava bem complicada. Um divórcio mal resolvido, dificuldades na partilha e no recebimento da pensão alimentícia, um filho lindo, mas carente, eram os componentes que, somados ao processo de "decolagem" do Aldeia, formavam o que se costuma chamar de "fase um pouco difícil". Para sorte de Juliana, porém, seus pais vinham dando um grande apoio, financeiro, afetivo, prático, tudo. Mas as coisas não estavam fáceis, de modo que o que ela mais gostava de fazer era, sempre que possível, mergulhar nas atividades e nos projetos do Aldeia e não pensar em mais nada. Um novo relacionamento amoroso era a última coisa que passaria por sua cabeça naquele momento.

A primeira conversa com Estevão surpreendeu Juliana. Na verdade, ela, que se considerava uma pessoa com capacidade acima da média para "ler" seus interlocutores desde os primeiros instantes do contato inicial, passou mais de uma hora tentando entender quem, ou o que, ela tinha diante de si. Em primeiro lugar, quando explicou a Estevão os motivos porque achava relevante aquele tema, recebeu uma aula, uma enxurrada enciclopédica de informações a respeito do Haiti, passado e presente, relações ao longo da história com o Brasil e com outros países, que a deixou atordoada. O nível de erudição de seu convidado a palestrante era impressionante. Quando ele disse, logo no começo da conversa, que os Estados Unidos deveriam sustentar o Haiti para sempre, apenas por gratidão, por conta do papel fundamental que os haitianos tiveram na consolidação da independência norte-americana, e que também Simon Bolívar, quando tudo pareceu se fechar diante dele, no continente, encontrou asilo e apoio no Haiti, que acabaram sendo fundamentais para seu sucesso posterior, Juliana achou que era piada, mas antes que ela pudesse sequer pensar em rir, já vieram fatos e argumentos, que a convenceram, sem margem para dúvida, de que Estevão estava certo. Por outro lado, que sujeito estranho, errado mesmo, ele parecia ser. Não que fosse um nerd típico, nada disso (se fosse esse o caso ela o teria decifrado rapidamente). Estevão tinha um porte altivo, aristocrático até, era elegante na forma de falar e de sorrir; mas, ao mesmo tempo, não era nada disso, era desajeitado, como se fosse composto por peças que não se encaixavam direito umas nas outras. Ele era, por um lado, seguro de si, quase ao ponto da arrogância, e por outro era extremamente tímido e inseguro, com um olhar que lembrava, por vezes, um menino que se perdeu da mãe no supermercado.

Estevão não sabia quando parar de falar, quando ouvir, e era inadequado, ah, como era inadequado, chegou até mesmo a contar histórias a respeito dele e da ex-esposa, que eram absolutamente impróprias para a ocasião e para o grau de intimidade que eles naquele momento *não* tinham; prolongou a reunião para muito além do necessário; olhou indiscretamente para as pernas de Juliana pelo menos três vezes; e desviou os olhos, de maneira infantil, quando flagrado. Mas o pior foi quando, partindo da história de como se aproximou do tema haitiano em sua vida, um assunto, afinal de contas, sobre o qual daria a palestra, engatou num discurso que não terminava, não chegava ao fim, explicando como o Haiti, um país sobre cuja história se dedicou por muitos anos, e que desembocou num livro não de todo ruim, foi o que, de certa forma deu origem ao seu projeto atual, que era analisar a formação da identidade nacional brasileira a partir da história de vida de um personagem, Estevão Ribeiro de Resende, o marquês de Valença, projeto no qual vinha trabalhando há anos, o livro, que se chamaria *Estevão*, e que com este nome as pessoas pensariam que se tratava de uma autobiografia, que engraçado, mas não havia nada mais longe disso, pois o livro não tinha nada a ver com ele, o fato de autor e protagonista terem o mesmo nome era apenas coincidência, a qual, afinal, só chamava a atenção porque Estevão não era um nome comum, se fosse Marcelo, João ou André, ninguém diria nada. Mas o que de fato importava é que este livro era muito importante para ele, o grande projeto de sua vida, ao qual já dedicara incontáveis anos, infinitas leituras, inumeráveis pesquisas, infindáveis viagens, sem falar em todas as interminaveis escritas e reescritas, e na hora que Estevão falou isso Juliana deu uma viajada e pensou em quantos sinônimos mais para a palavra "infinitas" Estevão conseguiria arranjar, naquela frase, se precisasse.

E Estevão não parava de falar e de lamentar as dificuldades, dizia que o projeto crescia, criava ramos, ia e vinha, avançava e recuava, estacionava, e que no fim das contas estava parecendo cada vez mais distante de ficar pronto. Ele explicou que, nesse livro, pretendia retomar toda a questão das interpretações sobre o Brasil ao longo da história, estudando bandeirantes, senhores de engenho, índios, negros, mulatos, românticos, realistas, modernistas, militares, políticos, tropicalistas, escritores, músicos, escultores, sociólogos, historiadores, arquitetos criadores de metrópoles absurdas no meio do cerrado, chefs de restaurante que iam raspar casca de árvores na Amazônia, comunistas, petistas, católicos, evangélicos, ateus, judeus, cristãos novos, as ideias no lugar ou fora dele e assim por diante, relacionando tudo e todos, mas que a tarefa vinha se mostrando talvez pesada demais para ele, para as forças dele, que ele em algum momento percebeu que não possuía o fôlego e o talento que, antes, imaginara possuir, que o livro havia sido a grande, a principal causa do fim do casamento com a mulher que ele amava, ou tinha amado, pois seu antigo casamento era uma questão superada e que ele estava aberto a novos relacionamentos, e explicou também que, por outro lado, ultimamente andava um pouco mais animado, pois parecia que finalmente chegara a uma estrutura satisfatória, que usaria, conforme já havia dito, um personagem de carne e osso, importante, mas esquecido, o Marquês de Valença, como já havia mencionado a ela, como eixo central da narrativa, e isso facilitaria muito o trabalho, e ele ia discorrendo sobre suas ideias quando, num determinado momento, já se sentindo embriagada de tanto ouvir em silêncio, ocorreu a Juliana, até para falar alguma coisa, lembrar dos italianos, pois não haviam sido os italianos fundamentais para o nosso modernismo?, com o futurismo de Marinetti?, pois por exemplo não era verdade que parte do nosso imaginário a respeito das Bandeiras fora fixado pela grande escultura de Brecheret no parque do Ibirapuera?, e não são de um outro italiano, Luigi Brizzolara, as estátuas de Fernão Dias e Raposo Tavares, no saguão de entrada do museu do Ipiranga, e do Anhanguera no parque Trianon, todas elas tantas e tantas vezes reproduzidas em livros escolares? De modo que, prosseguiu Juliana, a imagem que os brasileiros fazem de seus antepassados bandeirantes, que afinal de contas não nos legaram deles quaisquer imagens, foi em boa parte criada por italianos do fim do século XIX e do começo do XX, não é mesmo? Veja só, aquelas botas enormes que os bandeirantes da nossa imaginação calçavam, elas eram na realidade botas de nobres florentinos ou milaneses ou venezianos pintadas por artistas formados pela estética clássica italiana, porque os bandeirantes, você deve saber, com certeza você sabe, né?, Estevão, andavam quase sempre descalços, eram meio tupis, alguns nem mesmo falavam português, e ele, que pela primeira vez havia parado para ouvir o que sua interlocutora tinha a dizer, atônito, não só concordou como disse que não tinha pensado na questão nos termos propostos por Juliana, que tinha pensado, claro, na marca italiana, pois não é que até mesmo na turma da Semana de 22 havia dois descendentes de italianos com papéis centrais, Menotti del Picchia e Anita Malfatti?, assim como muitos outros personagens importantes do período, a começar por Miguel Reale, o cérebro jurídico do Integralismo, e emendou que o pedaço mais importante da nossa trilha sonora fundadora era, afinal de contas, *O Guarani*, uma ópera italiana sob o ponto de vista formal, composta por um brasileiro com libreto escrito por um italiano a partir de romance escrito por um outro brasileiro?, mas que não pensara nisso, que interessante isso, de que a imagem que tínhamos dos bandeirantes havia sido construída por artistas italianos do século XIX.

Diante do olhar espantado de Estevão, olhar que dizia, puxa, você me pegou, como é que eu, eu!!!, não tinha pensado nisso, Juliana se sentiu confiante e disse então que aquela ideia veio a ela com naturalidade, que de certa forma sempre pensara naquilo, pois seu bisavô, imigrante italiano, que ela havia conhecido bem velhinho, mas ainda muito lúcido, havia sido um construtor de lápides, e em um determinado período trabalhara como assistente de Brecheret, uma pessoa que não parava de falar da importância dos italianos para o Brasil, com evidente exagero, pois dizia que haviam sido os italianos a, praticamente do zero, construir o País, que os brasileiros da terra eram uns broncos, uns preguiçosos, gente sem iniciativa, ah, o Nono, como era preconceituoso, ela disse, com um misto de reprovação e ternura, ele era terrível, ela prosseguiu. No fundo ele era bom, brincalhão, um doce de pessoa, uma delícia de bisavô, e nesse momento Juliana riu, um riso aberto, delicioso, de quem se esquecera, pelo menos naqueles segundos, de todos os problemas que vinha enfrentando, e ela viu que Estevão riu também, de um jeito diferente, que ele a achou bonita, e ela se sentiu bonita, e talvez tenha sido nesse momento, logo no primeiro encontro dos dois, que Juliana se apaixonou por ele e ele por ela.

4. *Estevão*

"Ao diabo com todas essas teorias, se servem apenas para colocar freios ao desenvolvimento da arte e se seu único objetivo é ajudar mais depressa a aprender a compor mal."[5]

Arnold Schoenberg, *Harmonia*, 1911.

No transcorrer daquela (última!) manhã radiosa, radiosa como a terra de Paulo Prado só que sem o povo triste, manhã que lhe pareceu particularmente abençoada, animado com os sonhos produtivos da noite anterior e com o almoço que teria, pouco mais tarde, com Juliana, um inspirado Estevão se serviu de mais uma xícara de café e trocou a playlist de Otis Redding pela de Jan Garbarek. Pois a verdade é que Estevão, depois de muitas experiências, acabou por concluir que não conseguia mesmo ler e escrever ouvindo música com letra. Precisava escutar alguma coisa instrumental. Jazz podia, mas não qualquer jazz, mesmo com músicos que, em outros momentos, ele adorava. Tentou John Coltrane, Charles Mingus, Chet Baker, Miles Davis, mas nada deu certo, o trabalho não rendia. E foi assim que, por tentativa

---

5 Tradução de Marden Maluf.

e erro, acabou chegando à sua playlist de trabalho, que tinha Jan Garbarek, Pat Metheny, Keith Jarrett, Charlie Haden, Stan Getz, Egberto Gismonti, Joe Pass, Jimmie Rowles e alguns poucos outros. Havia também a playlist reserva, com música clássica, na qual estavam Bach, Vivaldi, Mozart, Beethoven com os concertos, mas sem as sinfonias, Lizst, Chopin, com predileção especial pelo piano de Guiomar Novais, alguma coisa de Villa Lobos, mas nada de óperas, exceto uma ou outra abertura, e principalmente nada dos atonais Berg, Schoenberg e Webern, que Simone adorava. Sim, embora amasse os blues de B.B. King, de Taj Mahal, de Jimi Hendrix, o reggae de Bob Marley e dos Wailers, Bob Dylan, as canções de Tom Jobim, Gil, Caetano e Milton, Estevão não conseguia trabalhar direito quando os ouvia, ao passo que alguns gêneros musicais nem mesmo entravam na "discussão", pois, para desgosto de muitos de seus amigos, Estevão não gostava de samba, pagode e rap. Não é que não gostasse: não suportava. Ao ponto de simplesmente não entrar em um bar em que estivesse tocando qualquer dessas coisas, exceção feita, no caso de samba, aos clássicos, como Noel Rosa, Cartola, Pixinguinha, Lupicínio... E até nisso Estevão pensava quando pensava no livro, pois *Estevão*, no fundo, tratava – ou pretendia tratar – dessa coisa toda de identidade nacional. E, no Brasil, não gostar de samba era quase um crime de lesa-pátria, como se ouvir música fosse, também, um ato de afirmação nacional, ao passo que ninguém diria que um norte-americano era obrigado a gostar de Louis Armstrong ou, um francês, de Édith Piaf.

Enfim, com o quarteto de Jan Garbarek tocando, Estevão pôs-se a rever trechos de *Estevão*. Deixando um pouco de lado a abertura, avançou algumas páginas e deteve-se no trecho em que falava de seu personagem central, o Marquês de Valença.

Estevão Ribeiro de Resende passou boa parte da vida viajando, algo que tinha uma conotação bem diferente, entre fins do século XVIII e inícios do XIX, do que tem hoje, pois apesar da beleza das paisagens que teve diante de si, eram tão precárias e arriscadas as condições impostas a um viajante naqueles tempos que a maior parte das pessoas só se deslocava em caso de extrema necessidade. Eu mesmo, ao tentar reproduzir, em nossos dias repletos de infraestrutura, algumas de suas viagens – em trajetos relativamente curtos, diga-se –, passei por incontáveis dificuldades. Estevão viajou muito. Mas nos últimos anos de vida, já idoso, quando era o decano do Senado e raramente comparecia às sessões, restringiu suas viagens a curtos deslocamentos entre o Rio de Janeiro e sua fazenda em Valença, no Vale do Paraíba carioca. Mas antes, sim, Estevão tinha viajado muito: Portugal, São Paulo, Minas, Bahia... A mais famosa foi a viagem com D. Pedro I para Ouro Preto, em abril de 1822, quando, ocupando temporariamente o cargo de ministro de todas as pastas, ajudou decisivamente o príncipe a dobrar a resistência do governo mineiro à sua regência e consolidou as condições para que, cinco meses depois, fosse possível proclamar a independência. Mas houve, antes, muitas viagens mais. Por exemplo, no período em que, ocupando o cargo de Fiscal dos Diamantes, viveu entre Serro e Diamantina, trilhando, atrás dos garimpeiros ilegais e dos contrabandistas, os caminhos tortuosos do Cerrado, do vale do Jequitinhonha e da serra dos Cristais. E, também, na época em que foi Juiz de Fora em São Paulo, quando fez amizades fundamentais com membros da elite paulista, como Nicolau Vergueiro e o brigadeiro Luís Antônio, ajudando-os a preservar seus interesses e a pavimentar seus caminhos na Corte. Em compensação, tornou-se sócio de Vergueiro em uma série de negócios e fazendas de açúcar e café; e, do Brigadeiro, que era o dono da maior fortuna da província de São Paulo, tornou-se genro: Estevão casou-se por procuração com a filha dele, Ilídia Mafalda, quando a noiva contava oito anos de idade (e ele, então, já mais de quarenta). Diga-se que ele teve pelo menos a decência de esperar outros seis anos, quando ela "já" contava catorze para consumar o ato. Hoje isso seria inadmissível, mas naquela época era considerado normal.

Isto não estava bom, definitivamente não. "Dobrar a resistência do governo mineiro?" Que tipo de texto era este? Sabe o que faltava?, Estevão perguntava, retoricamente, para si mesmo, e logo respondia: faltava arte, faltava poesia. Talvez essa fosse sua maior fonte de angústia. Uma vez, passeando de manhã bem cedo pelo distrito de São Gonçalo do Rio das Pedras, tentando refazer caminhos trilhados seu protagonista no período em que foi fiscal de diamantes, Estevão passou diante de uma casinha onde alguém coava um café. E aquele cheiro mágico de café misturado a lenha de fogão veio flutuando, invadindo a alma, trazendo lembranças e criando outras. Era uma manhã ensolarada de inverno; as árvores, perto do rio, apesar da época do ano, estavam muito verdes, um cachorro latia ao longe, uma pomba fogo-apagou lançava seu lamento num galho ali perto, uma bicicleta estacionada junto à porta, uma horta descia entre a lateral e os fundos, com uns pés de couve muito suculentos parecendo explodir desde o chão, e Estevão pensou, puxa, é isso, é essa sensação, essa imagem, esses sons e esses cheiros que eu preciso transmitir em palavras, no livro, para que ele faça sentido, porque, se não for assim, *Estevão* vai parecer um manual de sociologia, e não é isso o que eu quero, de jeito nenhum. Pensou nisso naquela hora e pensava nisso sempre, recorrentemente.

Os últimos tempos vinham sendo um infindável período de recorta e cola, de tira e põe, de ânimo e desânimo. O trecho do "passou boa parte da vida viajando" já andara pelo começo de livro, foi enviado ao fim, depois excluído, depois voltou para o meio. E por mais que fosse reescrito e mudasse de lugar, não parecia, nunca, ficar bom. A coisa parecia não ter fim. Mas Estevão, naquele momento pelo menos, sentia que estava começando a chegar a algum lugar, que estava começando a conseguir conciliar intenção com realização. E a verdade é que era Juliana quem o vinha ajudando, algo que Simone, apesar de todo o amor que sentia por ele, apesar de ter acompanhado de perto todas as etapas de gestação do livro, não conseguira.

Na verdade, Simone o atrapalhara, isso sim. Ela se tornara uma pessoa muito crítica, muito intolerante com as idiossincrasias e, por tabela, com os textos dele. Nos últimos anos, ela solapara qualquer resto de autoestima e de autoconfiança que Estevão possuísse. Simone estava quase matando o *Estevão*, com certeza. O livro, ou a possibilidade dele, renascera algum tempo após o divórcio, e era com a força do olhar carinhoso e generoso de Juliana que ele estava, agora, ganhando músculos. Ah, que horas são?, Estevão se perguntou, enquanto olhava para o relógio do computador, quanto tempo falta para eu sair e encontrar a Juliana, almoçar com ela, conversar, ouvir aquela voz tão gostosa? Mas ainda era cedo, de modo que, fazendo um esforço de concentração gigantesco, ele procurou limpar a mente e voltar para o livro. Mexeu em alguns trechos, levantou-se, foi à estante retirar alguns volumes, em busca mais de inspiração do que de citações, sentou-se, escreveu, releu, riscou, reescreveu. O telefone tocou. Era Simone, perguntando se eles poderiam almoçar. Respondeu que já tinha compromisso hoje, mas que poderia ser amanhã. Vai almoçar com a sua nova namorada? Juliana, né? Sim, e ela não é nem nova e nem namorada, para com isso, Simone. Ok, ok, Estevão! Você não tem jeito mesmo. Podemos almoçar amanhã? Claro, amanhã podemos. Combinado, então amanhã cedo a gente se fala pra acertar o lugar. Tá, mas vai ser o de sempre, né? Não sei, estava pensando em você vir aqui em casa, pra eu cozinhar alguma coisa, só para mudar um pouco. Aprendi uma receita de quiche de alho-poró vegana que acho que você vai gostar. Ok, amanhã cedo falamos e combinamos certinho, e se você ainda estiver disposta a cozinhar, a gente faz assim. Vai ser bom não comer em restaurante, estou meio cansado mesmo de só comer na rua. Beijo, até amanhã, então. Beijo, até.

Desligado o telefone, Estevão olhou de novo para o relógio. Dez horas. Ainda tinha tempo antes de começar a se preparar para sair. Entre cansado e ansioso, na verdade mais ansioso do que cansado, ele se recostou na cadeira e lembrou do dia em que, revirando antigas pastas de plástico perdidas no fundo de um armário, deparou-se com um envelope repleto de antigos escritos, incluindo umas duas dezenas de contos que escrevera há décadas, garoto ainda, e que, desclassificados em concursos literários para os quais enviara, acabaram sepultados e esquecidos. Releu um deles e suspirou, relembrando a fase em que, garoto, imaginara que se tornaria um grande escritor. Depois foi relendo outros, suspirando mais um pouco. Mas, depois dos suspiros, sorriu, também por perceber que, de uma maneira ou de outra, tinha finalmente se tornado um escritor, e estava ali, nessa condição, refletindo sobre o assunto que o atormentava há tempos, o tema central do seu novo livro. E na mesma hora pensou em Juliana, e voltou a sorrir. Os contos talvez não fossem grande coisa, é verdade, mas, relendo-os, agora, tão distante no tempo que era como ler o trabalho inédito de um escritor desconhecido, sentiu que eles também não causavam desprazer. E quis saber o que Juliana – e não Simone, pensou – acharia deles. Na mesma hora transcreveu para o computador as velhas páginas datilografas de três deles, controlando o impulso de alterar uma vírgula que fosse, e enviou por e-mail para Juliana.

A resposta veio em menos de dez minutos. Pelo telefone. Que lindos, Estevão, estes contos! Quando foram escritos, são recentes? Não, não, Juliana, estes contos têm décadas, têm séculos de existência. Só te enviei três, tem mais aqui, outra hora te mando. Estavam esquecidos numa pasta, encontrei hoje, por acaso, e resolvi te mandar alguns. Seja sincera. O que achou? Adorei, meu querido. Acho que você deveria publicá-los. Você tem muitos outros, é isso? Poderíamos fazer uma coletânea. E fora isso a gente também podia mandar para alguma publicação de literatura, só um conto, sozinho, o que você acha? Ora, Juliana, não te mandei pra isso. O tempo deles já passou. Escrevi, não publiquei, ficaram na gaveta, morreram. Não diga isso! Achei estes três contos pequenas pérolas literárias! Não pelo pano de fundo histórico/sociológico que têm, afinal toda literatura precisa ter um pano de fundo, né?, mas especialmente o primeiro deles, pelo drama humano, pela dimensão, cósmica até, da solidão de Dona Elvira, tadinha, uma figura deslocada no tempo, sem ninguém, de quem, no fim, com aquela história da falsidade do colar, não sabemos nem se era verdade o que ela contava ao zelador a respeito de seu passado. Ok, Estevão, meu querido, mas me deixe desligar agora. Tenho um punhado de coisas para resolver antes da hora almoço. E aí, no almoço, falaremos mais sobre Dona Elvira e a possibilidade de publicação de seus contos. Já tenho algumas editoras em mente, casas que valorizam esse tipo de material. Não são as mesmas editoras com as quais você costuma ter contato. Mas falamos já já, ok? Ok, meu amor, até já, respondeu Estevão, não vejo a hora de chegar aí. Beijo. Beijo.

Dez e cinquenta e sete. Ainda dava para trabalhar mais um pouco. Não precisaria sair de casa antes de meio-dia. Pensamento e olhos concentrados em *Estevão*, na tela do computador, viajando pelas páginas do livro, indo e voltando, atento.

30 de novembro de 1807. O general Jean-Andoche Junot, seguindo ordens de Napoleão, invade Portugal e está entrando em Lisboa. A família real é transportada e escoltada às pressas pela esquadra britânica em sua fuga para o Brasil, levando nos navios os membros mais graduados da administração e da nobreza, além dos bens mais preciosos e portáteis. Antes de partir, o príncipe D. João VI, temendo ver desmoronar a infraestrutura burocrática do Reino, ordena a todos os funcionários da administração que permaneçam em seus postos. E assim é que Estevão Ribeiro de Resende, brasileiro, que dois anos antes havia sido nomeado juiz em Palmela, uma pequena cidade do outro lado do Tejo, ao sul de Lisboa e próxima a Setúbal, é obrigado a receber os invasores. Palmela tem muita história, mas pouca importância econômica ou política, tanto hoje quanto na época em que Estevão foi nomeado juiz. Tinha cerca de 4.000 habitantes em 1807, tem cerca de 4.000 habitantes hoje. A importância de Palmela era militar, em função de sua localização e do castelo no alto do morro. Quem está no comando ali é o general espanhol Francisco Solano y Ortiz de Rozas, que havia liderado a invasão pelo sul, atravessando a fronteira portuguesa nas proximidades de Elvas (enquanto Junot entrara mais ao norte, perto de Castelo Branco, tentando seguir pelo vale do Tejo na marcha mais curta possível na direção de Lisboa; e a terceira coluna, sob o comando de outro espanhol, o general Francisco de Taranco, descera desde o extremo norte, paralela à costa Atlântica, para ocupar a cidade do Porto).

Estevão para um pouco, reclina-se na cadeira, serve-se de mais café e relê o trecho. Nem ótimo, nem péssimo. Informações, fatos. Informações e fatos precisarão ser transmitidos, nem sempre dá para fazer isso com poesia e arte. Concentrado, volta os olhos para a tela do computador e, com velocidade e energia, continua a atacar o teclado.

O castelo de Palmela, uma antiga fortificação medieval de origem moura, estrategicamente situado nos contrafortes da serra da Arrábida, oferece visão privilegiada de 360 graus. Avista-se, ao longe, de um lado, o Tejo; de outro, mais próximo, o rio Sado; num outro ângulo, bem mais perto, Setúbal, seu porto e o Atlântico; no lado oposto a este, as planícies sem fim do Além-Tejo em direção à fronteira com a Espanha. Não por acaso, portanto, aquele castelo foi escolhido como base operacional das tropas espanholas. A maior autoridade civil, o juiz Estevão, recebe a nova autoridade militar, o general Solano. São dois expatriados prestando serviço nas respectivas Metrópoles. Estevão, brasileiro de Minas Gerais. Solano, venezuelano de Caracas. Se já houvesse, naqueles tempos, qualquer embrião de uma ideia de pan-americanismo, de irmandade latino-americana ou qualquer coisa do gênero, os dois bem poderiam ter ficado amigos. Mas, naquele momento, Simon Bolívar, novamente em Caracas, de volta da Europa e dos Estados Unidos, estava apenas começando as conversas que iriam levar, alguns anos depois, à independência latino-americana, de modo que qualquer sugestão de pan-americanismo ainda repousava, distante, muito à frente, no futuro.

Durante algum tempo, apesar de tudo, Estevão conseguiu equilibrar-se entre suas obrigações de guardião da lei e a necessidade de entender-se com espanhóis e franceses, até porque passou a se dar bem com o Brigadeiro Thomaz David Moreno, comandante do corpo estacionado em Palmela, com quem costumava conversar amigavelmente e mesmo, à noite, compartilhar taças de vinho e programas menos recomendáveis. É certo que o traço conciliador, suave, mas ao mesmo tempo firme, que o futuro Marquês de Valença demonstraria ao longo de sua extensa e bem-sucedida vida política já se mostrava ali, no comecinho de sua vida pública. Os excessos tipicamente praticados por soldados, dados a saques e badernas em países invadidos, eram mantidos em níveis surpreendentemente baixos. Havia, enfim, nos primeiros tempos de ocupação franco-espanhola, uma preciosa calmaria em Palmela e arredores. Mas isso não haveria de durar muito, e os problemas do jovem juiz logo cresceriam em dimensão, quando os invasores passaram a se desentender mutuamente e Estevão foi pego em meio ao fogo cruzado: as tropas de Solano começaram a se altercar com as francesas ao sul do Tejo, que eram comandadas por François Étienne Kellermann, conde de Valmy, filho de um importante marechal francês e que viria a ser, ele mesmo, um dos principais generais de Napoleão, um daqueles que acompanharia o Imperador até o fim, até Waterloo, a última batalha.

Nessas coisas é difícil saber quem está certo, quem está errado, e em que grau, mas o mais provável é que os franceses não se conformassem de estar, naquela região, sob as ordens de espanhóis, aliados de circunstância, provenientes, afinal de contas, de um país invadido (tanto quanto Portugal) e a quem viam, com razão, como militares muito inferiores. O fato concreto foi que um grupo de soldados franceses, de folga, provocou, atacou e assassinou alguns soldados espanhóis igualmente de folga, e Estevão, fazendo valer sua autoridade legal, viu-se obrigado a mandar deter os agressores. Inconformado com a ousadia de um juizinho de província de país ocupado, Kellermann, ferido em seu orgulho, mandou prender Estevão. Num julgamento marcial sumário, em Palmela mesmo, decidiu-se pela condenação à morte do brasileiro. Os amigos deste, incluindo oficiais franceses, conseguiram que o caso fosse enviado a Lisboa, onde Junot daria a última palavra. E foi para lá que Estevão, algemado, foi enviado. Apesar de ter sido evitado o fuzilamento em Palmela, a alternativa lisboeta não era, em hipótese alguma, alvissareira. O general Junot era conhecido por ser emocionalmente destemperado, com crises de desequilíbrio que às vezes chegavam às raias da pura e simples loucura, já andava irritado com guerrilhas portuguesas que pipocavam em diversas partes do reino e, além do mais, parecia haver pouca chance de que viesse a desautorizar Kellermann, um francês que vinha de berço muito mais nobre que o dele, Junot, tinha uma patente tão alta quanto a sua e gozava, naquela altura, de prestígio junto a Napoleão quase tão elevado quanto o seu.

Estevão olhou para o relógio. Não tinha mais tempo. Estava gostando de como fizera evoluir este pedaço do livro. Teve a ideia de imprimir e levar para Juliana ler, na frente dele, no restaurante, para ouvir os comentários que ela fizesse, ao vivo. Mas pensou melhor e achou que não. Ainda mexeria no texto. Melhor segurar a ansiedade e dar a ela um material mais acabado. Precisava trocar de roupa, se arrumar. Logo mais, sairia. Puxa, falar de Palmela... era inevitável lembrar-se de quando esteve lá, com Simone, para tentar refazer os passos de Estevão Ribeiro de Resende em Portugal. Lembrava-se das ruas, das casas, dos bares, do castelo. Que viagem gostosa, que saudade daquilo tudo. Palmela... A verdade, ele admitia, é que Palmela não era, hoje, uma cidade particularmente bonita, especialmente se comparada a outras daquele país, como Coimbra, Tomar, Mafra, Castelo Branco ou Marvão. Espalhada em torno de um morro, no cume do qual ficava o castelo, as ruas pareciam estreitas e atravancadas e ele se lembrava de ter sentido, lá, um pouco de claustrofobia. E, exceto pelas cercanias do castelo, na parte mais alta, incluindo a igreja matriz, pouco restara do casario da cidade, daquilo que Estevão havia visto e onde havia vivido, na primeira década do século XIX. Por outro lado, pensando bem, a verdade é que, ao contrário das ensolaradas experiências que tivera em Portugal com Simone, os três dias que ficaram rodando entre Palmela e Setúbal, de tempo fechado, de frio, de garoa fina, em nada haviam ajudado a transmitir uma boa impressão do lugar. Sim, estava claro, Palmela valia uma segunda chance, valia subir ao castelo com Juliana, valia voltar lá. Ótima ideia. Estava decidido: ele voltaria a Portugal assim que terminasse *Estevão*. Visitaria alguns dos lugares já conhecidos e conheceria outros, principalmente no Norte, no Trás-os-Montes e no Alto D'Ouro, deixados de lado em viagens anteriores. E, é óbvio, tudo isso com Juliana. Portugal, vinho e Juliana. Algarve e Juliana. Aljezur e Juliana. Serra da Estrela e Juliana. Os túmulos de Pedro I de Portugal e Inês de Castro, em Alcobaça, e Juliana. Coimbra e Juliana. O quarto onde nasceu e morreu D. Pedro I do Brasil, e IV de Portugal, no palácio de Queluz, e Juliana. Os jardins de Mafra e Juliana. Aqueles jardins e aquele palácio, construído inteirinho com o primeiro surto do ouro abundante de Minas Gerais, é tudo tão bonito. Ah, Juliana, que vontade de viajar com você, de viver com você... Falaria disso tudo, com ela, logo mais, no almoço. Será que os pais dela ficariam com o menino enquanto eles viajassem? Ora, se não ficariam...

5. Simone

> "[...]
> Depois vem a loucura. E então, a solidão: não a espetacular solidão que você havia previsto, não o curioso martírio da viuvez, mas a solidão, apenas..."[6]
>
> Julian Barnes, *Levels of Life*, 2013.

Simone tinha a chave da casa de Estevão. Sempre teve. Quando se separaram, ela quis devolver, ele não deixou. Minha casa será sempre a sua casa, Simone, a nossa casa, ele disse, você vai entrar aqui sempre que quiser, sem me perguntar, sem me avisar. Relutante, ela acabou aceitando. O fato é que tinha a chave. E agora, pela primeira vez, estava fazendo uso dela. Estava entrando lá, não porque quisesse e, tampouco, obviamente, perguntaria ou avisaria, pois agora não havia mais para quem. Entrava porque precisava. Alguém tinha que fazê-lo e não havia ninguém senão ela para dar conta da tarefa. Uma montanha de tarefas, na verdade. Algumas mais urgentes, como ver se havia contas a pagar ou comida estragando na cozinha. Regar vasos de plantas que já deviam estar mortas de sede, coitadas. Uma colega do trabalho se ofereceu para ir com ela, mas Simone preferiu ir sozinha. Pelo

---

6 Tradução do autor.

menos nessa primeira vez ela sentia que precisava ir só. Abriu a porta. Ah, que coisa, que sensação mais estranha, meu deus, que tristeza. Esse silêncio, essa penumbra. O pijama sobre a cama desfeita, a janela para a praça, aberta. Simone sabia que ele começara o último dia ali, olhando para fora, sempre fizera assim. O banheiro todo desarrumado, a toalha de banho jogada sobre a pia, ai, como era bagunceiro, sempre foi, e obviamente não haveria de ter melhorado depois que ela deixou a casa. A diarista, que normalmente ia duas vezes por semana (mas não havia voltado desde alguns dias antes da morte dele), não dava conta de ajeitar o caos que ele fazia. E o quanto ela, Simone, no passado, tinha brigado com ele por causa disso! citando o seu machismo, de achar que era obrigação dela arrumar tudo – nessas horas todos os homens são iguais –, ao que ele respondia que não, que ela não precisava arrumar nada, que ele era feliz em meio à baderna, e ela respondendo que a casa era dela também, que a atitude dele a agredia, ah, quanta bobagem, brigas tão bobas... que saudade. Que saudade. No escritório de Estevão ainda estava, sobre o frigobar, repousando vazia, a cama de Jonas, o gato, que foi a única coisa que Simone exigiu levar com ela quando foi embora, exigência à qual Estevão se opôs o quanto pôde, mas diante da qual, no fim das contas, cedeu. Jonas, quando adotado, foi chamado de Pelé. Mas, ainda muito novinho, apareceu, um dia, vindo da área de serviço, muito orgulhoso, com duas antenas, enormes, saindo de sua boca. Quando Simone foi ver do que se tratava, percebeu que era uma barata, ainda viva, dentro da goela do pequenino Pelé. Uma vez removida e executada, a chineladas, a barata, que, sem exagero, era quase do tamanho do gato, Simone foi contar o caso a Estevão, que comentou que, naquele caso, era o profeta quem estava engolindo a baleia, e não o contrário, qual profeta mesmo foi?, perguntou Simone, e Estevão respondeu, ora, Jonas, aquele que aparece com um peixinho ao seu lado, na escultura de Aleijadinho em Congonhas do Campo, lembra?, ah, claro, ela respondeu, Jonas. Jonas???, ela gritou, chamando o gato Pelé, que a partir daquele momento passou a chamar-se Jonas, o profeta que engolia baleias. Ah, quantas lembranças... E Estevão, que nunca tirou a caminha do Jonas do alto da geladeirinha, onde ele adorava cochilar enquanto Estevão escrevia... será que ele tinha esperança de que o gato um dia voltaria?

O computador, ainda ligado, em modo repouso.

E Simone sentia que, ao reativar o computador, estaria irremediavelmente invadindo a privacidade de Estevão, olhando para a última tela para a qual ele olhara, vendo as últimas coisas nas quais ele estava trabalhando, ou não, quando se levantou para ir almoçar com Juliana e não voltar mais. Mas não havia outro jeito, ela precisaria mesmo ligar o computador, ver os e-mails, entrar no site do banco, tomar providências. E, quando ela, sentada na cadeira de Estevão, mexeu no teclado e o computador se reanimou, de cara começou a tocar aquela insuportável playlist que ele usava para trabalhar, com Keith Jarrett martelando o piano feito um louco, abusando dos pedais, por que ele não tocava cravo, de uma vez?, por que Estevão não ouvia as músicas que todo mundo ouvia?, o que ele tinha contra trabalhar ouvindo Caetano Veloso, João Gilberto, alguma coisa mais suave, mais palatável? Quando ela ainda estudava música a sério e tocava violoncelo, gostava de ouvir ópera, música atonal, jazz experimental, e Estevão não suportava, achava chato, reclamava. Na época ele só queria ouvir Bob Marley, Gilberto Gil, Jimi Hendrix. E depois as coisas se inverteram, ela é que passou a gostar de música mais normal, ao passo que Estevão foi ficando cada vez mais preso num estilo musical que, para ela, nem era bom, ou sofisticado, mas apenas chato. Só que ela logo parou de pensar nisso, pois a primeira coisa que apareceu, na tela iluminada do computador, foi uma página do editor de texto, com um trecho daquele malfadado *Estevão* aberto diante dela. Não teve alternativa senão parar um pouco, respirar bem fundo e ler.

> Junot não estava nem um pouco bem-disposto. Notícias ruins chegavam, o tempo todo, de todos os lados. Além das guerrilhas que ocorriam por toda parte, com um novo exército português sendo formado e armado pelos ingleses (o exército português, que se rendeu sem luta, diante da invasão francesa, acabou incorporado à força às tropas napoleônicas, foi enviado para quartéis na Alemanha, e viria a ser, alguns anos depois, quase que inteiramente dizimado na Campanha da Rússia), havia boatos cada vez mais insistentes a respeito de um iminente desembarque inglês. As tropas francesas que comandava eram, em sua maioria, compostas por soldados novos, com pouca experiência. Aliás, se tivesse sob suas ordens os veteranos com os quais combatera junto a Napoleão no Egito, ou na batalha de Austerlitz, era certo que teriam marchado bem mais rápido para Lisboa, a família real portuguesa não teria conseguido embarcar a tempo nos navios ingleses, e a situação presente seria bem outra. Junot pedira reforços a Paris, insistentemente, mas a resposta foi negativa. Vire-se com o que tem, disseram. As tropas espanholas com que contava eram mais testadas em combate do que as francesas, mas, por questões políticas, não se mostravam confiáveis, e ele sabia que podiam abandoná-lo a qualquer momento. A recente morte do bom general Taranco, no Porto, um dos poucos militares espanhóis dignos de confiança, provavelmente envenenado, em nada aliviava o quadro.
>
> E agora, como se já não tivesse problemas suficientes, Kellermann inventara de enviar a ele um juizinho de merda, funcionário de província, que supostamente afrontara a autoridade

francesa em sua comarca. Pedira que o juiz fosse fuzilado. O que fazer? Estevão ali, diante dele, de pé, algemado, esperava. Junot decidiu consultar alguns auxiliares. Um deles, o general de brigada Degrandorge, que morreria por ferimentos em combate pouco tempo depois, em outubro de 1810, simpatizava com Estevão. Os dois, em companhia do general brigadeiro espanhol Moreno, haviam compartilhado bons vinhos e boas mulheres, algumas semanas antes, quando o francês estivera em Palmela, em comissão. E Degrandorge sabia como manipular o comandante. Não mostrou intimidade com Estevão, nem sequer o cumprimentou, fez que não o conhecia. Com olhar distante, aproximou-se de Junot e sussurrou: besteira fuzilar o juiz. Vamos nos indispor com a população local, que, pelo que se sabe, o aprecia; e, pior, vamos ficar mal com os espanhóis, que não são de confiança, e se sentirão afrontados. Ora, general, o que fez de mal o juizinho? Mandou prender uns soldados arruaceiros, que acabaram soltos no dia seguinte? Não vale a pena. Kellermann que se conforme e na próxima vez controle seus soldados, não deixe que façam besteira. O que ele quer, senhor? Quer o comando no seu lugar? Ele que vá para a... Você tem toda razão, general, respondeu Junot. Kellermann que se enquadre e obedeça a Solano. O que ele pretende, explodir com a aliança franco-espanhola? E bem agora que, pelos informes que têm chegado, os ingleses de Wellesley [o futuro duque de Wellington, que alguns anos depois provocaria a derrota definitiva de Napoleão em Waterloo] estão prestes a desembarcar nessas praias?

E, menos por qualquer senso de justiça que tivesse aterrissado na cabeça de Junot e mais por pragmáticos cálculos políticos, nos quais Estevão não passava de um insignificante peão, ele foi inocentado. Retiradas as algemas, voltou para Palmela, escoltado pelos mesmos soldados e oficiais que o haviam conduzido a Lisboa, e reassumiu seu cargo. Mas, ele sabia, não tinha como ficar tranquilo. A questão de Kellermann com ele tornara-se pessoal. O general com certeza se aproveitaria do menor pretexto para vingar-se. E, mal haviam passado dois dias desde o regresso a Palmela, foi o que aconteceu.

Simone já havia lido aquele trecho antes, mas numa versão um tanto quanto diferente, ela se lembrava. Melhorou um pouco. Quantas versões de cada trecho ele teria pretendido escrever até se dar por satisfeito? Ele não se cansava daquilo? Maldito livro. Por que Estevão não largava aquilo? Não largava? Não, não dava mais tempo, não ia mais largar. Já foi. Foi enterrado, e com ele, aquele amaldiçoado *Estevão*. Ainda sentada na cadeira do ex-marido, olhou para a praça, à direita. Lá no alto, do outro lado, longe, viu a mangueira de que ele tanto gostava, que o fazia lembrar, como ele dizia, Diamantina. No horizonte daquelas cidades e vilas, dizia com frequência, tem sempre uma mangueira. No alto de um morro, bem verde, fazendo contraste com o azul do céu. Sempre. São Gonçalo do Rio das Pedras, Mendanha, Milho Verde, Extração, Sopa, Biribiri, Conselheiro Mata... E há tão poucas mangueiras em São Paulo, ele repetia e repetia. Simone chorou um pouco, olhou para as estantes em volta dela, repletas de livros, alguns organizados direitinho, alguns amontoados, olhou para a mesa, desorganizada, um monte de anotações em blocos de notas misturados a contas, livros abertos e fechados, originais encadernados, alguns dele mesmo, outros de pessoas que enviavam para que desse parecer ou escrevesse prefácios, canetas bic azuis e vermelhas, canetas amarelas marca-texto, o velho grampeador que pertencera ao avô, um pote com moedas que ele usava como troco para a padaria, copos sujos, xícaras de café vazias... Como Estevão era porco, como era bagunceiro, só lavava alguma louça se as limpas acabassem antes do dia em que vinha a diarista... Ainda chorando,

Simone se levantou. Sozinha naquele escritório, naquela casa, soltou um berro agudo, forte, suspirou bem fundo, chorou mais um pouco. De que adianta chorar? A vida precisa seguir em frente. Tanta coisa para resolver. Inventário, burocracias, contas, aquela casa... Ela pensava agora no que teria sido o futuro caso aquele atropelamento idiota não tivesse acontecido.

Será que eles teriam voltado? Será que aquela nova namorada teria alguma chance com Estevão? Bonita ela era. E jovem, ou talvez não tão jovem, mas mais do que ela Juliana com certeza era. Mas enrolada, com filho, recém-divorciada, e Estevão, ela sabia, detestava rolos. E era metida. Nisso Estevão caía, sempre. Era muito atraído por mulheres metidas, especialmente quando elas se faziam um pouco de bobas para ouvir o que ele dizia, achando tudo inteligente, instigante, ah, como ele era ingênuo com as mulheres, caía em todos os truques de sedução feito um patinho, nos truques mais infantis. Será, enfim, que eles teriam voltado? Sentada na cadeira de Estevão, olhando para a praça, o computador ligado, a maldita playlist tocando de novo, Simone viajava. Lembrou-se das mágoas, de como culpara Estevão por ter abandonado a música, e de como isso na realidade fora injusto, pois era evidente a falta de talento dela. Até que tocava razoavelmente bem o violoncelo, mas havia aquele algo a mais, aquele dom, aquele toque especial que os grandes intérpretes têm e que ela não tinha. Estevão fora cruel. Não tivera tato. Poderia ter sido mais delicado nos comentários, mais encorajador, é verdade. Mas jamais mentiu para ela. E, agindo como agiu, acabou por poupá-la de dissabores mais fortes, de quedas maiores, quando ela tivesse chegado quase lá em cima e despencasse. E ele gostava de ouvi-la tocar, isso também era fato. Adorava escrever enquanto ela praticava. Foi inábil, é isso. E ela teve raiva. Mas ele estava certo. Talvez, ela admitia agora, boa parte da falta de paciência dela com relação a Estevão e ao livro tenha vindo dali, daquela questão com a música. Nos últimos tempos juntos ela se lembrava de frequentemente sentir – a palavra infelizmente era essa mesmo – *raiva*. Ela se lembrava agora de como passara a detestar a mania que ele tinha de repetir piadas, como aqueles bordões dos antigos programas de humor na televisão, algo que no começo ela achava superdivertido. E, nos cafés da manhã, quando ele comentava as notícias que lia no jornal, ela se lembrava de ficar irritada, de reclamar que não estava conseguindo ler porque ele não parava de falar, e seja por isso ou por outro motivo, o fato é que os cafés da manhã dos dois foram ficando cada vez mais silenciosos nos últimos tempos.

Será que eles teriam voltado, no futuro?

6. Juliana

> "De modo que você é, também, uma parte de mim. Minha solidão sempre renascendo, enquanto a relva cresce, é maré avançando na aurora, saindo da rosa cinza para o leste, para deslizar sobre a areia, envolvendo a beleza afogada, o pássaro morto, o sapato velho; minha vida explora as grutas, mergulha nas lagoas, caça com os caçadores estrelados. Eu espicho dedos de relva, dedos de fogo, e toco meu próprio nome esculpido no ar, minha própria carne andando em minha direção, num sonho. Eu giro conforme uma onda ataca, desmascaro o que não conheço: você também é uma parte de mim, eu entro no portão dos seus olhos, meu mendigo, meu irmão, resposta do mar."[7]
>
> Denise Levertov, *So You, too...*, 1947.

E, para completar, como se a vida já não estivesse suficientemente complicada, Stefano vinha apresentando problemas. O que era normal, ou normal não, mas previsível. Afinal, separação sempre bate pesado nos filhos, ainda mais os pequenos, ainda mais quando rola um clima agressivo entre pai e mãe, ainda mais quando o pai se ausenta, física, emocional e – embora este aspecto

---

7 Tradução do Autor.

passasse despercebido ao menino naquele momento – financeiramente. A fala piorara, então, fonoaudiologia; na escola as coisas estavam indo mal, tanto no aspecto cognitivo quanto no relacionamento com os coleguinhas, então, acompanhamento psicopedagógico; ele voltou a fazer xixi na cama e vinha tendo muitos pesadelos, então, psicoterapia. Era um garoto lindo, boa índole, inteligente, sensível. Por mais que os pais dela ajudassem bastante, era inevitável que sobrasse muita coisa para Juliana, afinal de contas ela era a mãe. Pegar, levar, acolher, acalmar, consolar. E até mesmo, de vez em quando, lavar roupa suja de xixi.

No Aldeia as coisas também não estavam nem um pouco tranquilas. E se Juan desanimasse? Esta era a maior preocupação de Juliana. O sócio já não parecia tão otimista, ultimamente, como se mostrara no começo. Estava sofrendo pressão do companheiro, Marco Antônio, que reclamava por Juan trabalhar muito e ganhar pouco (na realidade, nada) com o negócio. Juan já não ria, não sorria e não contava piadas como antes, justamente ele, Juan, sempre tão otimista, tão animado, tão engraçado. O curso que deram no dia seguinte à morte de Estevão foi um fiasco. Ela bem que desconfiara de que a ideia não era boa, mas não ia ficar esfregando isso, agora, na cara de Juan. A ressignificação do funk nas culturas indígenas brasileiras: um diálogo de oprimidos. Pelo amor de deus, quem iria querer ouvir isso? O palestrante era um professor guarani de uma daquelas tribos de origem paraguaia da periferia de São Paulo. Um completo fiasco. Ela não esteve lá, mas soube. Três inscritos. Sete pessoas na plateia, pois, além de Juan e de Cristina, Cris, a única funcionária do Aldeia, o palestrante levara dois convidados, uma mestranda de antropologia da USP e um membro da comunidade guarani. Gastou-se com água, sucos de frutas, biscoitos, pão de queijo, energia elétrica, utilização do espaço. Nada se pagou. Prejuízo total.

O dia em que aconteceria, à noite, o curso do professor guarani, Juliana passou no velório e no enterro. Estava arrasada e sem nenhuma condição de ir até o Aldeia à noite. Engraçado. Até aquele dia ela não achava que estava apaixonada por Estevão. Quer dizer, ela sabia que estava atraída por ele. Só não se dera conta do quanto. Mas agora ela via, era bastante. De um ponto de vista prático, ele teria sido o parceiro ideal. Boa gente, atencioso, teria cuidado bem de Stefano, quer dizer, provavelmente teria, apesar da evidente falta de jeito que demonstrava ter com crianças (mas, afinal, não só com crianças). Meio maluco, meio inconveniente, meio que obcecado pelo livro que estava escrevendo. Verdade. Mas uma pessoa genuinamente boa. Inteligente. Culta. E, financeiramente falando, resolvida, algo que, nos dias de hoje, não era pouca porcaria. Mas as batidas aceleradas do coração não ocorrem apenas pelo pragmatismo e era impossível negar, agora, que Juliana estava apaixonada por Estevão. A maior sacanagem, ela pensava, é que, agastada com os dissabores do divórcio recente, ela não se sentia aberta para qualquer nova relação. E justamente naquela em que finalmente cedia, e mergulhava de peito aberto, puf, o cara morria, assim, do nada, algumas horas depois de eles terem almoçado juntos, e falado, e rido, e feito planos para o futuro. Porra. Que merda.

E o velório. Que situação mais quadrada. Não conhecia quase ninguém e ainda foi inventar de se aproximar da viúva oficial, a qual, apesar de separada de Estevão, parecia um cachorro mijando no poste, marcando território, dizendo, sem parar, que ele era seu, seu, seu. Que idiota, se foi ela mesmo quem chutou o cara, por que, agora, aquela possessividade com relação a um corpo, um defunto? Por que não foi possessiva antes? Estevão falava dela babando, sempre. De maneira até inadequada. Ao longo dos primeiros encontros com Estevão, a impressão que Juliana tinha era a de que ele teria voltado para Simone de imediato, a jato, num simples estalo de dedos dela. Mais recentemente, por mais que a viúva oficial quisesse, porém, ela sentia que as coisas não teriam sido tão fáceis. Ela sabia que Estevão estava atraído por ela tanto quanto ela por ele. E a viúva oficial também sabia, é claro. Era por isso, não tinha outra explicação, tanta mijação no poste.

O almoço deles, o último, poucas horas antes do atropelamento que o matou, foi tão gostoso. Naquele dia, de manhã, ele tinha mandado um conto por e-mail para ela, um conto antigo, um que ele escrevera fazia muito tempo. Na verdade, ele enviara três, mas ela no dia só teve tempo de ler um. E até que gostara. Não era ótimo, mas tampouco ruim. Para ele, disse que adorou. Já o conhecia o suficiente para saber que era muito sensível a críticas. Ficaram de falar mais do conto e de uma possível publicação durante o almoço, mas isso acabou não acontecendo. Estevão não quis conversar sobre o conto e nem, milagre, sobre o livro. O único livro que mencionou foi *Tamarindo*, assim mesmo só para dizer que o que o motivara a começar fora a imagem, que construiu em sua mente, do cadáver (ou dos ossos) do coronel, dependurado no galho seco de angico, "ainda calçando as luvas pretas de montaria", e que essa imagem o acompanhava (ou assombrava) sempre, até hoje, e que quase todos os dias pensava nela. Ela se lembrava também de que Estevão perguntara a ela, sabendo, claro, que ela não saberia a resposta, o motivo por que a avenida São Luís, onde ficava o Aldeia, tinha esse nome. Não, claro, ela respondera. E, feliz, ele havia explicado: porque São Luís era o santo de devoção do Brigadeiro Luís Antônio, dono original daquelas terras, que eram uma chácara dele, e o que é hoje a avenida era uma estradinha de terra dentro da chácara... E? ela devolveu. Qual é o ponto? Ora, respondeu Estevão, o brigadeiro Luís Antônio era o sogro de Estevão Ribeiro de Resende. Han han, ela respondeu, rindo, e completando, irônica, nossa, que coisa mais interessante, essa... Fora isso, Estevão praticamente só falou deles dois e de Portugal, que queria levá-la para lá, para cidades por onde já passara antes, mas que imaginava, com Juliana, (re)conhecer, passeando por tudo como se fosse a primeira vez, e de certa forma, ele disse sorrindo, seria mesmo. Será que ele teria topado levar Stefano junto, para Portugal? Ela se lembrava de ter pensado na questão, que não quis, porém, verbalizar na hora. Isso seria tão bom para o garoto.

Nossa, como ele estivera romântico, naquele almoço. Foi num restaurante ali perto, no Copan. Eles se encontraram no Aldeia, dali seguiram a pé, conversando, de mãos dadas, tão estilo namorados novos, conversando amenidades, apontando pessoas e curiosidades nas ruas, rindo de besteiras. E aí, na volta, depois de um último café numa padaria de que ela gostava, ele nem subiu. Despediram-se na porta da galeria, ela voltou para o trabalho, ele foi para a Biblioteca Municipal, ela tão feliz, tão leve. Algum tempo depois, umas duas horas, talvez um pouco mais, ela ouviu uma comoção na rua, lá embaixo, e, curiosa, foi até a sacada da galeria para olhar. Um ônibus parado em posição meio diagonal, atravessada, uma pequena multidão, alguma coisa que ela mal vislumbrava, mas que parecia um corpo estirado no chão, mas não dava para ter certeza, pois havia muita gente na frente. E, sem qualquer demora, chegou, estridente, uma ambulância do SAMU. Atropelamento, ela pensou. Que coisa. Que triste. Tomara que a pessoa esteja bem. E entrou, não esperou para acompanhar o resgate, pois tinha muito trabalho a fazer. E de maneira alguma, nem de longe, pensou que poderia tratar-se de Estevão, que era o corpo dele que estava lá, estirado no meio da avenida, que o atropelado era ele.

Sentada diante de sua escrivaninha, no Aldeia, Juliana tentava, agora, se livrar desses pensamentos. Precisava revisar a agenda de cursos e seminários, tinha providências a tomar, e-mails para escrever e responder, telefonemas a dar, contas e impostos a conferir e pagar. Mas estava difícil manter a concentração. Se não fosse por Stefano, faria alguma besteira, ela pensou, alguma coisa radical. Fugiria, iria morar em alguma cidadezinha, iria ser manicure em Portugal, sei lá. A verdade é que a vida estava muito besta e as perspectivas eram péssimas. O pai do menino se tornara inencontrável. Se nem mesmo procurava Stefano para sair e passear, pensão alimentícia, imagine, nem em sonho. A nova mulher do cidadão era mau-caráter, possessiva, daquele tipo ciumento doentio, que queria tudo só para ela, corações, mentes e, principalmente, bolsos. E histérica. Juliana já ouvira os escândalos da fulana, no outro lado da linha telefônica, estridentes, agudos, no começo, no tempo em que ainda era possível conversar com o ex-marido. E ele convenientemente cedia às exigências da sem-vergonha. Os pais dela a estavam pressionando para processá-lo, mas ela hesitava.

Ambos, pai e mãe, eram, sempre haviam sido, uns amores com ela, filha única e sempre mimada. O pai, engenheiro aposentado, na superfície era um pouco mais rígido, se fazia de durão, mas na hora agá sempre cedia, o coração era mole, tinha muita dificuldade em dizer não para Juliana. A mãe nunca tivera um emprego formal; há anos trabalhava como voluntária em uma espécie de ONG brechó, que recolhia roupas usadas, selecionava-as e distribuía para pessoas carentes, podendo dizer, socialmente, que tinha um trabalho. Na superfície, era mais mole que o pai, mas no fim das contas era quem mais fazia cobranças à filha. Especialmente com relação a Stefano, pois era ela, por conta do trabalho com horários mais do que flexíveis, quem mais acabava assumindo tarefas ligadas ao dia a dia do garoto, como levar e pegar na escola, na casa de amiguinhos, médico, dentista, terapia, quem cuidava das roupas que o garoto vestiria, se preocupava com almoço e jantar, com banho e escovação de dentes e assim por diante. Obviamente Juliana também fazia isso, ela não era uma mãe ausente; adorava Stefano e não fugia das obrigações maternas, pegava e levava na escola e em outros lugares sempre que conseguia, lavava as roupas, especialmente as com xixi, pois era aí que as reclamações da mãe batiam mais pesado, mas a realidade era que as atividades no Aldeia tomavam muito mais tempo do que seria razoável e do que ela gostaria, e que a rotina de Stefano, portanto, dependia pesadamente da dedicação da avó.

Pai e mãe haviam sido contra o casamento de Juliana. Jamais engoliram o ex-marido dela, um sujeito que sempre parecera instável, tanto emocional quanto profissionalmente, algo que, aliás, não perdiam nenhuma oportunidade de lembrar. Aquela coisa de ser freelancer na área de vídeo, pulando de uma produção a outra, era a imagem do pesadelo para o pai de Juliana, um irredutível entusiasta das carreiras profissionais estáveis em grandes empresas ou no serviço público. E o pior é que, ela agora se dava conta, eles estavam certos, se não no varejo, pelo menos no atacado. Mas ela reconhecia, por outro lado, que eles deram total apoio quando a separação se tornou inevitável, acolhendo-a de volta em casa, decorando um quarto para Stefano e abraçando completamente o neto, que, se podia sentir falta do pai, encontrava nos avós uma montanha de afeto e de atenção.

Os dois vinham pressionando bastante, e não sem razão, para que ela tomasse medidas mais duras contra o ex-marido. Não é que iremos deixar de prover tudo o que o Stefano precisa, minha filha, dizia o pai, faremos isso sempre, com o maior prazer, com amor, mas é que aquele sujeito não pode ser tão cara-de-pau, não pode fugir às obrigações de pai. Juliana sabia que eles estavam certos, mas quando pensava no desgaste que seria provocado por uma batalha judicial, nos advogados, nos eventuais encontros em tribunais, no sofrimento que tudo isso causaria ao garoto, já tão abalado pela separação e pela ausência paterna, hesitava. Mas no fundo, ou nem tão lá no fundo assim, estava cada vez mais convencida que não teria saída senão a Justiça, que seria obrigada a adotar esse caminho. E isso a entristecia profundamente.

Juliana hesitou, no começo, em falar dessas coisas com Estevão. Tinha medo de assustá-lo e, antes mesmo de um eventual relacionamento começar, vê-lo fugindo, a galope, porta afora. Mas no fim, em um dos encontros, quando finalmente não resistiu mais e desabafou, surpreendeu-se com a acolhida que recebeu. Animou-se. Muito. Estevão a ajudaria, abraçaria, aceitaria Stefano, teria no menino talvez o filho que não chegou a ter com a primeira mulher. E ela chegou a imaginar que eles seriam uma família, e uma, tanto quanto possível, feliz. Agora voltara tudo à estaca zero.

E lá estava ela, tentando se concentrar nas contas, nos impostos, na agenda e nos e-mails quando Juan, mal-humorado, com cara de poucos amigos, se aproximou da escrivaninha e disse que precisava sair mais cedo hoje, se ela poderia ficar até mais tarde e fechar a loja. Ele pediu daquele jeito que não oferece alternativa, e ela concordou. Como ele era notívago e ela tinha o filho, eles tacitamente dividiam os horários de maneira que ela chegava mais cedo e tomava as providências que precisavam ser tomadas pela manhã, e ele chegava mais tarde e ficava até fechar. Ainda mais naquele dia tão difícil para ela, puxa, que insensibilidade de Juan. Ela precisaria ligar para a mãe, avisando que atrasaria, e ouviria bronca, claro. Seria obrigada a se arrastar ali até tarde, atendendo telefonemas e recebendo, sorridente, os eventuais clientes.

E com medo, além de tudo, que o sócio estivesse planejando o fim do negócio. Mais uma dissolução? Agora? Juliana não tinha certeza de que suportaria o baque. De qualquer forma, do jeito que o clima andava ultimamente, uma conversa séria com Juan era algo que não poderia ser adiado por muito tempo, e mesmo isso, uma simples conversa séria, ela não se via com energia para enfrentar naqueles dias. Pelo menos, ela pensou, hoje não teremos evento.

7. Estevão

"O viajante promete a si mesmo que, vida tendo, virá saber melhor que terras são estas e quem vive nelas. Hoje não fará mais do que passar. Seu primeiro destino é Palmela, alta vila de bom vinho que com duas gotas transforma quem o bebe. Nem sempre o viajante sobe aos castelos, mas neste se demorará. Do alto da torre de menagem dão os olhos volta ao mundo e, como de cada vez não se cansam, tornam."

José Saramago, *Viagem a Portugal*, 1990.

Kellermann decidiu, do nada, que a cisterna do castelo necessitava de reparos, e exigiu que o juiz providenciasse, para tanto, o pagamento de 12.000 cruzados, um dinheiro bastante considerável, especialmente naqueles dias. Estevão, que antes disso já havia escondido, sob o altar da igreja matriz, todo o dinheiro destinado aos órfãos, disse que era impossível, que os cofres públicos estavam zerados. Diante da insistência do general francês, Estevão, para ganhar tempo, mandou que o prefeito fosse até Lisboa solicitar recursos. Mas esta saída não satisfez Kellermann, que exigiu que o dinheiro fosse pago no mesmo dia. Diante de um ultimato que não teria como cumprir, o juiz não viu saída a não ser fugir. Às dez horas da noite, às pressas, levando pouco mais do que a roupa do corpo, seguiu a pé em direção a Cacilhas, que ficava a cerca de 30 quilômetros ao norte, na margem sul do Tejo. E escapou por pouco, pois logo nas primeiras horas da madrugada um grupo de soldados franceses batia à porta de sua casa. Informados de que o juiz não estava, e não informados sobre onde ele estava, amarraram e agrediram o criado, mataram os dois cavalos que estavam no estábulo e descarregaram as armas nos móveis e nas paredes, arruinando tudo o que puderam, exceto por objetos de valor e livros, que levaram para vender.

Informado do desaparecimento do juiz, Kellermann mandou um grupo de cavalarianos atrás do fugitivo. Apesar de não saberem onde estava e por onde tinha fugido, acabaram, é claro, por chegar em Cacilhas, um dos destinos mais óbvios numa rota de fuga para alguém na situação em que se encontrava Estevão. Quando os franceses apareceram, o juiz já havia alugado um pequeno bote, que usaria para atravessar o Tejo. Mas, agora, com a vila tomada por franceses, que procuravam e perguntavam por toda parte, ele não tinha como chegar ao barco e se escondeu num bosque junto à vila. O povo de Cacilhas, mesmo sem conhecer o juiz, sabia que ele era "um dos nossos", e, fazendo-se, todos, de desentendidos, não deram qualquer informação que prestasse aos franceses. De qualquer forma, patrulhas e piquetes por toda parte dificultavam enormemente os movimentos do juiz fugitivo.

Sem alternativa, Estevão precisou ficar escondido no bosque o dia todo, entre as árvores, em meio ao capim alto, esperando a noite cair, até que, quando finalmente escureceu, decidiu que era possível caminhar até a beira do Tejo. Mas, ao tentar atravessar uma área de campo aberto, logo deparou-se com uma patrulha. Escapou por muito pouco de ser descoberto. Jogou-se ao chão e, rastejando, ajudado pela escuridão, conseguiu chegar a um olival. Dali, esgueirando-se entre as árvores, acabou por conseguir se aproximar da beira do rio, onde o barqueiro, que navegava de um lado para o outro, simulando estar pescando, acabou por vê-lo e, furtivamente, o recolheu.

Vencida a travessia do Tejo, outra longa caminhada noite adentro pelos arredores de Lisboa, até chegar a Frielas, perto de Loures, onde Estevão buscou abrigo no Hospício do Capelão da Madre de Deus, cujo prior era um velho conhecido do coronel Severino Ribeiro, seu pai, e no qual ele pôde ficar incógnito por alguns dias, enquanto tentava secretamente preparar, com a ajuda dos padres e de amigos, uma maneira de embarcar para o Brasil. Um desejo que, no entanto, acabou por revelar-se de realização absolutamente impossível naqueles tumultuados dias lusitanos.

O que Juliana acharia deste trecho? A versão anterior (que estava longe de ser a primeira), quando Estevão mostrou a ela, causou um bocejo quase explícito. Estevão, ela disse, posso ser sincera? Você fez um milagre, no mau sentido. Você conseguiu transformar um evento épico num texto chato. O sujeito encara de frente um dos principais generais de Napoleão e escapa por pouco de ser condenado à morte por outro dos principais generais de Napoleão. Depois ele é perseguido pelo primeiro dos principais generais de Napoleão, esconde dinheiro na igreja, tem a casa destruída, foge trinta quilômetros a pé no meio da noite, é seguido de perto pela cavalaria, rasteja no meio de um monte de pés de azeitonas (ele se lembrava bem, ela não falou oliveiras, mas pés de azeitonas), escapa num bote, no meio da noite, atravessando o Tejo, que naquele ponto, como qualquer um sabe, não é nenhum riacho. Do lado de lá, segue vagando por não sei mais quantos quilômetros às escuras até encontrar, não se sabe como, um mosteiro, também às escuras, no qual bate na porta em busca de proteção... ou seja, é uma verdadeira sequência de filme de ação, uma aventura de verdade, com gente de verdade, e você escreve um texto tedioso? Vamos, meu querido, se esforce um pouco mais, você com certeza vai conseguir criar uma narrativa mais emocionante do que essa. E Estevão obedeceu. Escreveu, reescreveu, reescreveu de novo. Simplificou a narrativa, tentou aumentar o suspense. Foi por isso que ele acabou omitindo, por exemplo, para dar mais dramaticidade à história, que o escrivão, braço-direito do juiz, havia fugido junto com ele.

Era engraçado, ele pensava, como Simone e Juliana faziam comentários e críticas completamente diferentes com relação ao livro. A primeira reclamava de haver pouca poesia, que faltava lirismo; a segunda queria mais ação e mais emoção. E Estevão concluía que as duas estavam certas. Os defeitos eram muitos, as qualidades, poucas. Mas não havia desânimo, não naquele momento. O livro estava melhorando, disso ele tinha certeza.

Decidira que já chegara a hora de enfrentar, de uma vez por todas, um pedaço particularmente difícil, que era a questão de Estevão com a escravidão no Brasil, que contaria a partir das notícias e boatos aterrorizantes sobre a revolução haitiana que havia escutado em Portugal. A única premissa absoluta era a de que ninguém que fosse contra o regime escravista, nas elites do Brasil de princípios do século XIX, era movido por um ponto de vista, digamos assim, de igualdade racial e justiça social. Um dos principais motivos para ser contra a escravidão, e o que mais motivava Estevão, era o medo. Sempre houve, é natural, o receio que vinha da matemática: muitos negros controlados por poucos brancos. Um descuido e tudo iria por água abaixo. Eram comuns, no Brasil e nos demais países escravistas daqueles anos, as histórias de escravos que haviam incendiado fazendas inteiras, incluindo casas e plantações, assassinado seus senhores e assim por diante. Ainda ressoavam as histórias a respeito da rebelião escrava de Tacky, que abalara a Jamaica britânica algumas décadas antes. E, agora, o Haiti. Houve muitos relatos a respeito de famílias de fazendeiros franceses que foram envenenadas, pai, esposa, filhos, por serviçais de aparência submissa e amorosa, que serviram, como sempre faziam, jantares quentes e apetitosos, com a diferença de que naquela noite, quando o levante havia sido combinado, os amorosos serviçais colocariam veneno na refeição das famílias de seus senhores.

Depois do que aconteceu na Jamaica e, principalmente, no Haiti, nas sedes das fazendas de cana e café no Brasil passou-se a dormir com portas e janelas cuidadosamente trancadas, e não era por medo de ladrões ordinários. Algumas rebeliões maiores, aqui e ali, por vezes assustaram. Porém, até porque nenhum colono branco era bobo e muitas precauções foram adotadas, nada nas dimensões do que ocorreu no Caribe voltaria a acontecer em outros países. Houve rebeliões no Brasil, como a dos Malês, na Bahia, e o famoso caso do escravo Nat Turner, na Virgínia, Estados Unidos, que, seguindo o exemplo de seus antecessores haitianos, liderou uma rebelião que também começou com o envenenamento de seus antigos senhores, mas a experiência haitiana havia deixado as forças de repreensão muito mais alertas, de modo que em todos esses casos os escravos não chegaram nem perto de alcançar a vitória.

O que conta é que no fim, especialmente no fim de cada dia, quando a noite chegava, para europeus, brancos, colonizadores, senhores de escravos o Haiti era o terror absoluto, o pesadelo de todas as noites. Inimaginável, avassalador, devastador. Naquela que era, até então, a mais rica colônia francesa, a matemática se fez valer com dimensões gigantescas. Em ações coordenadas entre escravos espalhados por todo o país, não sobraram quase propriedades intactas e proprietários vivos. Isso foi em 1794. Depois de muitas idas e vindas, e principalmente de muito sangue, o Haiti tornou-se independente em 1804. O último general francês a ser derrotado e morto no caribe, Charles Leclerc, era amigo de Junot. Ambos tinham origem humilde e haviam começado como voluntários, nas patentes mais baixas dos exércitos revolucionários, se aproximado de Napoleão e, por coragem e merecimento, rapidamente galgado postos na hierarquia militar.

A questão haitiana e o medo que ela causava, portanto, estavam naturalmente muito presentes no Portugal pré e pós-invasão francesa, assim como, obviamente, no Brasil. E não poderia deixar de marcar profundamente aquele juiz de Palmela, cujo pai, o lisboeta Severino Ribeiro, um rico fazendeiro e proprietário de minas de ouro em Minas Gerais, mantinha não poucos escravos em sua casa e em suas fazendas e lavras.

Só que isso tudo era bastante complexo para tratar. Como tema épico, do jeito que queria Juliana, ainda seria um pouco mais fácil do que pela pegada lírica, como preferia Simone. Mas ainda assim era difícil. Estevão normalmente deixava os trechos mais complicados para depois, tratando primeiro daqueles em que o texto fluiria melhor, em que o ambiente, o entorno, permitiriam mais lirismo e/ou aventura. Temas sutis o incomodavam, assim como picuinhas políticas e reflexões ideológicas. A infância de Estevão era boa de tratar (apesar de haver pouca informação), assim como a velhice (para essa fase havia bastante); a viagem para Minas, em que acompanhou D. Pedro I, como ministro de todas as pastas, a grande virada de sua carreira, era ótima. E a fase preferida, claro, era aquela em que Estevão foi nomeado Fiscal de Diamantes e viveu em Diamantina, trabalhando com o Intendente Câmara e percorrendo a cavalo, com os Dragões que ficavam baseados em Milho Verde, o mais qualificado corpo militar brasileiro daqueles anos, as trilhas e os intrincados caminhos pedregosos entre Diamantina e o Serro, perseguindo e prendendo garimpeiros clandestinos e contrabandistas. Porque lá havia luta e coragem, mas havia também céu, horizontes sem fim e mangueiras no alto dos morros.

8. Estevão

“Minutos antes de uma bala te acertar a testa
Há uma pausa no fogo das metralhadoras, e você tem
tempo para pegar
Do chão um punhado de azeitonas, dá tempo de
espremê-las,
De compreender os gemidos e gritos e grandes
abstrações
Ao dizer, baixinho: ‘até as azeitonas estão sangrando.’”[8]

Michael Longley, *Em memória de Charles Donnely*, 1991.

Feliz, com a alma leve como a de um anjo, Estevão beijou Juliana, bem ali na porta da Galeria Metrópole. Os dois trocaram tchaus e ele caminhou sem pressa os mais ou menos duzentos metros que separam a galeria da entrada da Biblioteca Municipal Mário de Andrade. Não deveria demorar-se ali, precisava apenas conferir uma informação a respeito da biografia de Felisberto Caldeira Brant, o futuro marquês de Barbacena, com quem Estevão, o futuro marquês de Valença, viria a se desentender em novembro de 1825 depois de uma operação financeira (desastrada, ao que parecia) realizada por Caldeira Brant em Londres, o que acaba-

8 Tradução do Autor.

ria por custar a Estevão Ribeiro de Resende o cargo de ministro do Império (embora tenha assumido, imediatamente, a pasta da Justiça). Da biblioteca ele deveria seguir para o Museu Paulista, no Ipiranga, onde muitos documentos, pré-selecionados, aguardavam por uma análise mais cuidadosa. Mas, distraído com os detalhes e com o sabor da linguagem do texto que lia, Estevão não viu o tempo passar. Quando olhou o relógio viu que já era tarde para ir até o Museu. Tendo que encarar duas linhas de metrô, além do trecho final, de ônibus, ele só chegaria ao seu destino um pouco antes do fechamento. Mas ainda era cedo para ir para casa, e como já tivesse terminado o que viera fazer na Mário de Andrade, resolveu caminhar um pouco, meio a esmo, pelas ruas do Centro. Passaria por perto da antiga sede do jornal *O Estado de São Paulo* e depois faria uma escala na Livraria Francesa, terminando o giro, antes de rumar para casa, pela Banca Tatuí. Ou, em vez disso, poderia seguir na direção oposta e andar pela rua Maria Paulina e atravessar o viaduto Dona Paulina em direção à Liberdade, para gastar algumas horas nos sebos que há por ali e que há tempos não visitava. O que fazer? Decidiria no caminho. O importante era aproveitar aquela tarde ensolarada, abençoada. Sim, Estevão estava feliz, sua alma flutuava leve como a de um anjo. E foi com esse espírito que desceu as escadarias e deixou a Mário de Andrade, colocando o fone de ouvido, ligando a playlist do celular, preparando-se, naqueles que viriam a ser os seus últimos minutos de vida, para atravessar a Avenida São Luiz.

Ao mesmo tempo, porém, ele estava um pouco, ou mais do que um pouco, preocupado com Juliana. Embora procurasse ser discreta e reclamasse pouco, Estevão podia sentir que ela vivia dias angustiados, e que, entre as preocupações que a atormentavam, o filho estava em primeiro lugar. Como poderia ajudá-la? Desempenhar o papel de pai era algo em que ele não estava minimamente interessado, e para o que tampouco se sentia qualificado. Não sabia, jamais soubera lidar com crianças. Até se dispunha a enfrentar a situação, faria isso porque estava atraído por Juliana, mas sentia que acabaria por desapontá-la, porque as expectativas dela seguramente seriam mais elevadas do que qualquer coisa que ele pudesse oferecer. Bem, ele pensou, cada coisa em seu tempo, deixemos para nos preocupar com o tema quando ele surgir. E Simone, sim, talvez Simone pudesse aconselhá-lo a respeito, ele sempre podia contar com ela para conversar sobre questões femininas, e eles almoçariam no dia seguinte, então ótimo, boa ideia.

Sim, os últimos tempos não tinham sido fáceis para Juliana, assim como para ele. Mas ele podia sentir que tudo estava mudando para melhor. O fato de agora o trabalho com o livro estar fluindo era, ao mesmo tempo, causa e efeito, era parte de um todo. Ele queria fazer bem a Juliana assim como ela estava fazendo a ele, e sentia que já o estava fazendo, mas pretendia mais. Gostaria até de ajudá-la com o Aldeia, mas se sentia um pouco intimidado com Juan. O sócio não ia muito com a cara dele, podia sentir. Não sabia o porquê, mas sentia. Juliana o elogiava, dizia que era um amigão, um cara bem-humorado, divertido, pau-pra-toda-obra sem medo de trabalho, mas nada disso Estevão tinha visto, pelo menos por enquanto. O que ele vira era um sujeito ríspido, afetado, até mesmo grosseiro com Juliana. Na palestra que deu sobre o Haiti, vira Juan revirar os olhos e mudar de posição, na cadeira, e cruzar as pernas para lá e para cá, inúmeras vezes. Por duas vezes, chegou a levantar-se. Grosseiríssimo, inadequado, um chato. Ao fim, pretextando assuntos urgentes para resolver, deu uns parabéns protocolares e despediu-se às pressas. O que até que foi bom, claro, pois deixou-o a sós com Juliana. Mas não quer dizer que o chileno não tenha sido grosso.

E então, enquanto caminhava pela calçada, lembrou-se de uma pergunta que Juliana fizera a ele, não no almoço de horas antes, mas outro dia. O que ele pretendia com *Estevão*, no fim das contas? Simone já tinha perguntado a mesma coisa, muito tempo atrás, e mais de uma vez. E ele mesmo, o tempo todo, se perguntava isso. Se eram tantas as vezes em que a pergunta era feita, e se nunca havia uma resposta definitiva, era sinal de que havia, aí, um problema. Que ele queria respeitabilidade era óbvio, mas isso não queria, em si, dizer nada. Respeitabilidade, se tudo desse certo, seria consequência, nada mais. Quando Juliana perguntou, ele, como sempre fazia quando não estava seguro do que queria dizer, respondeu repetindo para si mesmo a pergunta balbuciando, numa quase gagueira, sutil mas perceptível, O que eu queria? Eu queria... e, recomposto em sua segurança, ele prosseguiu, dizendo, olha só, Juliana, tem uma coisa que você sabe que eu gosto, que é pegar personagens históricos meio obscuros e trazê-los para o centro do palco. Aliás, em termos de mercado editorial, não fui eu quem inventou isso, mas posso te garantir que já me sentia atraído por isso antes que fosse moda. Fiz isso com o coronel Tamarindo e deu supercerto, como você bem sabe. E Estevão era um candidato natural para alguma coisa parecida. A diferença entre os dois é que, enquanto Tamarindo só teve destaque pelo jeito que morreu, quando morreu, onde morreu, e pela maneira como o corpo ficou exposto, pois passou a vida inteira como um personagem subalterno e periférico, Estevão foi um personagem central, importantíssimo em seu tempo, e que foi esquecido algum tempo depois de morto. Mas a essência do trabalho, nos dois casos, era a mesma.

Mas tem mais, não tem? insistiu Juliana. Tem, tem, ele admitiu. E é isso, em parte, o que o vinha travando, prosseguiu. E começou a falar do pano de fundo da história, da questão da construção da identidade brasileira, da inviabilidade do Brasil enquanto nação, uma inviabilidade carimbada desde o nascimento, da tentativa de falar com arte e aventura disso tudo, de criar um livro que entrasse a fundo no debate, que ficasse... Que te deixasse famoso, Estevão? Juliana perguntou, interrompendo. Famoso? Ah, não, não é isso, desconversou Estevão, logo dando um jeito de mudar de assunto.

E Juliana estava certa. O que era essa tal de respeitabilidade que ele almejava com *Estevão*, se não ficar famoso num certo círculo, entre determinadas pessoas? E, no fim das contas, ele estava concluindo, era disso que se tratava e era isso que o travava. Afinal, cada palavra, cada frase, cada ideia precisaria passar pelo crivo de leitores exigentes, pedantes e arrogantes, que fariam de tudo para desmontá-los, a ele e ao livro. Diante de tanta pressão, ele não relaxava, não escrevia com prazer. E morria de medo de terminar. Tantas versões de cada trecho, pra que aquilo? Enquanto ganhava a calçada da Avenida São Luiz, pensou que já bastava daquela epopeia sem fim, ele estava decidido a, sem mais enrolação, fechar uma versão final e entregar o livro ao editor. Já estava tudo escrito, era só juntar os pedaços, ele sabia que versões preferia de cada um, seria até que fácil. Não teria mais medo, precisava enterrar *Estevão*, partir para outro projeto, ficar livre para pensar na vida, para cuidar de Juliana, para levá-la a Portugal.

9. Simone

> "Tem uma hora, dizem,
> Na qual seus sonhos têm força:
> E então, tudo o que você deseja, se aproxima,
> Como se aproxima o pássaro do campo, perdido
> Longe, nas luzes das ilhas;
> [...]"[9]
>
> Padraic Colum, *Legend*, 1922.

Foi só na segunda vez em que entrou na casa do ex-marido que Simone teve coragem para realmente se embrenhar a fundo no computador dele. Na noite anterior, Estevão aparecera a ela num sonho, e pedira que pegasse o livro, que estava pronto, e enviasse para a editora. Já está mais do que na hora de esse livro ser publicado, Simone. Cuide disso para mim, por favor. O sonho se passava numa festa, havia mais gente, e quando ela foi perguntar a Estevão como é que ele estava ali, pois ele tinha morrido, não tinha?, tentando segurá-lo pelos braços, Estevão se desvencilhou, como quem vai buscar uma bebida, e em seguida desapareceu. Ela olhava para todos os lados, andava entre as outras pessoas que

9 Tradução do Autor.

estavam no sonho, todas desconhecidas, procurando, perguntando, e nada, nem sinal dele. Então Simone acordou, sobressaltada, transpirando, chorando, chamando por Estevão, e só então percebeu que sonhara. Sentada na cama, olhou para o relógio digital na cabeceira, 3:48. Em seguida se levantou, foi até a cozinha tomar uma água, quase tropeçou em Jonas, e deixou-se ficar, por um tempo, pensando, processando o sonho, no sofá da sala. Simone não era dada a esoterismos, de maneira que não acreditou nem por um segundo que o que ela vivera no sonho havia sido uma aparição, ou uma mensagem vinda do além, nada disso. Mas ela pensou que algo que a vinha incomodando há semanas se manifestara no sonho. Que ela devia a Estevão dar um destino ao livro, um livro em que ele trabalhara tanto, com tantas frustrações, num processo interminável, arrastado, que ela acompanhou de perto, e que ela mesmo, de certa forma, embora não se culpasse por isso, contribuíra para tornar ainda mais frustrante do que naturalmente teria sido. Ela devia isso a Estevão, devia sim. Lá fora chovia sem parar, Simone ouvia os pingos batendo com intensidade no lado de fora da janela do apartamento, e Jonas ali, deitado, indiferente a tudo.

E assim – até porque, embora tenha voltado para a cama não conseguiu mais dormir –, mal o dia clareou, ainda chuvoso e cinzento, ela tomou um banho, comeu, se vestiu, mandou um e-mail para a Produtora dizendo que tivera um contratempo e não iria trabalhar na parte da manhã, verificou a comida e a água do gato (que ganhou ainda um rápido cafuné), chamou um táxi, desceu, falou bom dia para o porteiro e foi para a casa de Estevão. Ainda não eram oito horas da manhã quando Simone, segurando na mão uma grande xícara com o café (que preparou naquela cozinha que conhecia tão bem), ligou o computador, pôs para tocar uma das playlists de Estevão (com as quais sempre implicara, mas agora ajudavam a senti-lo um pouco mais próximo) e começou a vasculhar o conteúdo do HD. Não demorou para que levasse um susto.

Havia, no computador, um total de 65 pastas numeradas, sequencialmente, dentro de um diretório chamado *Estevão*. Simone foi clicando, abrindo pastas e arquivos. Pegou um bloco de papel na bolsa e começou a anotar o que descobria. As horas daquela manhã passaram voando, movidas a café. Dentro de cada pasta, as várias versões de um mesmo trecho. A que tinha menos apresentava três. As duas com mais versões traziam doze cada. A maior parte tinha entre cinco e sete versões. Simone não cansava de se admirar de o quanto Estevão era organizado, dentro do computador, em seus escritos, em inacreditável contraste com a bagunça que tomava conta de tudo na vida dele, naquela real, a começar pela mesa de trabalho na qual ela estava, naquele instante, trabalhando.

O livro estava e não estava pronto. Quer dizer, havia material mais do que suficiente ali para fechar uns cinco livros, como numa espécie de jogo de amarelinha, de Cortázar, embora aqui a ordem fosse clara, o que não estava claro era que peças escolher para cada pedaço. Qual versão de cada um dos trechos Estevão teria escolhido? De que maneira ele faria as ligações entre um trecho e o seguinte, de modo construir uma narrativa fluida? Para a escolha das versões, o palpite natural era priorizar as mais recentes, mas essa não era uma regra absoluta. Ele gostava de fazer experimentos, às vezes radicais, só para ver como ficaria, os quais descartaria depois, de modo que em muitos casos era provável que teria escolhido, no fim das contas, a penúltima ou antepenúltima versão.

Sem saber direito como abordar aquele oceano de possibilidades, Simone decidiu começar pelo começo. Primeiro, fez um backup de tudo num pen drive que levara consigo. Em seguida abriu a primeira pasta e, dentro dela, todas as quatro versões que estavam lá. Procurou compará-las na tela do computador, mas logo desanimou. Precisaria fazer isso com textos impressos, sobre uma mesa, com uma caneta marca-textos na mão. Imprimiu as quatro versões, marcando-as como "1", "2", "3" e "4", grampeou-as separadamente e guardou-as num envelope, que tirou de uma pilha que Estevão conservava numa gaveta, e que marcou com o nome de "Estevão, pasta 1". Em seguida abriu a segunda pasta, na qual havia cinco versões, e repetiu o procedimento. Fez a mesma operação até a décima pasta, quando decidiu que já tinha material mais do que suficiente para começar a trabalhar.

Com os dez envelopes empilhados sobre a mesa, Simone tomou um último café, regou as plantas, lavou a cafeteira e a xícara que havia usado, e foi embora. Passou pelo apartamento, comeu alguma coisa rápida, fez um pouco mais de cafuné em Jonas, deixou os envelopes e se mandou para a produtora. Lá o tempo custava a passar; entre uma reunião e outra, uma encrenca resolvida e outra, ela só conseguia pensar naqueles dez envelopes que esperavam por ela na sala do apartamento.

Eram quase oito da noite quando Simone finalmente conseguiu entrar em casa. Antes de qualquer coisa fez um carinho demorado em Jonas, e depois, para limpar-se do dia, tanto no corpo quanto na alma, tomou um banho. Vestiu o pijama de flanela que adorava, serviu-se de um vinho que já estava aberto e começou a trabalhar. Pegou o primeiro envelope, espalhou as quatro versões sobre a mesa e começou a examiná-las com calma. E então se sentiu mais perdida do que nunca. A primeira podia ser descartada sem problemas, era uma versão antiga, que ela já conhecia e da qual Estevão já confessara não gostar. Mas, enquanto a segunda e a quarta eram bastante parecidas, razoáveis as duas, a terceira era bem diferente de todas, agradável de ler e com aspectos curiosos. E além do mais, ela pensou, tratava-se da abertura, e ela bem sabia o quanto Estevão valorizava as aberturas. As primeiras linhas eram assim:

Versão 1 (descartada de imediato):

O Brasil foi inventado por um grupo inacreditavelmente reduzido de não mais do que poucas dezenas de pessoas. Alguns dos nomes que tiveram papel decisivo nesse processo são muito conhecidos: D. Pedro I, José Bonifácio, D. João VI, D. Leopoldina; outros, um pouco menos: D. Rodrigo de Sousa Coutinho, Diogo Antônio Feijó, Thomas Cochrane; mas alguns, que foram fundamentais naqueles anos críticos em que a nação brasileira surgiu, a partir de um punhado de colônias portuguesas sem qualquer identificação entre si, desapareceram na poeira dos velhos livros. Dentre estes destaca-se o personagem principal de nossa história, Estevão Ribeiro de Resende, o marquês de Valença.

Versão 2 (razoável):

Estevão Ribeiro de Resende nasceu em 20 de julho de 1777, numa fazenda nos arredores de Prados, comarca de Rio das Mortes, não longe de São José del Rey, atual Tiradentes, tão mineiro quanto era possível ser naqueles anos. Foi um dos doze filhos do coronel Severino Ribeiro e de Josefa Maria de Resende. Ela, irmã do inconfidente José de Resende Costa; ele, fiel súdito da Coroa, financiou, armou e comandou o batalhão que levou para o Rio de Janeiro um grupo de inconfidentes presos, entre os quais não estava, porém, Tiradentes, que fora preso no Rio. Algumas das retribuições que o coronel Severino recebeu de D. João VI, o príncipe regente, foram direcionadas para seu jovem filho

Estevão: o Hábito da Ordem de Cristo, uma comenda de muito prestígio, e um cartório em São João Del Rey, uma posse vitalícia que garantiria renda folgada a Estevão por toda a vida.

Versão 3 (a melhor):

O céu, o campo. Os sons (dos cascos, dos galhos balançando ao vento, dos pássaros), os cheiros (das montarias, da poeira, das plantas), as árvores retorcidas, os arbustos. O calor. As moscas. É assim que vejo aquilo tudo quando fecho os olhos e tento reviver o horizonte sem fim do Cerrado, quando me vejo saindo da Cordisburgo de Guimarães Rosa, no passo lento de um cavalo de baixa estirpe, tendo já ficado, a oeste, a Lagoa Santa de Peter Lund (e, mais de dez mil anos antes dele, de Luzia e seu povo), passando, ao cabo de um dia de cavalgada, pelo Curvelo de Lúcio Cardoso e indo, depois, naquele passo irregular, em direção ao norte, ao Serro, a antiga Vila do Príncipe, terra natal de Teófilo Ottoni, para ao longe ver surgirem, pouco a pouco, as paredes de pedra da Serra dos Cristais (antes mesmo que o imponente pico do Itambé se fizesse mostrar, entre as nuvens, na distância), iluminadas pelo sol da tarde (assumindo que chegaria atrasado naquele ponto da jornada, já ali pelo fim do dia), preparando o rancho para passar a noite.

Versão 4 (razoável, parecida com a segunda):

Nascido rico em 1777, em Prados, Minas Gerais, um dos doze filhos do rico e poderoso coronel Severino Ribeiro, homem de confiança da Coroa, e de Josefa Maria de Resende, irmã e tia de inconfidentes, Estevão Ribeiro de Resende estudou em casa, com preceptores, até que, com vinte anos, fluente em latim, francês, italiano e com sólidos conhecimentos de filosofia, foi para Coimbra, onde se formaria em Direito. Em agradecimento aos serviços prestados pelo pai, que prendeu e levou para o Rio de

Janeiro um grupo de inconfidentes – incluindo o cunhado –, Estevão já deixou o Brasil com o título de Cavaleiro da Ordem de Cristo e proprietário do cartório de notas e ofícios em São João del Rei, presentes bastante generosos dados por D. João VI a um dos filhos de um pai que lhe fora sempre fiel.

O que fazer? Qual versão escolher? A preferência era pela terceira, mais lírica, mas será que estaria sendo fiel às intenções de Estevão? Talvez o segundo envelope lhe desse alguma dica. Abriu as cinco possibilidades sobre a mesa e repetiu o que havia feito com o material do primeiro envelope. De novo, a primeira versão, que ela igualmente conhecia, podia ser deixada de lado. Só que as quatro que sobravam, bastante diferentes entre si, tinham, todas, potencial. Então ela decidiu pegar uma das versões do primeiro envelope e avaliar qual das versões do segundo mais combinavam com aquela. Descartadas as primeiras versões de cada um dos dois envelopes, a "2" do primeiro podia continuar com a "2", a "3", a "4" ou a "5" do segundo. Numa conta simples, ela tinha vinte possibilidades concretas. E isso só na sequência do primeiro para o segundo envelope. Tinha preguiça só de imaginar a quantidade de variáveis se a conta incluísse todos os 65 envelopes. É claro que não era bem assim, pois as sequências seguramente acabariam por seguir uma lógica, ou um estilo, a partir das escolhas feitas nos materiais dos primeiros envelopes. Mas ainda assim... Se por um lado avançara um pouco, tomando consciência do que havia por fazer, por outro sentia que não avançara e nem avançaria nada, nunca, tamanha era a encrenca que tinha pela frente...

Não, Simone teve que admitir logo de uma vez, jamais conseguiria dar conta daquilo tudo sozinha. Nem que só fizesse isso da vida, nem que se tornasse um novo Estevão a trabalhar num livro por anos a fio, sem fim. Não que fora do horário de trabalho ela tivesse muito mais o que fazer. Desde a separação, a vida afetiva e social de Simone era uma nulidade quase completa. Ela trabalhava muito e gostava do que fazia como produtora executiva na *Long Play*, um estúdio e produtora, com selo de música alternativa de mesmo nome, que era responsável pelas carreiras de um bom número de jovens músicos e, também, um dos grandes patrocinadores do renascimento dos discos de vinil. O fato é que era com o trabalho, e só com o trabalho, que ela preenchia o tempo. Os amigos em comum com Estevão, que eram os únicos que tinha, não a haviam deixado na mão de cara, após a separação. Convidavam, chamavam, insistiam. Mas as respostas eram sempre negativas, alguma desculpa, muito trabalho, muito cansaço, gripe, dor de cabeça. Com o tempo os convites foram minguando, até que cessaram de vez. E Simone, ao contrário de Estevão, não se abrira a novos relacionamentos, não procurou outras pessoas, não quis namorar. Algumas raras vezes topou sair com o pessoal do escritório para uma happy hour, mas se sentiu deslocada, e acabou não aceitando mais os convites. Ou seja, quando chegava em seu apartamento, todas as noites, e recebia o carinho de Jonas, a Simone só restava esquentar alguma coisa para comer, sozinha, na mesa da cozinha, ligar a televisão ou abrir um livro. Como Estevão era a única pessoa com quem ela falava quase que diariamente, mesmo depois da separação, com a sua morte o telefone não tocaria mais e nem ela ligaria para quem quer que fosse.

Mais uma taça de vinho esvaziada, mais papéis examinados. Terceiro, quarto, quinto envelopes e a conclusão se repetia, inevitável: ela precisaria de ajuda, não teria como dar conta daquilo tudo sozinha. A pergunta chata era: a quem pedir? Ora, a resposta ela também sabia, embora não gostasse. Juliana. Sim, essa possibilidade não a agradava nem um pouco. Ela tinha ciúmes de Juliana, não gostava da intimidade que Estevão vinha tendo com ela, achava-a metida. Mas a verdade é que não havia outra saída. Juliana era a única pessoa, além dela, que conhecia detalhes do livro, que vinha, nos últimos tempos, conversando sobre isso com Estevão, dando sugestões, opinando.

No dia seguinte, de manhã, assim que chegou ao trabalho, Simone muniu-se de coragem e telefonou para Juliana, no Aldeia, propondo que tomassem um café juntas, pois tinha um assunto a tratar com ela. Embora surpreendida por um telefonema que de maneira alguma esperava receber, Juliana topou, curiosa, ainda meio zonza depois da conversa que acabara de ter com seu sócio no Aldeia, mas sem nutrir qualquer sentimento de inimizade por Simone.

10. Juliana

"Não abram esta janela.
Não afastem estas cortinas.
Nesta sala os amigos mortos
estão bebendo a sua cerveja.

Uma voz há muito perdida
(só os meus ouvidos a ouvem)
chama do fundo da infância
e eu me sinto sangrar.
[...]"

Ruy Espinheira Filho, "Elegia", em *Julgado do Vento*, 1966-1976.

Juan havia acabado de sair da frente dela quando o telefone tocou, com Simone do outro lado da linha. Era raro que Juan aparecesse logo cedo no Aldeia, e quando Juliana o viu entrando porta adentro pressentiu que o dia prometia tempestades. E ela não estava errada. O sócio chegou esbaforido, os olhos injetados, ansioso. Cristina, que estava por perto, também sentiu o clima e não perdeu tempo, de pronto disse que precisava sair para resolver umas coisas no banco, voltaria logo. E justamente numa manhã em que Juliana chegara rezando para que nada de dramático acontecesse, porque estava exausta, porque queria poder pensar com calma em tudo o que aconteceu e estava acontecendo, na discussão que tivera com o pai logo cedo, em como enfrentaria o ex-marido, nos problemas de Stefano, nos desafios que o Aldeia estava impondo, em Estevão e na saudade que sentia dele. Ela queria, enfim, ter um dia calmo, para conseguir respirar, lembrar, pensar com calma em passado, presente e futuro, e até mesmo, nos momentos em que batesse vontade, chorar.

Mas não deu. Começando por Juan, que ultimamente parecia ser uma outra pessoa. O que estava acontecendo com ele? Tudo bem que os negócios não estavam indo como os dois imaginaram no começo, mas também não estava sendo nenhuma tragédia. Eles não estavam tirando dinheiro, mas as contas começavam a empatar, as perspectivas não eram assim tão sombrias. Os cursos e seminários, em sua maioria, estavam dando retorno, e o último fracasso retumbante, aliás, tinha sido ideia de Juan, uma ideia, diga-se, de jerico, uma asneira, aquela tal de ressignificação do funk nas culturas indígenas brasileiras: um diálogo de oprimidos. E Juliana tivera o cuidado e a generosidade de não esfregar isso na cara dele, pois, afinal de contas, ela entendia que aquela era uma fase de aprender, de tentativa e erro, fazia parte, mas por que, ora, do lado de Juan, aquele comportamento agressivo, bem no momento em que ela mais precisava de apoio?

Irascível. Não havia palavra melhor para descrever Juan naquela manhã. Sabe, Xuliana, ele começou, ele falava assim, os jotas viravam xis, eu estive pensando, conversei bastante com Marcantonio, estamos achando que este nosso negócio não está indo muito bem... Mas Juan, nós sabíamos que seria difícil, que demoraria, falamos disso... Deixe eu acabar, Xuliana, depois você fala, estou cansado, tenho discutido com Marcantonio por causa do trabalho, não gosto disso, temos brigado mesmo, é ruim isso, e apostamos nos cursos e seminários, e não está dando certo, aquele índio que veio aqui foi um fracasso completo... Mas Juan, aquele foi um caso isolado, outros cursos estão indo bem, já paramos de colocar dinheiro aqui, a receita está aumentando... Xu, minha querida, um negócio em que simplesmente paramos de colocar dinheiro não é um bom negócio, concorda? Marcantonio fica me perguntando quando tiraremos algum lucro, ele me põe contra a parede, e eu fico com cara de bobo, sem ter o que responder, você me entende, Xuliana? O que você está querendo dizer, Juan? Diga logo, sem mais rodeios, por favor... Yo combinei com Marcantonio que tentaremos por mais três meses. Noventa dias. Se ao final desse período estivermos tendo lucro, lucro de verdade, continuaremos. Se não, estou fora. Aí podemos fazer o cierre do negócio, ou você pode comprar a minha parte, se desejar continuar, eu vou facilitar, vou parcelar, longo prazo, não tem problema, só vou querer receber o que investi, caso você queira continuar sozinha, o que sinceramente não aconselho, veja, você tem o Stefano, que está precisando muito de... Juan, por favor, o Stefano não está incluído nas questões do Aldeia... Oquei, Xuliana, me desculpe, você tem razão, mas o meu ponto é este, então, tudo bem, vamos dar tudo de nós, vamos trabalhar pesado, nestes três meses, para que as coisas deem certo, eu quero sinceramente que dê certo, xá trabalhamos tanto, não quero que vá tudo pelo ralo, e quero que dê certo até para que eu possa chegar no Marcantonio e falar na cara dele, cheio de moral, que está tudo dando certo, mas temos que ter um limite, um ponto até onde iremos nisso, não sei se o seu limite é igual ao meu, estou te passando o meu, oquei, Xuliana, estamos entendidos nisso? Entendi, Juan, claro, e respeito, mas será que você não poderia reconsiderar... Não, Xuliana, já me decidi. Noventa dias, três meses, oquei?

Juan se levantou da cadeira em que estava sentado, diante da escrivaninha de Juliana, foi até ela, deu-lhe um beijinho fraternal na boca, disse eu te amo, gata, e é amor eterno, não se preocupe, de um xeito ou de outro tudo vai ficar bem, e foi embora. Ela não estava, naquele momento, se sentindo brava, triste, preocupada, nada disso. Ela estava meio aérea, meio nocauteada, isso sim. Gostava de Juan, um amor de pessoa, boa gente, e se ele estava assim alterado a culpa era daquele chatíssimo companheiro dele, o Marco Antônio, que aliás, ela sabia, não era nem mesmo fiel a Juan, em nenhum sentido. Era um chupim, cheio de namorados (mal) escondidos, que só queria dinheiro e vida mansa. Mas, de um jeito ou de outro, ainda que ela não culpasse Juan, a verdade é que mais uma nuvem escura se formava no horizonte. Será que em três meses eles conseguiriam ter lucro? E reverter o pessimismo de Juan, que era na verdade alimentado pelo mau-caratismo de Marco Antônio? E lucro? O que significava esta palavra, no contexto do Aldeia? Era simplesmente ficar no azul, sobrando um troco no fim do mês, ou poder tirar dinheiro grosso, dinheiro de verdade? Isso, era óbvio, eles não conseguiriam naquele curtíssimo espaço de tempo. É, pelo visto Juan (e Marco Antônio) não ficariam satisfeitos com um mero lucrinho... quando é que um negócio como o Aldeia daria, para alguém, um dinheirão? E por acaso aquilo era banco? Farmácia? Bar da moda na Vila Madalena? E comprar a parte de Juan, ela quereria? Dinheiro para isso não teria, mas será que o pai a ajudaria, de novo? O pai, sempre generoso, mas que andava ultimamente tão irritado com as questões do ex-marido? E, mesmo que pudesse comprar a parte de Juan, ela teria condições de tocar sozinha? Valeria a pena? Pensar em um novo sócio, talvez, mas quem? Ou Juliana optaria por fechar as portas e, nesse caso, perder todo o dinheiro investido (a maior parte, pelo pai) e todo o trabalho?

Foi então que o telefone tocou. A pessoa do outro lado da linha se identificou, mas ela demorou um pouco para entender quem era. Simone? Simone, deixa eu ver… ah, sim, do Estevão. Pareceu despeito ou menosprezo, mas não foi nada disso. É que as duas só tinham se falado pessoalmente durante o velório e, à parte estar se sentindo completamente zoada depois da conversa, conversa, não, da vomitada verbal de Juan, Juliana realmente demorou para identificar a Simone que estava do outro lado da linha. Até se desculpou, mas a outra não deu mostras de ter acusado o golpe e, pelo menos aparentemente, não se mostrou ofendida. E Juliana, em seguida, para compensar, foi até mais efusiva do que costumava ser quando atendia telefonemas. Oi, Simone, que bom ouvir você! Como é que você está? Imagino que os últimos dias não tenham sido fáceis, né? Puxa, que bom que você me ligou, diga... E Simone, então, disse. Tudo. Falou tudo, desde o sonho, passando pelo conteúdo do computador de Estevão, a impressão dos trechos, tudo. Quer dizer: disse quase tudo. Pois não disse que esperava contar com a ajuda de Juliana, e sim que precisava discutir o assunto com alguém, que estava com algumas ideias, e que não ocorrera, a ela, nenhuma pessoa além de Juliana, que conhecia e fora, pelo que ela soubera, uma entusiasta do projeto do livro, que gostava de Estevão etc., e que seria legal se as duas pudessem tomar um café para que ela pudesse explicar com mais detalhes o que tinha em mente.

Como não tinha nada agendado e ficou curiosa, apesar do dia turbulento que teria diante de si, Juliana aceitou a ideia de Simone de conversar naquele mesmo dia, de modo que marcaram a conversa para o fim da tarde, no Aldeia, de onde sairiam juntas para tomar um café. Simone saiu um pouco mais cedo da gravadora e foi para lá. Juliana a recebeu bem amistosamente, com um abraço apertado, pediu para Simone se sentar na mesma cadeira que, de manhã, Juan havia ocupado e esperar um pouquinho, enquanto ela fechava as últimas pendências do dia. Em menos de dez minutos as duas estavam no bar em frente ao Aldeia, o mesmo que Estevão e Juliana frequentaram, uma diante da outra, tomando cerveja (aquela, francamente, não era mais hora para café), o que as deixou mais alegres e amigas, e conversando sobre tudo, de um lado sobre Stefano, sobre o casamento anterior de Juliana, a conversa matinal com Juan e a crise no Aldeia, de outro lado sobre a vida atual de Simone, o trabalho na Long Play, a carreira frustrada de violoncelista, o casamento (e o fim dele) com Estevão, até que finalmente Simone contou tudo de novo o que já tinha contado pelo telefone, só que, agora, no fim, foi ao ponto: você me ajudaria, Juliana? Não posso fazer isso sozinha, e não só porque é muito trabalho para uma pessoa só, e é, mas é porque seria demasiada responsabilidade decidir sozinha, não posso fazer isso, seria muito desrespeito a todo o esforço e tempo que o Estevão dedicou a esse projeto, e eu sei que ele falava do livro com você, que você opinava e que ele valorizava demais as suas ideias, então, por favor, você topa encarar essa comigo?

Juliana tomou um susto. Em seguida, hesitou. Adorou a ideia, jurou. Mas como conciliar mais uma atividade em sua já mais do que complicada rotina? Costumava sair do Aldeia todas os dias exausta, e teria que trabalhar ainda mais nos próximos meses para tentar segurar Juan e dar uma sobrevida ao negócio, e ainda precisava dar atenção ao Stefano, pois, afinal, que fase mais complicada o garoto estava atravessando, com os pesadelos no meio da noite, as dificuldades na escola. A avó dele, mãe dela, vinha reclamando, já não tinha mais idade para isso, a filha precisava se dedicar um pouco mais ao menino, aquelas coisas. Onde, enfim, Juliana encontraria tempo e energia para ajudar Simone num projeto que, embora fosse atraente, fascinante mesmo, seria inegavelmente trabalhoso?

Preciso pensar, Simone. Me dê uns dias pra te responder. Por favor. Não é que eu não queira, que não ache importante. Quero e acho importante. Muito. Como você, também sinto que, de certa forma, devo isso ao Estevão. Mas minha vida está tão, mas tão complicada, aliás, você sabe bem disso, agora que eu acabei de te contar tudo o que está rolando do meu lado, que não sei onde encontrarei energia e tempo para assumir essa empreitada com você. Me dê uns dias, por favor. Eu prometo que te respondo logo. Preciso pensar um pouco. Tenho muita vontade, mas é difícil. Vamos pedir a conta? Já sobrecarreguei demais minha mãe, hoje, com o Stefano. Ela está começando a ficar impaciente comigo. É isso, você está vendo o que é a minha vida, hoje em dia? Para onde você vai? Está de carro? Não? Vamos rachar um táxi?

11. Estevão

"Não temos unidade de raça. Não a teremos, talvez, nunca. Predestinamo-nos à formação de uma raça histórica em futuro remoto, se o permitir dilatado tempo de vida nacional autônoma. Invertemos, sob este aspecto, a ordem natural dos fatos. A nossa evolução biológica reclama a garantia da evolução social. Estamos condenados à civilização. Ou progredimos, ou desaparecemos."

Euclides da Cunha, "O Homem", em *Os Sertões*, 1901.

Então, já na rampa que saía da Biblioteca Municipal, Estevão parou um pouco, colocou os fones de ouvido, pegou o celular, procurou o álbum que queria e pôs para tocar. Era *Clube de Esquina*. Estava com saudades de Minas Gerais e esse disco tinha o incrível poder de fazê-lo viajar até lá, na mesma hora, onde quer que estivesse. Estava em modo aleatório e a primeira música a tocar foi "um girassol da cor do seu cabelo", que ele adorava, mas que o fazia lembrar de Simone, então ele pôs para frente – ele vivia tempos de Juliana –, e então veio "paisagem da janela", ah, aquilo era Diamantina invadindo sua cabeça, que sensação de felicidade, que coisa. Tudo bem, Diamantina também era Simone, mas ele já tinha se imaginado lá com Juliana tantas vezes que a sensação era boa. Sim, ele adoraria levar Juliana para Diamantina, cidade que ela não conhecia, e não tardaria a fazê-lo. Assim que terminasse o livro seria a primeira viagem dos dois. Voltou a andar e, antes de chegar no ponto em que normalmente atravessaria a avenida, percebeu que dois pivetes vinham, pela calçada, em sua direção. Vão me assaltar, pensou. Acelerou o passo, mas sem correr, e viu que os pivetes aceleravam também. Lô Borges cantava alto em seus ouvidos. Decidiu atravessar logo a avenida. Era o mais sensato a fazer, mover-se rápido, escafeder-se, tratar de deixar de ser um alvo.

Aqueles pivetes não tinham como ser boa coisa, ele pensou, sem conseguir se livrar do preconceito atávico de todo brasileiro. Cor entre parda e negra, bermudas e camisetas largas, bonés, colares de prata. "O Haiti é aqui", pensou Estevão. Conforme este debate tomava corpo nos últimos anos no Brasil ele sempre se questionava, sem chegar a uma conclusão definitiva: será razoável pensar que um branco brasileiro de hoje traga em si uma dívida, histórica, de nascimento, com relação a um negro brasileiro? Mesmo mais de cem anos após a Abolição? Mesmo que os antepassados desse branco tenham chegado ao país depois que a escravidão já estava extinta, e sofrido as inevitáveis agruras reservadas aos imigrantes pobres? Uma coisa, ele às vezes pensava, era ter consciência de que um país com tamanha injustiça social, como era o caso do Brasil, era inviável. Uma coisa era saber ainda que, estatisticamente, os negros e os pardos eram menos favorecidos do que os brancos, que tinham menos acesso a saúde e educação e que morriam mais nas mãos da polícia do que os brancos. E uma coisa, na mesma linha, era ter consciência, de que havia, entre nós, racismo, e que esse racismo se fixara profundamente em nosso tecido social, não como uma tatuagem, mas como uma raiz profunda, tornando-se estranhamente "natural" entre nós. Mas outra coisa, ele também por vezes pensava, era acreditar que a cor da pele, por ser branca, ou mais clara, colocava alguém, automaticamente, apenas por esse motivo, na lista dos "devedores". Por outro lado, ele pensava que, ora, mesmo os brancos que vieram depois, como os imigrantes italianos, tiveram infinitamente mais facilidade para "vencer na vida" do que os descendentes de escravos, pois não havia o estigma da cor de pele. E assim Estevão costumava seguir, debatendo internamente a questão, sem jamais chegar a uma conclusão definitiva, embora ultimamente, cada vez mais, sua opinião estivesse pendendo para o reconhecimento de que havia, sim, uma dívida dos brancos, uma opinião, aliás, que Simone sempre defendera enfaticamente, sem as reservas dele. Só que, ponderações à parte, naquela hora, na frente da Biblioteca Municipal, o sentimento de medo que veio foi automático, visceral, ignorando todo e qualquer esforço racional. O racismo, Estevão poderia ter concluído se tivesse raciocinado a respeito depois, o que obviamente não pôde fazer, vive em nossas entranhas. O fato é que, apavorado com os pivetes, ele acelerou o passo. Filosofias à parte, ele talvez tenha pensado que o crime era real, que a possibilidade de ser assaltado, no centro de São Paulo, era mais do que real. É possível que ele tenha pensado assim. Ou, quem sabe, não tenha pensado nada, mas apenas sentido, intuído, que um assalto, um crime, estava para acontecer contra ele, ali, naquela calçada, naquele momento.

Com a "janela lateral do quarto de dormir" tocando alto em seus ouvidos, os pivetes chegando mais e mais perto, Estevão se apressou para atravessar a rua, e lembrou-se então, do nada, da discussão, acalorada, que tivera a respeito do tema, há tempos, com uma moça, negra, durante um evento de divulgação do livro *Todos os Santos*, numa escola pública em São Paulo. A moça carregava dentro de si muito rancor, transpirava raiva. Antes de concordar ou discordar das posições de Estevão, ela o desqualificara. Não tem como um branco falar com propriedade sobre um movimento negro, ela disse. Estevão não conseguiu conter sua irritação e acabou batendo pesado, algo de que se arrependeu no mesmo instante. Isso é argumento fascista, ele disse. Quando determinados temas são vetados a determinados grupos, o que se tem é fascismo. Só as mulheres podem falar de feminismo? Só as pessoas com problemas de mobilidade podem falar das agruras que vivem? Será que chegaremos num ponto em que só os Neandertais poderão falar de como, na pré-história, eles foram massacrados pelos Homo Sapiens? O clima esquentou, a plateia, que inicialmente se dividiu em dois times, foi acalmada por uma delicada, mas firme intervenção do professor de história da escola, ele mesmo negro. No fim, a maior parte das pessoas se juntou à turma do deixa disso, Estevão se desculpou pela resposta áspera e explicou que em hipótese alguma pretendera chamar a moça de fascista, é que estávamos vivendo uma época complicada, de acirramento de ânimos, e deveríamos tomar cuidado para que não fôssemos travados por temas tabu, que a democracia exigia que todas as pessoas pudessem falar de todos os assuntos, se vestir como quisessem, se relacionar com quem bem entendessem e assim por diante. Temos que tomar cuidado, continuou Estevão, para que as políticas identitárias, tão importantes, não se tornem políticas de exclusão, mas de inclusão. Um pouco a contragosto, ainda irritada, a moça aceitou as desculpas, ficou mais algum tempo sentada e, finalmente, levantou-se e foi embora. Estevão ainda falou por mais algum tempo, uns quinze minutos talvez, mas o clima no evento já estava irremediavelmente comprometido. Aquela foi uma noite que jamais saiu da memória dele, e que sempre o deixava triste, cada vez que a lembrança dela voltava à sua mente. Um pouco por perceber que a intolerância vinha crescendo entre os brasileiros, mesmo entre aqueles que mais sofriam com ela e deveriam, portanto, ser os maiores interessados em combatê-la. E ele ficava triste, também, muito por ter reagido de uma maneira que o envergonhava, ter deixado aflorar um lado seu do qual não gostava nem um pouco.

É curioso como alguns pensamentos ou memórias chegam não se sabe de onde, e invadem a cabeça das pessoas nos momentos mais absurdos, e como o cérebro humano é rápido para processar as coisas, Estevão com medo, vendo os pivetes mais perto, a frase "o Haiti é aqui" em sua mente, a lembrança daquela longínqua discussão... mas agora ele precisava agir. Iria, guiado pelo instinto, tentar fugir, atravessar a avenida, escapar. Checou com o canto dos olhos se não vinha carro e começou a correr, atravessando o asfalto, esbaforido, com medo, em diagonal, para o outro lado. Na correria, sob influência da elevada taxa de adrenalina nas veias, e talvez também por conta da música alta nos fones de ouvido que atrapalhavam a audição de ruídos externos, ele não percebeu a aproximação do ônibus na pista exclusiva.

Os pivetes olharam a cena, perplexos. Eles não estavam indo roubar ninguém. Estavam voltando da escola. O que tinha dado naquele homem? Por que ele saiu correndo, atravessando a avenida feito um louco, sem olhar para os lados, sem perceber o ônibus enorme que se aproximava? Em seguida ao atropelamento eles foram até perto do corpo, junto com mais um monte de gente que passava por ali, ou que estava parada no ponto de ônibus, além do motorista, desolado, as duas mãos na cabeça, repetindo sem parar que não teve culpa, que não deu para brecar, que o sujeito apareceu de repente, do nada, bem na frente do ônibus.

A curiosidade dos dois meninos era grande e, vamos ser honestos, qual é a tragédia que, acontecendo a poucos metros de dois adolescentes, não teria despertado, neles, uma incontrolável vontade de xeretar? Mas, depois de ver o corpo, que estava, aliás, destruído, em estado verdadeiramente deprimente, eles não ficaram para acompanhar os esforços para resgatar aquele corpo estendido no asfalto, aquele homem que, do nada, feito um louco, eles não paravam de falar um para o outro, saiu correndo pelo meio da avenida, sem olhar para os lados, e foi colhido em cheio por um ônibus.

Os garotos não ficaram mais na cena do acidente principalmente porque não tinham tempo, estavam com pressa, tinham acabado de sair da aula, que naquele dia terminara mais cedo, e precisavam ir para casa. Mas foram falando daquilo o caminho todo e, chegando, cada um em sua casa, não pararam de comentar, com pais e irmãos, aquele evento, e um deles, depois, não conseguia dormir, com a cena do atropelamento passando sem parar diante de seus olhos, com os sons, tudo, e o outro teve que ouvir da mãe repetidas vezes, está vendo, meu filho, o que sua mãe fala sempre, do perigo que são essas ruas? Graças a deus que você está aqui em casa, meu filho, você sabe o quanto eu fico preocupada a cada vez que seu pai, você ou os seus irmãos saem por aquela porta.

12. Simone

"Esperas que desapareça a angústia
Enquanto cai a chuva sobre a desconhecida estrada
Onde te encontras

Chuva: apenas espero
Que desapareça a angústia
Estou dando tudo de mim"[10]

Roberto Bolaño, "sem título", em *La Universidad Desconocida*, 2007.

Ainda sem uma resposta de Juliana, Simone começou a trabalhar, sozinha, no projeto do livro. Copiou o conteúdo do pen drive para seu computador e foi, aos poucos, em casa, à noite, sempre com uma taça de vinho para animá-la, sempre com Jonas por perto, roçando a perna dela, ou se deitando sobre a mesa, ou pedindo um cafuné, destrinchando os trechos e estabelecendo quais as combinações que faziam mais sentido.

Então, numa noite de sexta-feira, fria, chuvosa e com vento, os pingos agredindo com força as janelas do apartamento (aquele estava sendo um outono de tempo especialmente ruim, que de-

10 Tradução do Autor.

primimia mesmo), sem sono e sem pressa para ir dormir, ela examinou com mais cuidado a pasta não numerada que se chamava "Apoio". Dentro dela havia um monte de outras pastas. Simone abriu uma delas, chamada "Documentos do Museu Paulista do Ipiranga". Dentro, uma porção de arquivos, alguns de reprodução de imagens, que ela foi abrindo, um por um:

> Dissertação Acadêmica em Coimbra: Da Interpretação Jurídica da Lei 5ª. Dig. De agnoscendis ET alimentandis liberis, vel parentibus, vel patronis, vel libertis."
>
> 1822: convite para a coroação do Imperador. Ass. José Bonifácio.
>
> 1822: 29/01 Pedido de subscrição, ao qual Estevão responde com 150$000 de doação, (27/03) para suprir necessidades do Tesouro.
>
> 1823/24: Com o cargo de Intendente de Polícia: Ordens para prender David Pamplona, vigiar Grondoni, Brig. José Maria Peixoto, devassa em SP para desbaratar uma certa conspiração dos Tamoios, aparentemente um movimento republicano. [verificar quem foi Grondoni. Buscas iniciais nada esclareceram]
>
> 1825: convite para visita à noite, do Consul Geral da França/ Convite de sir Charles Stuart para jantar.
>
> 1826: convite para as exéquias de D. João VI, ass. José Feliciano Fernandes Pinheiro.
>
> 1829: doação de 100$000 para aterro do Brejo, no Rio de Janeiro.
>
> 1829: (Como conde de Valença) outubro convite para a cerimônia de bênção nupcial do Imperador com a Princesa Amélia de Leuchtenberg e Eichstoedt ass. José Clemente Pereira. Antes, um outro, para o Te deum (set).

1829: Convite para uma das janelas do Paço no 18 de julho (conde), e em 1841, festas da coroação de P. II (na cerimônia de coroação, foi Estevão quem segurou a bíblia sobre a qual Pedro II fez o juramento: privilégio reservado ao decano do senado).

1831: Convite para uma "Serenatta" no Paço, em comemoração ao aniversário de D. Maria II [rainha de Portugal], filha de D. Pedro. Ass. Visconde de Goiana.

1830: doação de 120$000 para o baile da Corte.

1858: doação de 400$000 para a Santa Casa de Valença.

Inúmeras cartas pedindo favores políticos, ou agradecendo-os.

1844: convite para jantar com o Imperador, também em 1838, 1839, em homenagem ao Príncipe de Carignano. [a pesquisar se se trata de Vítor Emanuel II, que viria a ser o primeiro rei da Itália unificada, ou o pai dele, Carlos Alberto, rei da Sardenha]

Compras diversas: 1577 (9 fichas).

Fichas: 904, 901, 902, 899, 890 (mapas da extração de diamante).

Ficha 566: encomendas de livros ao Visconde de Pedra Branca para a biblioteca da fazenda das Coroas, em Valença: 54 volumes, 20 de agosto de 1829. Todos em francês, exceto por um, em italiano. Entre os títulos e autores: Condorcet, Montesquieu, *Voyages par Le Gran-Bretagne*, de Dupin (muitos de Dupin), enciclopédias, manuais de educação e agricultura, revistas de literatura e cultura e agrícolas.

899: relação de escravos em 11 de abril de 1862: lista 24 indivíduos, com nome, sexo, país de origem, cor, profissão.

890: tabelas de envio de diamantes para o Rio, assinados no Tijuco, entre 1816, 1824, 1826 etc.

901: biografia, escrita pelo filho, barão de Valença, e publicada nos Anais, tomo I (iguais às duas cópias originais que possuo, encontradas em sebos).

902: fragmentos de memórias.

904: memórias, ditadas por ele em 1857, referentes às peripécias em Portugal quando era juiz em Palmela, na época da invasão francesa, e aos primeiros anos após o regresso ao Brasil.

887: cartas ref. a diamantes.

613: carta para ele, de 2 nov. 1832, ref. sua parte no espólio do brig. Luís Antônio de Souza Queiroz, seu sogro.

649: Carta para ele, enviada de Porto Alegre em 1845, trata de $.

650: idem: visconde de Porto Alegre? (confirmar).

651: Duas cartas de Paulo José Branco, 1845 e 1842 de Lisboa, $.

642: carta do filho, barão de Lorena, para ele, de Goiás, junho de 1838, quando este era governador de Mato Grosso (praticamente ilegível).

643: idem, de Cuiabá, 16 dez. 1838.

632: carta enviada de Valença, RJ, por funcionário não identificado. Datada de 14 abr. 1855, aparentemente presta contas de atividades, despesas etc.

619: carta enviada da Fazenda das Coroas em 11 de nov. de 1841., pelo administrador (médico?) André Aug. Jukemm (?), pedindo o envio de medicamentos, do Jornal do Commercio e de papel almaço.

Era muita coisa, parecia um caos, mas, na realidade, Simone logo percebeu, tratava-se de uma bem organizada base de referências. Ela olhou várias pastas, e dentro de cada uma havia a reprodução digitalizada dos documentos, a transcrição do conteúdo, uma reflexão a respeito do significado de cada um e, finalmente, o que poderia ser de grande ajuda para ela, a explicação da importância que tinha para o livro, e, no livro, a(s) página(s) em que cada um dos documentos deveria ser consultado ou mencionado.

De um jeito ou de outro, porém, Simone se deu conta de que precisaria ler tudo aquilo antes de tentar fazer as escolhas dos trechos que utilizaria para estabelecer um texto coerente e definitivo. Ela precisaria, em outras palavras, tentar seguir os passos (e as ideias) de Estevão, e refazer, de alguma forma, a trajetória dele. Daria um enorme trabalho, mas, no fim das contas, as coisas ficariam mais fáceis. Quanto tempo isso levaria, ela não se atrevia a tentar estimar. Mas, se Juliana resolvesse, em algum momento, aderir à empreitada, algo pelo que ela implorava aos céus que acontecesse, tudo ficaria, é óbvio, muito mais fácil.

Apesar de ter levado o pen drive e de ter imprimido os conteúdos das pastas, com a intenção de trabalhar no livro em seu apartamento, Simone passava cada vez mais tempo na casa de Estevão. Pelo menos duas vezes por semana ela aproveitava a hora do almoço, que fazia estender, para passar algum tempo ali; outras vezes, ela saía da Long Play e fazia uma escala na sua antiga casa antes de voltar para o apartamento. E, nos fins de semana, se dava ao luxo de permanecer ali por horas. Por que ela fazia isso? Em parte, existiam motivos concretos: havia muito mais coisas a explorar, não só dentro do computador dele, mas também fora. Havia pastas de plástico com anotações a caneta, fotografias e um monte de livros nas estantes, com páginas marcadas com post-its e anotações nas margens. Mas, em parte, Simone vinha frequentando a casa de Estevão porque isso a ajudava a tentar resolver seu passado, encarar seu presente e pensar seu futuro. Afinal, aquela casa, onde morara por tantos anos, era dela agora. Em meio às lembranças, algumas boas, outras não, havia a questão básica: o que ela faria com a casa? venderia? alugaria? deixaria o apartamento (afinal, alugado) e voltaria a viver lá?

E, no que já havia virado rotina, é para lá que Simone foi, no sábado à tarde. Ainda chovia. Mais um dia horroroso. Ela acordou tarde, despertada por Jonas, que tinha fome, e se não fosse por isso teria dormido mais. Na noite anterior ela mergulhara tão profundamente nos documentos da tal pasta "apoio" que não fora para a cama antes das três e meia. Aqueles documentos ajudavam a dar contorno a Estevão Ribeiro de Resende, o protagonista do livro. Ele parecia ganhar carne e osso, ganhar alma. Havia sido pai (de muitos filhos, diga-se) e marido, foi também um juiz consciencioso, teve relações estáveis com mulheres antes do casamento (com as quais teve três filhos, que teve a decência de assumir como legítimos), era dono de fazendas, cuidava de questões de dia a dia, jantava, ia a recepções, comprava livros, se preocupava com as heranças que receberia e com as que deixaria. Simone, sendo honesta consigo mesma, ainda não gostava daquele personagem, assim como não gostara antes. Não sentia nenhuma atração pela aristocracia dos tempos do Império, gente atrasada, autoritária, escravagista. Mas qualquer personagem, quando ganha contornos reais, humanos, fica mais interessante. Ou, pelo menos, fica menos desinteressante.

Apesar de já estar à vontade na casa de Estevão (afinal, por muitos anos fora a casa dela), ao ponto de manter abastecidas a despensa e a geladeira, para poder ter, sempre que quisesse, enquanto estivesse lá, um café para tomar, uma fruta ou um queijo para comer, um macarrão para cozinhar, Simone levou um tempão para conseguir entrar no quarto de Estevão, aquele que um dia foi a suíte do casal. Ela até abriu os armários e as gavetas com roupas dele, mas não mexeu. Isso pode ficar para depois, pensou.

Calças e camisas, meias e cuecas, estava tudo lá, intocado, do jeito que ele deixou no dia em que saiu de casa, pela última vez, para almoçar com Juliana e, depois, morrer.

Voltar a viver ali? Será que valeria a pena? Será que ela conseguiria dormir no quarto de Estevão, que um dia foi o quarto dos dois, mas onde ela hoje mal conseguia colocar os pés? Não seria melhor, depois que o trabalho com o livro estivesse concluído, vender o que fosse vendável, doar o que fosse doável, e deixar, para sempre, aquela casa e aquele passado? Começar uma vida nova? Será? Simone não era velha, mas havia deixado de ser jovem há um bom tempo. Até mais em espírito do que em corpo, mas também em corpo. Será que ainda dava tempo de pensar em futuro? Será que teria energia? Tentar um novo relacionamento? Voltar a viver ali? O que será que Jonas, o gato, naquela altura seu único amigo de verdade, preferiria? Ora, ele, pelo menos, certamente gostaria de voltar. No mínimo, casa tem mais espaço que apartamento. E a antiga caminha dele, em cima do frigobar, no escritório de Estevão, ainda estava lá, no mesmo lugar, vazia.

13. *Estevão*

"Passei por essas plácidas colinas
e vi das nuvens, silencioso, o gado
pascer nas solidões esmeraldinas.

Largos rios de corpo sossegado
dormiam sobre a tarde, imensamente
– e eram sonhos sem fim, de cada lado,

Entre nuvens colinas e torrente,
uma angústia de amor estremecia
a deserta amplidão na minha frente.

Que vento, que cavalo, que bravia
saudade me arrastava a esse deserto,
me obrigava a adorar o que sofria?

[...]"

Cecília Meireles, "Cenário", em *Romanceiro da Inconfidência*, 1953.

O outono chegou ao fim, veio o inverno. Dias curtos, frios, mas pelo menos o tempo firmou, já quase não chovia. A rotina de Simone não mudara. Apartamento, trabalho, casa do Estevão, trabalho, comida para o gato, apartamento. O tão esperado retorno de Juliana, dizendo que aceitaria trabalhar com ela no livro não aconteceu. Juliana não disse nem sim, nem não, ela nem mesmo respondeu.

O que mudou, naquele período, na vida de Simone, foi a intensidade da dedicação ao livro. Ela mergulhou nos textos, nas anotações, nas fontes. Tentava incorporar a trajetória mental de Estevão. Muita coisa, claro, ela já conhecia, mas estava abismada com o tanto que seu ex-marido havia avançado depois que parou de discutir o livro com ela. E a culpa era dela, claro. Tanto criticara, tanto reclamara, com tamanho saco cheio ficara, ao ponto de ter até mesmo forçado a separação do casal. Ah, que besteira, como ela fora idiota, infantil, intransigente. E ele continuou, perseverou, evoluiu. Sim, Estevão teve coragem, foi em frente. Ele avançara, mesmo enquanto ainda estavam casados, Simone via pelas datas dos arquivos, sem que ela soubesse. É, não fui muito justa com ele, Simone pensou. Para completar, o que Estevão produziu depois que ela parou de acompanhar o processo era muito melhor do que o que ele havia feito antes. E agora ele se foi, e eu aqui, aquela chata intransigente, decifrando, nesse trabalho quase mediúnico, as intenções dele. Ele poderia estar vivo, aqui do meu lado, nós dois juntos, sim, eu podia estar ajudando com o livro, ele vivo... Não, que bobagem, não estariam, pois se ela não suportava mais ouvi-lo falar desse livro, como imaginar que estariam, juntos, se dedicando a isso? Ah, mas agora não era hora de choramingar, era trabalho, trabalho e mais trabalho, ela ainda tinha muito chão pela frente até que fosse estabelecido um conjunto de textos mais ou menos coerente. E, pior, ela percebera que precisaria escrever alguns parágrafos de ligação entre os pedaços, pois não eram poucos os casos em que, ela notou, Estevão deixara buracos bastante sérios entre um trecho e outro.

Simone, pelo menos, já tinha conseguido fechar uma espécie de sumário para o livro. O esquema, que não seguia a ordem cronológica da vida de Estevão, era, provisoriamente, o seguinte (mas os títulos não seriam necessariamente estes):

1. Abertura.
2. Homem de confiança de D. Pedro I.
   a. As montanhas de Minas e o jovem príncipe.
   b. Os caminhos até a Corte: Prados, Coimbra, Palmela, Rio de Janeiro. Juiz e desembargador.
   c. De faz-tudo de D. João VI à política paulista, Diamantina, o casamento e o começo da briga com José Bonifácio.
   d. O topo da pirâmide: Ministro e Senador, Barão, Conde e Marquês.
3. A invenção da identidade nacional brasileira, uma história.
   e. Elites sem ideias ou ideias sem elites?
   f. E o povo, quem era?
   g. Dois séculos depois: o que ficou do projeto original?
   h. Quem são, afinal, os brasileiros?
4. Conclusão: diga ao povo que nós ficamos.

E seguia na escolha dos textos, num misto de preferências pessoais com tentativas de adivinhação, quase mediúnicas, de quais teriam sido as opções de Estevão nas últimas semanas antes de morrer. Pegou um dos trechos, que se referia ao item "a" no sumário, "As montanhas de Minas e o jovem príncipe". Era mais um caso em que o que ela vira, no passado, estava pior. Mas continuava sem ter certeza se gostava, de fato, do que estava lendo. Ainda era um pouco pomposo, um pouco sem graça, mais para texto jornalístico do que para literatura.

No início de 1822, o Brasil estava sem rumo e as províncias hesitavam entre permanecer com Portugal ou tornar-se repúblicas independentes. Em Minas, em particular, germinava a ideia de sedição. O clima em Vila Rica era, para dizer o mínimo, hostil ao Rio de Janeiro. Formou-se ali um governo com intenções declaradamente separatistas, que não pretendiam trocar a subordinação a D. João por uma outra, ao filho D. Pedro. O líder dos rebelados era José Maria Pinto Peixoto, recentemente promovido a brigadeiro, que mantinha sob seu comando as forças militares da província.

E o brigadeiro Pinto Peixoto não se demorou em mandar avisar que qualquer ordem vinda do Rio ou de Lisboa só seria cumprida com seu eventual beneplácito. Minas estava se tornando, na prática, e muito rapidamente, uma república autônoma, a caminho da separação. D. Pedro sabia que precisava enfrentar a situação, e com urgência, mas não dispunha, para isso, de tropas suficientes no Rio, cidade, aliás, da qual jamais tinha, até então, se ausentado (de fato, parece quase inacreditável, hoje, que, vivendo no Brasil desde os sete anos de idade, ele tenha passado todos aqueles vinte e quatro anos sem ir mais longe do que às chácaras da periferia da Corte, na região que é hoje a Baixada Fluminense).

D. Pedro era um príncipe que estava sendo posto em xeque ao mesmo tempo pelas Cortes de Portugal, por tropas portuguesas no Brasil (principalmente na Bahia) e pelas elites da terra (notadamente, mas não apenas, em Minas). Ainda não era o Imperador, ainda não havia o Brasil enquanto nação. Os prognósticos eram claramente negativos. Pedro ainda era um príncipe imaturo, com pouca gente de confiança para aconselhá-lo e pouco conhecido, num mundo que passava por transformações vertiginosas, com colônias ficando independentes, repúblicas sendo proclamadas, soberanos perdendo tronos e cabeças. Se o príncipe pretendesse se tornar mais do que uma nota de rodapé nos livros de história, precisaria mostrar rapidamente aos seus futuros súditos coragem e valor. Fã confesso de Napoleão Bonaparte (o mesmo que, por intermédio do general Junot, fizera sua família sair, corrida, de Lisboa), Pedro estudava história e estratégias militares, e, antes de estar com medo, o que sentia era um grande desejo de viver e de agir.

Diante do quadro que estava desenhado diante dele, D. Pedro, longe de pretender se esconder na Quinta da Boa Vista, decidiu encarar de frente os inimigos e, a palavra é esta, blefar. Iria a Minas. Veremos, ele pensou, de que liga eram forjados os que o desafiavam. E então, levando como escolta apenas dois soldados (algumas fontes falam em três), um mordomo e dois colaboradores, Dom Pedro saiu do palácio na madrugada do dia 25 de março, embarcou num bote que entrou Baía da Guanabara adentro, subiu a Serra do Mar e avançou pelo Vale do Paraíba, chegando a Queluz no décimo quinto dia de viagem. Só a partir daí é que, já nos contrafortes da Mantiqueira, a expedição começou a se aproximar da divisa de Minas Gerais. Naquelas duas primeiras semanas, D. Pedro e seus acompanhantes levaram vida de tropeiro. Dormiam em redes, nos pousos de tropas, comendo o mesmo cardápio dos tropeiros, constituído de carne de sol, farinha, pimenta, feijão com toucinho, coité (um molho avinagrado) e fubá. Para beber, café ralo e aguardente de cana. O futuro imperador do Brasil estava começando a conhecer o país em que vivia.

Um dos dois colaboradores que acompanhavam D. Pedro na viagem era o vice-governador de Minas, José Teixeira da Fonseca Vasconcelos (depois Visconde de Caeté) que, escorraçado pelo brigadeiro Pinto Peixoto, estava, havia semanas, refugiado na Corte. A presença do vice-governador era natural e até obrigatória na viagem, pois ajudaria a dar legitimidade à missão. O segundo colaborador era o nosso protagonista, Estevão Ribeiro de

Resende, uma escolha muito particular de D. Pedro: além, claro, de mineiro com prestígio na província, era a pessoa em quem o príncipe confiava para estar ao seu lado e ajudá-lo na complicada tarefa de, sem dispor de tropas e canhões, aplacar os ânimos dos mineiros, neutralizando os dissidentes e trazendo a população da província para o seu lado. No Rio de Janeiro, antes da partida, José Bonifácio endossara, com entusiasmo, a escolha. Aqueles ainda eram tempos em que Bonifácio e Estevão, se não eram amigos, pelo menos se davam bem.

Nomeado Ministro Extraordinário de Todas as Pastas durante o tempo em que estivessem em Minas, Estevão Ribeiro de Resende detinha, naquele momento, o cargo mais alto na hierarquia brasileira, abaixo apenas do próprio príncipe.

Pouco depois de uma subida árdua e repleta de riscos, ao chegarem ao alto da serra, na primeira parada, um lugar conhecido como Morro dos Arrependidos, mandava a tradição que os tropeiros que por ali passavam fincassem, na terra, uma pequena cruz de gravetos ou pedaços de bambu, e diante dela se ajoelhassem e rezassem, agradecendo. E assim fez D. Pedro I. Mas, riscos ordinários de viagem à parte, o teste inaugural os aguardava na primeira cidade mineira importante, Barbacena, na qual chegaram em 1º de abril. Como será que os receberia a população? Com hostilidade? Com respeito? Pois, para alívio e alegria de D. Pedro e escolta, foi com festa, muita festa. E com ofertas de hospedagem, armas, alimentos e mulas para transporte, além de entusiasmados voluntários para escoltá-los. E dali em diante, em cada cidade que chegavam, a cena se repetia e a comitiva ia encorpando.

Até que, enfim, depois de passarem inclusive pela Prados natal de Estevão, eles chegaram, na manhã do dia 9 de abril, aos arredores de Vila Rica (hoje Ouro Preto), a capital. A cidade, fechada, bem armada e protegida, estava preparada para resistir. A comitiva real fez acampamento no capão de Lana, a poucos quilômetros do centro urbano. Estevão redigiu, então, um ultimato. D. Pedro leu e aprovou o texto, que foi assinado e marcado pelo sinete com o brasão do príncipe real da Casa de Bragança. O ultimato dizia, basicamente, que se o governo mineiro reconhecesse a soberania de D. Pedro, seus membros e o povo da cidade seriam tratados com clemência e generosidade. Porém, se decidissem manter-se contrários, a repressão seria implacável e impiedosa. E que o benevolente príncipe adiaria até a manhã do dia seguinte um eventual ataque frontal a Vila Rica, a fim de que, com algum tempo para refletir, a razão pudesse prevalecer entre os governantes da cidade, e vidas inocentes fossem poupadas.

E lá se foi Estevão, a cavalo, sozinho, bandeira branca no alto de uma lança, levar o ultimato. Entrou na cidade, uma cidade de portas e janelas fechadas, na qual só se viam soldados, e em que as pessoas, escondidas em suas casas, o olhavam através de frestas, para ser finalmente recebido, no Palácio dos Leões, pelo líder dos rebeldes, o brigadeiro José Maria Pinto Peixoto. Feitos os cumprimentos de praxe, Estevão entregou o ultimato, esperou que o brigadeiro lesse, despediu-se e voltou, lentamente, em seu cavalo, para o acampamento. Nervosos, a D. Pedro e seus apoiadores só restava aguardar até o dia seguinte, quando partiriam para o tudo ou nada. Mas não precisaram esperar muito tempo. Em poucas horas, a tarde não caíra ainda, chegou, por emissários, a confirmação de que D. Pedro, o soberano do Brasil, era ansiosamente aguardado para ser aclamado por seus fiéis súditos em Vila Rica.

O que os rebeldes provavelmente não sabiam é que, a despeito do apoio que o príncipe recebeu desde que entrou na província de Minas Gerais, as tropas de Vila Rica eram muito mais numerosas, mais profissionais e melhor armadas do que as que acompanhavam D. Pedro e sua comitiva. Que um ataque militar de D. Pedro à capital da província, naquelas condições, dificilmente teria sido bem-sucedido.

Mas, enfim, uma vez feita, naquela mesma tarde, a entrada triunfal na capital mineira, com queima de fogos e tiros de festim, o que houve, naquela noite e nos dias e noites seguintes, foram festas, proclamações, jantares e bailes. D. Pedro manteve a palavra e ninguém foi punido. Muito pelo contrário, até mesmo promoções foram assinadas, fazendo parte da lista dos beneficiados o líder dos rebeldes, o brigadeiro Pinto Peixoto. Assim, embora muito se fale do brado, no 7 de setembro, às margens do Ipiranga, em São Paulo, na prática a independência do Brasil (com a necessária manutenção da unidade entre as províncias) aconteceu alguns meses antes, em Vila Rica, em 9 de abril de 1822.

Daquele dia em diante, Estevão passou a ser, para D. Pedro, alguém em quem ele sabia que poderia confiar sempre que precisasse. E não estava errado. Estevão jamais traiu a confiança de D. Pedro, até mesmo quando, convocado por este, foi quem recebeu a espinhosa incumbência de prender o todo-poderoso José Bonifácio e seus irmãos. E mesmo quando, estando já D. Pedro morto em Portugal, Estevão foi um dos principais atores políticos a assegurar a coroação do filho e sucessor, Pedro II.

É claro, por outro lado, que Estevão receberia suas compensações. Quando morreu, no Rio de Janeiro, em 8 de setembro de 1856, já com o título de marquês de Valença, Estevão Ribeiro de Resende era um dos homens mais ricos e poderosos do Brasil.

Este era um trecho muito importante para o livro. Tão importante que Simone hesitava, hesitava e hesitava. Seria mesmo, esta, a melhor versão? Havia uma outra, que contava um episódio, talvez inventado, de que na volta de Minas para o Rio, acampados para pernoitar no alto da serra da Mantiqueira, ao ver Estevão, no alto de uma pedra, contemplando o horizonte que se descortinava abaixo, diante dele, D. Pedro teria perguntado se a vista lhe agradava. Diante da resposta afirmativa de Estevão, D. Pedro teria dito: "pois então, meu amigo, de hoje em diante, todas estas terras são suas", o que teria dado origem às extensas propriedades do futuro marquês na futura cidade de Valença, das quais a mais vistosa viria a ser a fazenda das Coroas.

No aspecto pessoal, é preciso dizer que Simone, finalmente, vencera as reservas iniciais e se mudara para a casa de Estevão, a casa em que viveu enquanto foi casada com ele. Não era uma decisão definitiva, ela pensava, mas uma experiência. Seria mais prático, ainda mais enquanto estivesse trabalhando no livro, e durante esse período ela avaliaria se tinha vontade, ou não, de continuar ali. Se decidisse que não, poria a casa para vender, assim que o inventário fosse concluído, e recomeçaria tudo em outro lugar. Mas se decidisse que sim, que gostaria de ficar ali, estaria disposta a gastar algum dinheiro para deixar a casa mais com a cara dela, ou do que ela achava que era a cara dela agora, e remodelaria os aposentos, pintaria paredes e mudaria parte dos móveis. O único lugar da casa que ela sentia que não teria coragem de mudar, nem agora e nem nunca, era o escritório de Estevão, onde, naquele instante, sentada na cadeira dele, ela trabalhava no livro. Ela olhava pela janela, para a mesma praça que Estevão sempre olhava, para a mesma mangueira, lá longe, que ele sempre olhava, e se perguntava: ficar definitivamente nesta casa? Não sei, será? Vamos ver, ela respondia para si mesma, mais para frente eu decido.

O fato é que, no curto prazo, Simone decidiu que o melhor era ficar ali. Criou coragem e, num belo e ensolarado sábado, abriu os armários de Estevão, chorou, tirou as roupas de dentro, arejou, chorou mais um pouco, separou para levar para doação numa igreja ali perto. Era inverno, havia muita gente precisando de agasalhos, foi ótimo. Nas semanas seguintes, fez muita faxina e redecorou, sem gastar muito, um monte de coisas. No escritório, limitou-se a deixar a mesa um pouco mais arrumada, mas o computador, a cama do Jonas, os livros, tudo ficou, essencialmente, onde estava antes. Aquele espaço parecia uma espécie de mausoléu de Estevão, ela pensou. O frigobar voltou a ser usado, só que agora, em vez das cervejas de seu ex-marido, ela gelava água, sucos e vinho branco. E, na estante de livros, ao alcance da vista, bem diante das primeiras edições de *Raízes do Brasil* e de *Visão do Paraíso*, de Sérgio Buarque de Holanda, estava, quieta, a urna com as cinzas de Estevão. Mas, ao contrário do que possa parecer, não havia nada de mórbido nisso, e nenhuma relação com o que ela vinha chamando de "mausoléu de Estevão". É que Simone concluíra que o único lugar em que Estevão gostaria de ter suas cinzas espalhadas era nos arredores de Diamantina, e é o que ela faria. Apenas não conseguira tempo, ainda, de viajar até lá, pois além do trabalho na Long Play, que nunca era pouco para alguém que ocupava o cargo de produtora-executiva, tinha havido as exigências causadas pela decisão de se mudar para a casa de Estevão e, principalmente as gigantescas demandas do livro. Mas ela iria, assim que desse ela iria.

14. Juliana

"A garota distraída é
Notável por seu silêncio
Sentada à janela da sala de audiências
Suas bochechas apoiadas no vidro.

Eles passam sem fazer ruído
E quando olham para o rosto dela
Conseguem apenas ver um relógio por detrás da caveira;
[...]
Sua pele, sombreada
Onde um dia ardeu o sol da manhã."[11]

Eiléan Ní Chuilleanáin, "The Absent Girl", em *The Second Voyage*, Newcastle Upon Tyne, 1986.

De vez em quando, no meio da noite, entre um sonho e outro, Juliana se lembrava de Estevão. Eram memórias doces, felizes, mas de alguma maneira eram menos lembranças de experiências vividas do que, como explicar, lembranças de possibilidades do que poderia ter sido vivido, lembranças de planos vagos, de desejos, de expectativas. Por exemplo, ela às vezes, no escuro do quarto, de madrugada, se lembrava da viagem que eles teriam feito a

11 Tradução do Autor.

Portugal, das cidades que ele gostaria de visitar com ela, lugares a respeito dos quais, quando estavam juntos, ele sempre falava: as ruas de Palmela, os caminhos em volta do castelo de Marvão, as ladeiras de Coimbra, as ruínas romanas de Conímbriga, a Serra da Estrela, a praça central de Estremoz, em Guimarães um restaurante vegetariano que ele falou que era uma delícia, com vista para o palácio dos duques de Bragança, em Lisboa as ruas da Mouraria e da Alfama, no Porto uma caminhada de mãos dadas pela longa avenida que vai margeando o trecho final do D'Ouro... Ela pensava nas histórias que ele teria contado a respeito de cada lugar, dos comentários que teria feito, nos castelos e museus, nos vinhos que tomariam, nos pratos que comeriam e, ah, no sexo que fariam. Como era possível, em pleno século XXI, ter amado, e ainda amar, alguém com quem não havia chegado a ir para a cama? Era uma coisa inverossímil, isso sim. Ela tinha até vergonha de falar disso com outras pessoas. Mas, enfim, a pergunta pairava, insistente, em sua cabeça, e provavelmente, enquanto ela vivesse assim seria: como teria sido o sexo com Estevão?

E era também no meio da noite que Juliana às vezes se lembrava de que estava devendo uma resposta a Simone. E nessas ocasiões ela prometia a si mesma que, no dia seguinte, faria isso. Mas aí chegava o dia seguinte, a correria era infernal, os problemas cotidianos iam se acumulando numa sequência impossível, a relação profissional e pessoal com Juan havia passado, em pouco tempo, de excelente a boa, de boa a ruim, de ruim a muito ruim, e de muito ruim a incrivelmente péssima, e, ao longo dos dias, afogada em meio à correria, ela se esquecia de Estevão, de Simone, de todo o resto, até mesmo, por vezes, de Stefano.

Sim, com Juan as coisas ficaram péssimas. Até que, finalmente, melhoraram, pois eles acabaram tendo uma conversa definitiva, antes mesmo de passados aqueles três meses que ele dera como ultimato. Pressionado por Marco Antônio, Juan deixou a sociedade. Mas cedeu em dois pontos, pelo menos: primeiro, concordou em dar a Juliana mais meio ano, até que ela decidisse se fechava ou se comprava a parte dele; e, segundo, abria mão de recuperar o investimento inteiro. Se você quiser manter o proxeto, Xuliana, me pague o quanto conseguir, oquei? Eu confio totalmentch em você e sei que fará o máximo que puder. Juan era um sujeito bacana, um querido, ela conseguia compreendê-lo, jamais teria raiva dele, jamais.

Pai e mãe também, cada um com seus argumentos, insistiam no fechamento do Aldeia. O pai dizia que Juan estava certo, que tamanha demora na vinda de lucro era sinal de que o projeto era inviável, que se já era complicado com um sócio para dividir as tarefas, sozinha seria muito mais, que era melhor encerrar antes que as coisas ficassem mais complicadas. A mãe dizia que Juliana estava se afundando naquela loucura, que em meses ela envelhecera anos, que Stefano precisava dela, que até aquele chileno homossexual e louco, de quem ela nunca gostara, estava sendo mais sensato. E dizia que ela não via mais as amigas, que elas estavam reclamando, reclamaram até com ela, a mãe, que para ver Juliana precisavam ir até o Aldeia, porque de lá ela não arredava o pé para nada, e que se continuasse assim, ela também não teria oportunidade de conhecer alguém, de namorar de novo, de se casar, porque ela ainda era jovem, era bonita, e não é porque não deu certo com aquele traste que era o pai do Stefano que ela não encontraria alguém bacana, decente, que a tratasse como ela merecia ser tratada, ou seja, como uma princesa.

E, por falar nele, o tal traste, aquela inutilidade de ex-marido, seguia firme em seu padrão de inarredável ausência, mas, pelo menos quanto a isso, Juliana cedera às pressões do pai, contratara um advogado muito bem recomendado e iniciara uma ação por pensão alimentícia. Sem ter mais paciência para lidar de maneira pacífica com a situação, ela pedira para o advogado jogar o mais pesado que pudesse. O sujeito ainda não havia sido oficialmente notificado, de modo que ele e aquela mulherzinha mau-caráter dele não sabiam o tamanho do bombardeio que se aproximava. Mas saberiam logo. E iriam sofrer, ah, sim, como iriam.

No cômputo geral, contudo, a verdade é que nem tudo naqueles dias eram más notícias. Em primeiro lugar, Cristina vinha crescendo muito como profissional, e acabou por revelar-se um braço direito indispensável, uma pessoa ótima, que ajudava em todas as tarefas, fazendo muito do que Juan deixara de fazer, e ainda servindo de ombro amigo para os momentos em que Juliana ameaçava desabar. Um dia, se tudo desse certo, ela receberia uma fatia do negócio, com certeza. E, mais importante, apesar de todas as dificuldades, o excesso de trabalho e o estresse, a verdade é que o Aldeia não estava tão mal assim. Os cursos e seminários estavam indo bem, as vendas de livros haviam melhorado. De repente, aconteceu uma sequência de eventos bem-sucedidos. O mais impressionante foi um curso sobre poesia clássica chinesa, dado por um certo André Teixeira, um professor que, rezavam as histórias que ela ouvira, tinha passado por uns perrengues pessoais, tendo apanhado até quase morrer do namorado ciumento de uma aluna com quem se envolvera.

Mas o que importava é que o curso de poesia chinesa lotou o espaço do Aldeia, a tal ponto que Juliana e Cris precisaram pedir cadeiras emprestadas ao bar em frente, para acomodar as pessoas, que não só encheram a área interna do Aldeia como ocuparam boa parte do corredor da galeria. Os donos do bar não acharam ruim o empréstimo, pois naquele dia eles venderam cafés, águas, refrigerantes e cervejas como há muito não acontecia. E, para completar, quando o evento terminou, o tal professor Teixeira se aproximou de Juliana, e olhou e falou com ela como há muito tempo ninguém olhava e falava. Ele era sedutor, alto, bonito e culto, mas o que importa é que ele conseguiu fazer com que Juliana se sentisse, de novo, uma mulher, sexy e atraente. O professor Teixeira elogiou o projeto do Aldeia, se interessou pela vida dela, recitou alguns poemas chineses de cor e convidou-a para sair. Embora Juliana não tenha aceitado, até porque havia uma energia no professor que a fazia ter um pé atrás, ela se sentiu bem, lisonjeada, com o ego massageado, com uma sensação boa, enfim, que a acompanharia por muitos dias.

No dia seguinte, de manhã, ao olhar com atenção para a imagem de si mesma no espelho, algo em que ela não parava para prestar atenção desde que Estevão se fora, ela pensou, puxa, até que eu sou bonita, ainda sou, e nisso minha mãe tem razão, eu preciso mesmo voltar a sair, ver gente, respirar.

O fato é que, pouco a pouco, no início de maneira quase imperceptível e, com o passar do tempo, de um jeito cada vez mais evidente, uma mudança importante aconteceu: não era mais apenas Juliana que ia atrás de fazer e acontecer, eram as pessoas que a procuravam para propor cursos e lançamentos, algumas até mesmo trazendo patrocínio. Mesmo sem ter uma assessoria de imprensa, lançamentos e eventos ali passaram a aparecer vez por outra, e até com algum destaque nos cadernos de cultura dos jornais. O Aldeia, Juliana e Cris custavam a crer no que viam, estava começando a ter prestígio de verdade. Isso tudo significava, naturalmente, que mais dinheiro estava entrando. Cris recebeu um mais que merecido aumento, e Juliana, nos dois últimos meses, pela primeira vez conseguira tirar algum dinheiro do negócio. Não foi muito, até porque ela pretendia guardar a maior parte dos eventuais lucros para possíveis reinvestimentos e, principalmente, para pagar Juan. Ela se sentiria muito bem se pudesse entregar, ao ex-sócio, mesmo que ele no fim tivesse aberto mão dessa exigência, a quantia exata investida por ele.

Quando voltava para casa, exausta, invariavelmente tarde, Juliana procurava, de alguma maneira, compensar Stefano, que obviamente continuava carente, indo mal na escola e com problemas que teimavam em não desaparecer, de choro solto a xixi na cama à noite. Então ela conversava com o filho, perguntava do dia, se oferecia para jogar algum jogo com ele e, na hora em que ele ia dormir, sentava-se na cama para contar uma história, de improviso ou lendo algum livro. Quando isso acabava, era frequente que pai ou mãe, ou ambos, a estivessem esperando para falar, fala que seria invariavelmente uma cobrança, um conselho daqueles cujo conteúdo ela já sabia de antemão. Era só depois de vencidas todas essas maratonas que Juliana podia tomar um banho, vestir um pijama, vez ou outra se sentar um pouco, sozinha, junto à mesa da cozinha, algumas noites tomar um chá, outras um vinho e folhear, sem prestar muita atenção, alguma revista de cultura ou o jornal que não tivera tempo de ler pela manhã.

Era por tudo isso que Juliana ainda não ligara para Simone, e só se lembrava do assunto no meio da noite. E ela sabia que, quanto mais tempo passava, mais chato ficava. E o pior é que ela realmente gostaria de ajudar Simone com o livro. Mas, se respondesse agora, precisaria dizer não. Ela ligaria, ligaria sim, pensava. E logo. E era por tudo isso, essa correria e esse estresse, também, que ela só conseguia pensar em Estevão no meio da noite, e às vezes só mesmo em sonhos. E ela se imaginava vivendo com ele, viajando com ele, e se perguntava se o sexo com ele teria sido bom... como teria sido? como será que ele era na cama? será que os dois juntos, teria rolado? Ela, uma pessoa tímida e travada, não se considerava nenhuma sumidade no assunto. E Estevão, meio amalucado, atrapalhado, não levava jeito de ser muito diferente... Que coisa, essas divagações na madrugada. Uma saudade do que não foi, do que não chegou a acontecer, do que apenas poderia ter sido, que coisa. Mas por que negar, se era verdade? Era verdade: sempre que Estevão a visitava em seus sonhos, durante a noite, era bom. Era um pouco triste, mas era bom. E depois, de dia, na correria sem fim dos dias, tudo isso sumia.

15. Simone

> "Hoje foi nosso bom dia da semana. Nas quintas-feiras mamãe nos acorda de madrugada, para arrumarmos a casa e irmos cedo para o Beco do Moinho. A gente desce pelo beco, que é muito estreito, e sai logo na ponte. É o melhor recanto de Diamantina e está sempre deserto. Nunca encontramos lá uma pessoa, e por isso mamãe escolheu o lugar [...]"
>
> Helena Morley (Alice Dayrell Caldeira Brant), *Minha vida de menina*, 1893-1895.

Um vizinho que Simone conhecia há tempos, desde quando ainda era casada, muito boa gente, aceitou de bom grado cuidar de Jonas, ver comida e água, limpar a caixa de cocô. Ela fechou uma licença de uma semana na gravadora, não foi difícil, não tirava férias de trinta dias há séculos, mandou fazer uma boa revisão no carro que nunca usava. Arrumou mala, pegou a caixa de CDs, o carro dela era antigo, ainda usava CDs, nossa, eu ainda tenho caixa de CDs, pensou, estou ficando velha mesmo, e escolheu os dez álbuns que levaria para a viagem. A seleção não foi aleatória, foi cuidadosamente pensada para lembrar/celebrar o passado dos dois em Minas, os tempos em que se conheceram, o namoro, as primeiras viagens, quando ela ainda tocava e ele pesquisava, inclusive, nossa, como este *Estevão* é antigo, Estevão já fazia pesquisas para este livro de agora, embora tenha publicado outras coisas no meio do caminho. Na caixinha em que cabiam dez CDs, enfim, estavam *Clube da Esquina*, *Minas*; *A Página do Relâmpago Elétrico*, o primeiro disco de Beto Guedes; *Travels*, de Pat Metheny; o *Sun Bear Concerts*, de Keith Jarrett; Egberto Gismonti e Charlie Haden ao vivo em Montreal; um CD de coletâneas de Otis Redding, outro de Taj Mahal e mais um de B.B. King; incluía também um do Skank, *O Samba Poconé*, outra trilha sonora de uma porção de momentos gostosos com Estevão. Quase levou um CD com música barroca mineira, no qual ela e seu violoncelo haviam tido uma participação, pequena, mas importante – pelo menos para ela – em duas faixas. E Simone também pensou em levar, mas não levou, um CD de Yo-Yo Ma. Os dois ficaram porque ela ainda não superara seus traumas com o violoncelo. Superaria um dia, estava convicta, mas, um problema de cada vez, e agora era o momento de sepultar Estevão, não de resolver neuroses, ou traumas, musicais.

E assim, tudo certo, tanque cheio, água e óleo checados, pneus calibrados, o carro foi posto em movimento e, às seis e meia da manhã, num sábado do começo de outubro, ela já estava vencendo os primeiros quilômetros da rodovia Fernão Dias, com destino a Minas Gerais. Ao lado dela, no banco do passageiro, a urna com as cinzas de Estevão. Seria uma viagem para acertar contas com o passado, para se despedir de Estevão e enterrar, em parte, a vida que vivera até então.

Sem sobressaltos de qualquer natureza na estrada, e depois de parar para abastecer o carro, ir ao banheiro e tomar um café nas proximidades de Três Corações, mais ao menos na hora do almoço ela estava entrando em Tiradentes, onde fez check-in na pousada que havia reservado, deixou a mala, lavou o rosto e saiu para almoçar. Quantos Resendes dando nomes às ruas! Todos parentes de seu personagem – ela já estava tão mergulhada no livro de Estevão que agora até considerava o personagem como seu, e de certa forma era mesmo, *Estevão* já era dela também. Quais desses Resendes, ela se perguntava, teriam sido inconfidentes? Quais teriam sido levados, presos, pelo contraparente deles, o coronel Severino Ribeiro, o pai de Estevão, para o Rio de Janeiro? Sem a mesma familiaridade do ex-marido para nomes e datas, ela não tinha essas respostas na ponta da língua. Mas sabia, pelo livro, que o pai de Estevão, o coronel Severino Ribeiro, tinha conduzido, para o Rio, alguns dos inconfidentes, entre os quais um daqueles Resendes, cunhado dele. E ficou imaginando o que teria sido uma eventual conversa familiar, à mesa, no jantar, entre o coronel Severino e a mulher, dona Josefa, quando ele contou que seria o responsável por conduzir para ser julgado – e talvez enforcado, eles não tinham como saber – no Rio de Janeiro, o irmão dela. Ainda que tal conversa entre marido e mulher não tenha ocorrido, ela pensou, era inevitável que uma fratura, ou no mínimo uma forte tensão, tenha ocorrido no seio daquela família – como talvez tenha ocorrido em toda a alta sociedade mineira – num momento em que as pessoas se dividiam entre os que conspiravam e os que permaneciam fiéis à Coroa. No caso de Estevão Ribeiro de Resende, ela pensou, o começo auspicioso de uma vida muito bem-sucedida aconteceu justamente porque o pai, o coronel Severino, fez uma clara opção pelo lado que, no fim das contas, saiu vitorioso.

No dia seguinte, ela deixou a pousada logo depois do café da manhã e, já com as malas no carro, fez uma rápida viagem até Prados, ali perto, a cidade natal do Marquês de Valença, e onde esteve, com Estevão, havia muito tempo. Eles ainda eram namorados, e aproveitaram um pequeno festival de música barroca mineira, no qual ela tocou, para que ele fizesse pesquisas. O Estevão personagem nasceu ali, ou não exatamente ali, mas ali perto, na fazenda da Cachoeira, cuja localização atualmente ficaria situada no município de Lagoa Dourada, mas que na época pertencia a Prados. Ela se lembrava de que Estevão tentara localizar a fazenda onde seu personagem nasceu, mas só recebera informações desencontradas (ou mudou de nome, ou desapareceu, ou foi tragicamente reformada, mas seguramente a fazenda da Cachoeira que ele conseguiu localizar não era a mesma em que nasceu Estevão Ribeiro de Resende). Do que ela se lembrava, de Prados, eram as infindáveis ladeiras, que subiam, subiam, subiam, e pareciam jamais descer. E do antigo teatro, dos tempos da colônia, que na época estava sendo restaurado. E de um boteco muito ordinário, mas delicioso, com vista para o rio que cortava a cidade, que servia cerveja gelada e um incomparável queijo Minas. E de ter tocado muito, ensaiado muito, e de ter sido, talvez a última vez, em que ela foi feliz com um violoncelo, em que ela ainda acreditava que a vida seria sempre assim, como se namorar, tocar violoncelo, beber cerveja gelada e comer queijo Minas para sempre numa antiga cidadezinha mineira fosse o que o destino reservara para ela, e se a vida tivesse sido isso mesmo, nossa, como ela teria sido feliz.

Simone não se demorou em Prados. Depois de zanzar um pouco, e de tentar, sem sucesso, reencontrar o antigo boteco dos inesquecíveis queijos Minas, comeu rapidamente num restaurante qualquer e voltou para a estrada. Diamantina era longe, ela ainda precisaria atravessar Belo Horizonte, um trecho em que se perder era usual, e depois viajar mais um bom pedaço, passando por Sete Lagoas, por Cordisburgo, saindo à direita para Curvelo e, daí, direto para Diamantina... Ela não se considerava uma motorista excepcional, de fato não era, portanto nem pensou em entrar em Lagoa Santa, onde estivera uma vez com um Estevão absolutamente entusiasmado com a figura de Peter Lund (espremido na História entre Humboldt e Darwin, era respeitadíssimo na Europa e poderia ter sido tão grande quanto aqueles, não tivesse preferido permanecer até o fim de seus dias aqui, neste sertão, pesquisando, vivendo, comendo carne seca com farinha de mandioca, longe do frio dinamarquês). Mas, passando por ali, Simone não conseguiu deixar de pensar em Luzia, e em como Estevão ficaria triste se soubesse que os ossos dela haviam sido queimados no incêndio do Museu Nacional. Por onze mil e quinhentos anos ela ficou ali, quieta, serena, sepultada na Lapa Vermelha, aquela caverna que Estevão a levara para ver, resistindo às infinitas queimadas nos campos do Cerrado, e então, levada para um museu, acaba por virar cinzas. Fazendo contas mentalmente ela logo concluiu que, quando Jesus Cristo nasceu, Luzia já estava há uns dez mil anos, ou pouco menos, enterrada na Lapa Vermelha. Nossa, Estevão, em quanta coisa a gente pensa enquanto viaja, ela disse, alto, tirando um pouco o olho da estrada, e se dirigindo, no banco do passageiro a seu lado, para a urna.

O fato é que Simone não gostaria de dirigir à noite, no trecho final entre Curvelo e Diamantina, naquela estrada de pista simples, mal sinalizada e com abundância de caminhões. E, fora isso, estava cansada e não queria chegar muito tarde. Apesar de ir o mais depressa que pôde, porém, não houve como evitar viajar o trecho final já no escuro. Aquele pedaço final era terrível, e ela acabou, como temia, travada por uma sequência infindável de caminhões, a maior parte transportando carvão. Assim, só conseguiu entrar na zona urbana do antigo arraial do Tijuco, atual Diamantina, às nove e pouco da noite. *Trem Azul* reverberando alto nas caixas de som do carro, ela pensou nossa, eu jamais teria conseguido chegar até aqui, inteira, não fosse por estes CDs.

Foi até a pousada, instalou-se, deixou a urna de Estevão na cabeceira e, ainda que exausta, com dores no pescoço e nas costas e nos braços e nas pernas e na bunda e os olhos ardendo, estava faminta. De modo que, apesar do cansaço, saiu para comer alguma coisa rápida. Mas ela se esquecera de que aos domingos, e à noite ficava pior ainda, Diamantina era praticamente um deserto, nada funcionava. Com quase tudo fechado, foi com muito custo que ela encontrou um boteco no qual em condições normais ela jamais teria entrado, e onde comeu, apesar do medo de uma possível diarreia, duas coxinhas de galinha, de péssima aparência, acompanhadas de um guaraná. E logo estava de volta ao quarto da pousada, quando enfim tomou um bom banho quente, ligou um pouco a TV do quarto e, em menos de vinte minutos, caiu no sono. Dormiu tão pesado que provavelmente sequer sonhou.

Simone acordou cedo. Era segunda-feira. A cidade, espécie de capital da região norte de Minas, já mostrava um movimento bastante razoável. Ela abriu a janela do quarto e se deixou ficar, um pouco, olhando as pessoas, as ruas e os telhados. Fazia uma manhã esplendorosa, de céu azul e sol, ela se sentia quase feliz. Bom dia, Diamantina, meu antigo arraial do Tijuco, quanto tempo! Como ela foi feliz aqui, numa época que parecia ter sido em outra era, em outra encarnação. Se bem que foi realmente em outro século, ela pensou, rindo sozinha. Em seguida entrou no banheiro, escovou os dentes, olhou-se no espelho. Há tempos ela não se detinha na própria imagem, diante do espelho. Ah, que susto, olhar-se assim, agora. Como o tempo tinha deixado marcas! Que diferença daquela menina que tocava violoncelo, que provocava paixão nos garotos, que não usava maquiagem, que gostava de se vestir de um jeito simples, com os prediletos vestidos floridos de algodão, as sandálias de dedo, o cabelo comprido, solto, ou preso em rabo de cavalo. Será que ainda restava alguma coisa daquela menina neste corpo, neste rosto com tantas marcas de frustrações, de tristezas, do tempo? Simone chorou um pouco, em seguida riu de si mesma, de estar chorando, lavou o rosto, falou alto para si mesma que precisava deixar de bobagens, saiu do banheiro, vestiu-se e desceu para tomar o café da manhã na pousada. Como sairia direto, já foi com a bolsa e com a urna de Estevão dentro. As cinzas dele estariam o tempo todo com ela nessa viagem, até o momento, no último dia, em que se despediriam.

Ao deixar a pousada, o primeiro destino de Simone e (da urna de) de Estevão foi a Casa da Glória, onde ela fazia um curso de música barroca mineira quando os dois se conheceram, na calçada, num fim de tarde. O mapa da cidade ela ainda tinha perfeitamente desenhado na memória. Seguiu pela rua Macau do Meio e em seguida subiu, resfolegante, a íngreme subida da rua da Glória. Ela já não tinha, nem de longe, a forma física de anos antes... A porta já estava aberta, foi entrando. De um lado, o que havia sido, um dia, a casa do Intendente dos Diamantes. Do outro, a casa onde ela estudara e tocara a música magistral de Lobo de Mesquita (que, ela sabia, nascera ali perto, no Serro Frio), de Francisco Gomes da Rocha, dos Marcos Coelho, pai e filho, do Padre José Maurício, de Castro Lobo, de Manoel Dias de Oliveira. Entrando, meio tímida, olhando os cartazes pendurados por toda parte, que avisavam de cursos, festivais, apresentações, igualzinho aos do tempo dela, com a diferença de que nos de antes ela era, às vezes, parte da atração. Aí uma mocinha se aproxima, gentil, perguntando se "a senhora" quer ajuda, mas ela só quer dizer que não, que não precisa, e pensa, mas não fala, que aquilo ali é tudo dela, que ela reinava por ali tudo, com o violoncelo debaixo do braço, quando ela, a gentil mocinha, nem tinha nascido, ou, se tinha, ainda engatinhava, fazendo xixi nas fraldas. Sim, como Simone não era daquele tipo de pessoa entruda, que vai se impondo, respondeu apenas que não, obrigada, estava só dando uma olhada, a senhora já conhece a casa do intendente, do outro lado, onde funcionou uma escola para moças?, ah, eu conheço sim, obrigada, estive aqui em Diamantina já, faz muitos anos, estou revendo tudo, vou lá, sim. Ah, que bom, a senhora está matando saudades, aproveite. Lá eles abrem às nove, já deveria estar aberto, é que o rapaz que fica na portaria teve um problema urgente pra resolver e se atrasou um pouco, mas já já ele estará por aí. Foi só então que Simone percebeu que a porta, do outro lado da rua, ainda estava fechada.

Sem querer esperar pelo rapaz atrasado, Simone voltou para a rua. Desceu a rua da Glória, pegou a Macau do Meio no sentido oposto ao que fizera e andou até a rua de São Francisco, outra ladeira acima de matar, que ela encarou para rever a casa em que nasceu Juscelino Kubitschek. Lá, felizmente, o rapazinho responsável já estava devidamente instalado em seu posto, de modo que ela pôde pagar pela entrada e, enfim, entrar. O museu/casa de JK é singelo, bem montadinho, e Simone ficou uma meia hora ali, olhando, pensando, respirando. Ela sempre fora simpática à figura de Juscelino, achava-o um sujeito simples, que gostava de seresta, de botequins, e esse era um tema sobre o qual Estevão e ela nunca concordaram. Estevão considerava Brasília um crime de lesa-pátria, uma coisa horrorosa, que custou caro para ser construída e que custava ainda mais caro por existir, dizia que a praga da corrupção das empreiteiras começou com JK e, mesmo ali, em Diamantina, havia dois exemplos para justificar sua antipatia por Juscelino. O primeiro era o hotel do Tijuco, que Niemeyer projetou ali perto, na Macau do Meio, construído especialmente para receber JK e comitiva em uma viagem a Diamantina depois de eleito presidente, e que custou a derrubada de um grande casarão do século XVIII, e que, naquele estilo modernoso de fim dos anos 1950, destoava completamente do entorno, do centro histórico, sendo um cenário perfeito, nas palavras que Estevão sempre repetia, para alguma cena em que Monsieur Hulot, de Jacques Tatit, estivesse ridicularizando o artificialismo da modernidade do pós-guerra. Outro exemplo que Estevão gostava de dar era o da sede do Corpo de Bombeiros, lá no alto, que ocupava o prédio da antiga Estação Ferroviária, e que deixara de sê-lo porque os trens foram extirpados dali, exatamente os trens da música do Milton, *Ponta de Areia*, que ligavam Minas ao mar, e Estevão repetia, sempre, que, quando saiu de Diamantina para estudar medicina em Belo Horizonte, JK foi de trem. O mesmo trem que ele, uma vez ocupando o cargo de presidente da República, ajudou a matar...

Mas, enfim, Simone gostava de JK e pronto. A casa do museu era fresca e ela sempre gostou de se deixar ficar ali, a imaginar o menino Juscelino ali, órfão do pai delegado de polícia, estudando, pegando lenha nos fundos para o fogão, sentado à mesa, comendo... Era curioso como o fato de ter virado museu não tirara daquela casa o frescor de uma residência de verdade, de um lar, e ela achava realmente gostoso e relaxante deixar-se ficar ali, enquanto lá fora um dia muito quente já ia se impondo.

Eram quase dez da manhã quando ela desceu a rua de São Francisco. Dali em diante aquele dia seria apenas aquilo que ela e Estevão, nos bons tempos, mais gostavam de fazer: caminhar sem rumo, no sobe e desce das ruas pedregosas ainda calçadas no estilo pé de moleque original (que, Estevão gostava de apontar, olha só que trabalho bem feito, isso tudo em boa parte foi obra do Intendente Câmara, o que ela sempre contestava, perguntando se o intendente havia fixado as pedras com as próprias mãos...), olhando as construções, entrando em igrejas abertas que quisessem entrar, passando direto quando parecesse a melhor opção, quando desse sede entrar em algum bar para tomar cerveja. Quando estivesse um pouco além do meio-dia, ela, independentemente de onde estivesse, tomaria o rumo da praça matriz e desceria até o Beco da Tecla, onde almoçaria na Livraria Espaço B e, depois, tomaria um café e comeria broa de milho no Café Mineiro.

E foi assim que se passou o primeiro dia, sem entrar no carro, apenas zanzando entre as ruas e becos da cidade, subindo, descendo, parando para tomar alguma coisa, olhando, sentindo, respirando, lembrando, revendo lugares que tinham significado especial para ela, mas também dando de cara com alguns ângulos que, apesar de já ter circulado tanto por essas ruas no passado, pareciam estar sendo vistos pela primeira vez. Terminou o dia de volta ao Beco da Tecla, agora para jantar no Recanto do Antônio, o restaurante preferido de Estevão, onde ela pediu uma carne de sol, de que nem gostava muito, mas despedida era despedida, e comeria o prato preferido dele... que teria, porém, se decepcionado, ela pensou, pois as coisas mudam – mesmo em Diamantina, onde parecem ficar sempre iguais –, e nem sempre para melhor.

Ou talvez, ela ponderou, o motivo era que nada mais, hoje, poderia ter os mesmos brilho e sabor que um dia teve, naqueles tempos quando eu era jovem, apaixonada, explodindo em presentes e futuros. E então ela olhou para as mesas em volta, havia casais, grupos com quatro ou mais pessoas, todas rindo, falando alto, se divertindo. Ah, que inveja, que saudade de um dia ter sido assim, como essas pessoas, esses jovens. Em seguida ela pediu a conta, pagou e foi embora, sozinha, dando algumas voltas a esmo pelas ruas, que são tão bonitas, da noite de Diamantina. Se estava feliz ou triste (ou poeta), ela não sabia, ela nem mesmo sabia mais diferenciar uma coisa da outra. Mas estava achando bom, de alguma maneira, estar ali. E a solidão que sentia, por estar tão só, tão longe de casa, ela disfarçava conversando com garçons, donos de restaurantes e lojistas...

No segundo dia Simone foi mais longe. Na realidade, ela decidira que a viagem mais extensa, dentro da expedição a Diamantina, que era ir até o Serro, antiga Serro Frio, antiga Vila do Príncipe, e que lhe tomaria um dia inteiro, deveria ser feita logo no começo. Assim, pouco depois do café da manhã na pousada ela já estava de volta ao carro. E Estevão, temporariamente, saiu da bolsa e foi colocado sobre o painel do carro. Por quê? Sei lá, pensou Simone, sorrindo para si mesma e olhando para a urna, de repente aí você aproveita mais o passeio. As ruas pedregosas a fizeram passar por perto da casa de Xica da Silva, e logo ela estava na estrada que, ah, que decepção, estava agora quase toda asfaltada. Mas não faz mal, ela pensou, a paisagem da estrada, no ponto final do Caminho Real, ainda era a mesma. Há trezentos anos era a mesma. Logo deixou para trás a entrada para a gruta do Salitre, que hoje não visitaria, e seguiu em direção a São Gonçalo do Rio das Pedras. Que absurda a paisagem daquele pedaço final da Estrada Real. E ela se lembrou que Estevão falava, sempre, que quem achava tudo aquilo lindo éramos nós, hoje; que isso de ver beleza na natureza, aliás, a própria ideia de natureza, havia começado com Alexander von Humbolt, com Goethe, com Hölderlin, com os românticos, enfim, que as pessoas que passavam por ali, no passado, a pé ou montadas, não viam nenhuma beleza naquilo, na paisagem, nada. Só o que viam era possíveis locais para lavras, ou para se esconder, ou para fugir, ou para contrabandear, ou para perseguir, conforme o papel que, no grande cenário daquele universo extrativista, elas desempenhassem. E então ele completava: mas você acha que, para quem é garimpeiro, quem é minerador, alguma coisa mudou nesses duzentos anos? Nada. Garimpeiro é como saúva, Simone. Você já imaginou uma saúva contemplando, embevecida, a paisagem?

Em alguns lugares, em meio aos caminhões e tratores das obras de asfaltamento, Simone parou o carro e desceu, entrando um pouco no mato, para olhar melhor a paisagem, ver de perto as flores do cerrado, sentir o vento e os cheiros que ele trazia, vislumbrar um lagarto aqui, um passarinho muito colorido ali, ouvir os sons, olhar para o céu, as nuvens, os picos de pedra das montanhas... coisas que Estevão adorava fazer quando andava por aquelas bandas. É, ela pensou, a primavera é a época mais bonita no cerrado, as flores explodem, a vida explode. Quando chegou ao Vau, na velha ponte que atravessa o Jequitinhonha, Simone parou o carro mais uma vez, saiu, andou até as pedras, equilibrou-se entre elas, desceu até a beira da água, muito fria, tirou os tênis, molhou os pés, deixou-se ficar um pouco. Ah, Jequitinhonha, ela pensou, olhando para as águas, como você, aqui, é limpo e cristalino, mais parecendo um riacho, com essas pedras, essas cachoeiras, como vão judiar de você daqui para frente, como você haverá de desaguar no mar, a não sei quantas centenas de quilômetros daqui, tão mudado, tão sujo, tão barrento, tão cansado.

Foi só quando chegou em São Gonçalo que ela fez a primeira parada mais longa. Foi, primeiro, ao largo da capela, onde tinha uma foto deliciosa com Estevão. E depois visitou uma pousada que funcionava ali perto – tudo ali era perto – , num velho casarão do século XVIII, de uma senhora suíça que estava há décadas por ali, que se lembrava dela, e as duas conversaram sobre o asfalto que estava chegando, a senhora contou da briga que estava enfrentando com as autoridades, que queriam que a estrada com o asfalto passasse pelo centro da vila, bem em frente à pousada, aliás, e que isso causaria terrível impacto nas construções antigas e na rotina de moradores e animais. Mas não faz sentido, por que eles querem isso?, perguntou Simone, e a senhora respondeu, com aquele sotaque carregado dela, que eram as mineradoras, que aquele era o caminho mais curto para os caminhões, que absurdo, respondeu Simone, é a eterna briga entre meio ambiente e patrimônio histórico, de um lado, exploração dos recursos naturais, de outro... É isso mesmo, a senhora continuou. O turismo é uma atividade muito importante, hoje, em Minas Gerais, mas a indústria da mineração ainda é mais forte, pelo menos politicamente. Você viu o que aconteceu em Mariana e em Brumadinho, não viu?

É, saúvas. Estevão tinha razão. Aliás, pensando bem, não tinha. Era pior. Porque saúvas, bem ou mal, exploram recursos renováveis, cortam folhas que voltarão a crescer. Já a mineração é um arrasa-quarteirão, arranca do solo algo que jamais será reposto, e no processo ainda detona matas, rios, montanhas e história. E assim, entre revoltada e desanimada, temendo pelo futuro daquela vilazinha parada no tempo e perdida no espaço, Simone tomou um café com a velha senhora, tirado de um bule mantido quente, em banho-maria, no fogão a lenha, comprou um conjunto de toalhinhas de juta, para mesa, feitas pelas moças dali mesmo, e voltou para o carro, para, de novo com Estevão ao seu lado, seguir viagem em direção ao Serro. Estava na dúvida se almoçaria no caminho, em Milho Verde, ou se esticaria o trajeto, aguentando a fome até o destino final. Se nada tivesse mudado, era possível que, ao chegar ao Serro, o que, ela calculava, aconteceria algum tempo depois das duas da tarde, os poucos restaurantes já estivessem fechados. Estevão e ela já haviam, no passado, vivido essa situação, de serem obrigados a quebrar o galho da fome rachando um queijo meia-cura, aliás muito bom, ou talvez muito bom porque estivessem com muita fome, e uma cerveja que pelo menos estava bem gelada, para só conseguir se alimentar, de verdade, bem mais tarde, à noite, quando já estavam de volta em Diamantina.

16. Juliana

"Há perto de nós uma poeira desconhecida,
Ondas quebrando na costa pouco além da colina,
Árvores cheias de pássaros que nós jamais vimos,
Redes lançadas ao fundo com peixes escuros.

A noite chega; olhamos para cima e aquilo está lá,
Veio até nós através das redes de estrelas,
Através dos tecidos da relva,
Caminhando em silêncio sobre o asilo das águas.

O dia nunca acabará, pensamos:
O nosso cabelo que parece ter nascido para a luz do dia;
Mas, finalmente, as águas calmas da noite se erguerão,
E nossa pele vai conseguir ver longe, como faz embaixo
d'água."[12]

Robert Bly, "Surprised by Evening", em *Early Poems*, 1950-1955.

As coisas estavam começando a ir tão bem que Juliana pensou, pensou, conversou com Cristina e, no fim das contas, decidiu contratar um estagiário. Depois de algumas entrevistas, Clayton

---

12 Tradução do Autor.

foi o escolhido. Estudante de letras, inteligente, com jeito de quem gosta de tomar inciativas, o garoto pareceu o candidato perfeito para se integrar ao projeto do Aldeia e, se tudo desse certo, ela enfatizou muito isso na entrevista, futuramente ser efetivado e crescer junto.

E o garoto não decepcionou. Assim que pegou o jeito das coisas, Clayton começou a fazer a diferença, o que na prática significou retirar, das costas de Juliana e Cris, uma porção de tarefas, inclusive fisicamente pesadas, que elas faziam. Por exemplo, não havia mais para elas o trabalho de carregar fardos de água mineral, caixas de suco de frutas e de água de coco desde o supermercado, distante quatro quadras e meia, até o Aldeia, que além de tudo ficava no segundo andar da galeria. E logo ele também estava fazendo conferências de entregas e envios de livros, respondendo e-mails, conversando com palestrantes e alunos, enviando convites. Uma mão na roda, enfim. Graças a isso Juliana começou a poder pensar em outros assuntos, que não os estritamente de trabalho, e não mais só no meio da noite, quando o monstro da insônia batia, por volta das três horas da madrugada. E entre os assuntos em que ela podia pensar estavam Estevão, o falecido, e *Estevão*, o livro. E, então, a primeira providência concreta, é evidente, seria telefonar para Simone, dando finalmente uma resposta. Se ela ainda precisasse e quisesse, se o trabalho com o livro já não tivesse terminado, agora seria possível oferecer ajuda.

Sim, como agora tivesse mais tempo do que antes, permitiu que Estevão a visitasse não apenas à noite, mas também de dia. Ou seja, entre um e-mail e outro conseguia parar para pensar nele, e foi assim que, vasculhando à toa mensagens e arquivos que ele havia enviado, encontrou alguns documentos dos quais nem mesmo se lembrava. Em um dos e-mails havia, anexados, três arquivos de texto. Clicou no primeiro, era um conto. Ele havia enviado para ela três contos, na manhã de seu último dia, antes do almoço. Ela se lembrava de ter lido rapidamente o primeiro, de ter ligado para elogiar, mas eles acabaram não falando disso no almoço, e depois da morte de Estevão ela acabou deletando o assunto de sua mente. Agora, com mais calma, ela imprimiu o primeiro conto e começou a ler.

O colar

Dona Elvira morava no apartamento 42. Prédio nem muito antigo nem muito novo, desses que têm galeria no térreo, rua Teodoro Sampaio, bairro de Pinheiros, dela. Comprado com sacrifício, longas parcelas, quitado. Magra, seca, amarga. Aposentada do serviço público estadual. Todos os dias descia, perto de nove horas da manhã, e ia à rua. Voltava em menos de uma hora, ora com umas poucas frutas, ora com produtos de limpeza, ora com alguma peça de roupa nova. Solteira. Todos os dias, quando passava pela portaria, dava um dedo de prosa com seu Severino, o zelador. Dona Elvira contava (repetia, repetia e repetia) que era bisneta do barão da Cachoeira, neta do Coronel Matta, filha do Coronel Jacinto, prefeitos de Itatiba, chefes do PRP. Contava das grandezas do bisavô, do avô e do pai, da fazenda em Itatiba, em que nascera e passara incontáveis férias, menina. Contava dos jantares, dos bailes, de quando o pai hospedou o presidente Washington Luiz e do vestido que ela usou na ocasião. Do colégio de freiras, o Deux Oiseaux. Da crise de 1929, das dificuldades financeiras, da venda das fazendas e da casa em Higienópolis. Da morte repentina do pai, acossado por credores e dívidas, e da boníssima e inconsolável mãe, que o acompanhou, à sepultura, logo depois. Da ajuda do tio desembargador para conseguir um emprego público. Dos tempos da repartição. O assunto na portaria era esse, as grandezas extintas do passado, além de alguma eventual reclamação sobre barulho do vizinho de cima, sobre infiltração na parede, essas coisas. Da vida de Severino ela raramente queria saber.

Ninguém, no prédio, suportava Dona Elvira, com seu nariz empinado e seu jeito seco. Só o zelador, Severino, gostava dela. Ou não gostava, quem sabe, mas fazia que gostava, porque talvez o que sentisse pela velha fosse apenas compaixão. Dona Elvira, sempre que ia à rua, levava no pescoço um colar de pérolas. E dizia a Severino que aquilo era tudo o que sobrou dos tempos de menina, os tempos bons. O zelador torcia o nariz, preocupado. "A criminalidade tem aumentado no bairro, Dona Elvira, a senhora não devia arriscar um colar tão precioso por aí, à toa..." "E vou fazer o quê, deixá-lo trancado no armário, Severino? Nunca mais irei a bailes ou recepções, como aquela, da qual jamais me esquecerei, nos Campos Elísios, na posse de Júlio Prestes. Não tenho mais parentes para visitar, não tenho ninguém. Ou bem uso meu colar aqui, na rua, ou não uso mais. Vou fazer o quê, Severino? Usar o colar para assistir novela? Deixar para usá-lo depois de morta, no caixão?" E, dia após dia, a conversa se repetia, com pequenas variações, sempre que Dona Elvira passava pela portaria.

Até que, num belo dia, não havia muito que Dona Elvira passara por Severino, uma gritaria, vindo da rua, pôde ser ouvida lá no fundo da galeria, onde ficava a portaria do prédio. Severino teve um arrepio de pressentimento, largou tudo e correu para fora. Caída no chão, junto a um poste, cercada por transeuntes desconhecidos, por lojistas das galerias, pelo vendedor de frutas da barraca da calçada, por um ou dois vizinhos, jazia Dona Elvira. Severino foi dando cotoveladas de um lado e de outro e se aproximou da velha. Berrou, desesperado, que chamassem uma ambulância, logo, que chamassem logo, e ouviu que alguém já tinha ligado para o socorro. Ajoelhado junto a Dona Elvira, que respirava com dificuldade, procurou confortá-la. Ele imediatamente percebeu que o colar não estava mais no pescoço da velha. No lugar, uma marca vermelha, deixada como cicatriz pela força de quem o arrancara. Alguém contou que um sujeito chegou correndo, deu um tranco na senhora e arrancou o colar. Na queda, ela bateu a cabeça no meio-fio. Severino ergueu um pouco a cabeça de Dona Elvira e procurou falar com ela. "Dona Elvira, Dona Elvira, a senhora está bem? Está me ouvindo? Tudo vai ficar bem, Dona Elvira, a ambulância já está chegando." Foi só aí que ele percebeu suas mãos encharcadas de sangue, sangue que escapava da cabeça da velha e empapava os cabelos muito pretos, tingidos. Dona Elvira, então, abriu os olhos e fitou Severino. Tentou falar. Era, claramente, um último esforço. "O colar, Severino, o colar..." "Não se preocupe com isso, Dona Elvira, fique calma, o importante é que a senhora se recupere, a senhora vai ficar bem, a ambulância já está...", Severino dizia, tentando acalmar a velha, sabendo, porque era óbvio, que ela estava morrendo, que dava seus últimos suspiros. "O colar, Severino, o colar...", Dona Elvira balbuciou, com os olhos recuperando um antigo brilho e uma expressão facial que Severino interpretou como um quase sorriso, "era falso."

Aquele conto era bom. No dia em que Estevão enviou, ela agora se lembrava, estava na maior correria, e o Aldeia, uma zona, com um monte de coisas para resolver, então, sem tempo, ela leu apenas diagonalmente. Ligou elogiando, porque sabia que Estevão era muito sensível a esses gestos, mas não tinha lido, de fato, com calma. Mas agora que pôde ler com calma, como se deve, ela gostou. Além disso, aquela história mexia, pessoalmente, com ela. Juliana tivera uma tia-avó que era muito parecida com a Dona

Elvira do conto: triste, solteirona, solitária, funcionária pública municipal aposentada, moradora em um antigo, pequeno e sombrio apartamento na Vila Buarque. Vez por outra, Juliana ainda era criança, a família pegava a tia-avó por conta de algum almoço ou jantar em data especial, como Natal ou aniversário de não sei quem e, então, lá vinha a velhinha, toda arrumada e perfumada, vestindo o melhor vestido, o cabelo azulado carregado de laquê, o cheiro de naftalina na roupa. Quando morreu, essa tia de Juliana levou quase uma semana para ter o corpo descoberto, pois isso só ocorreu quando o porteiro, depois de alguns dias, estranhando o sumiço da velha, e com os vizinhos reclamando de mal cheiro, alertou a família. E essa tia-avó sempre assombrou Juliana, não por ela em si, uma pobre que não podia ser culpada de nada, mas pela possibilidade de que ela própria, Juliana, um dia terminasse como ela, amarga, sem ninguém, com Stefano passando de vez em quando, mal-humorado, com a mulher dele, igualmente mal-humorada, com os netos, ainda mais mal-humorados, pegando Juliana, por absoluta obrigação, para algum almoço de dia das mães.

Os outros anexos eram mais dois contos. Juliana os imprimiu, leu e também gostou. Um deles dialogava diretamente com o de Dona Elvira, era sob o ponto de vista do zelador do prédio onde ela morava, tinha ficado bem interessante o contraponto; e o terceiro, nossa, o terceiro era tristíssimo, contava a história de um pai, viúvo e pobre, que abandonava a filha pequena, no meio da tarde, sem mais nem menos, num parquinho de praça pública, deixando apenas um bilhete, rogando a alguém que adotasse a menina, que era tão boa filha e não tinha culpa de nada, porque ele não tinha mais condições, nem materiais nem emocionais, de criá-la. Era muito triste, especialmente a conversa imaginária que o pai teve com uma formiga, que passava por baixo do banco de madeira em que ele estava sentado, um pouco antes de abandonar a filha, explicando para a formiga os motivos pelos quais (viúvo, desempregado, doente) não poderia mais cuidar da menina, e havia tanta força naquela cena, uma tristeza tão profunda, tão sem saída, nossa, Estevão sabia escrever sobre esse assunto, ela pensou, porque ele mesmo fora abandonado pelo pai quando criança, algo sobre o que não gostava de falar, e raramente falava, mas falou, um dia, com Juliana. E aquela cena, da conversa com a formiga, era tão forte que ficaria para sempre tatuada na mente de Juliana.

E ela se lembrou, então, de que Estevão dissera que havia muitos outros contos, que ele enviaria depois, o que, por motivos óbvios, nunca aconteceu. Ah, esses contos merecem ser publicados, ela pensou, e entre os que ele não enviou devem ter pelo menos alguns tão bons quanto eles. Então ela se lembrou de Simone, que estava devendo a ela um retorno, que agora talvez ela conseguisse arranjar um tempinho para ajudar com o *Estevão*, e de quebra talvez conseguisse, com a ajuda de Simone, localizar os outros contos e viabilizar, também, a publicação deles. *O colar e outros contos*. Um bom título. *O colar de Dona Elvira e outros contos*, talvez? *Dona Elvira e o triste fim de uma velha amarga e seca*? Ela ria sozinha, do deboche que fazia com o título do futuro livro. Mas a ideia era boa, boa de verdade. Esperariam alguns meses depois do aparecimento de *Estevão*, que, ela tinha certeza, seria um sucesso, e quando o nome de Estevão, ainda em alta, já estivesse naquele ponto de quase deixar as atenções da mídia, elas anunciariam os contos. Lançamento no Aldeia de mais um livro inédito do recentemente falecido autor de *Estevão*, *Tamarindo* e *Todos os Santos*. As questões legais seriam fáceis de resolver, claro, se Simone topasse, e Juliana tinha certeza que toparia, pois ela detinha todos os direitos. Elas fariam um baita evento de lançamento, seria ótimo, seria mais um sucesso.

Vasculhando em seu computador, Juliana logo localizou muitos outros e-mails com trechos de *Estevão*, que ele vinha enviando para ouvir a opinião dela, alguns dos quais ela nem lera, outros que comentara, elogiara, criticara, sugerira mudanças. Será que esses trechos estavam nas pastas que Simone encontrou no computador de Estevão? Caramba, ela precisava ajudar Simone, mostrar esses textos, explicar que eram os mais recentes, que alguns deles eram de fato os preferidos de Estevão. Como é que, tão embrenhada em seus próprios problemas, ela pôde deixar Simone na mão por tanto tempo com aquele montão de trabalho? Um montão de trabalho, inclusive, que ela não tinha certeza se Simone conseguiria abordar da maneira correta. Se não devia nada a Simone, e não devia mesmo, a Estevão ela achava que devia, nem tanto pelo que ele fez, concretamente, por ela, mas pelo que ele estava disposto a fazer, teria feito e, principalmente, pelos sonhos que permitiu que ela tivesse.

Naquele mesmo dia, uma quarta-feira, um pouco antes do fim do expediente, Juliana pegou o telefone e ligou para a gravadora onde Simone trabalhava. Não era assunto para e-mail, ela pensou, era para falar ao vivo. Viajando? Sim, ela ficará fora esta semana toda, de férias, mas na segunda-feira já estará de volta. Você quer deixar recado? Sim, diga, por favor, que Juliana, do... ela quase falou Estevão, mas foi rápida o suficiente para engolir o "E" e falar "Aldeia". Você quer me deixar seu telefone? Não, não precisa, ela tem, mas não se preocupe, eu volto a ligar na semana que vem. Em todo caso, ok, anotei aqui o seu recado. Com quem eu falei? Com Suzana, sou a assistente da Simone. Obrigada, Suzana. Ora, não por isso, Juliana. Tchau. Tchau.

Não fazia mal. Ela voltaria a ligar na semana seguinte. O importante era ter decidido. Assim que desligou o telefone, ainda pensativa, Juliana foi interrompida por Cris. Ju, está um fim de tarde tão bonito, você não quer vir aqui fora dar uma olhada? Então Juliana se levantou e seguiu Cristina até a varanda do primeiro andar da galeria Metrópole, de onde ela pôde ver uma série de cores, do vermelho ao roxo, passando por muitos tons de azul, num processo de rápida mudança, sobre o céu de São Paulo. E havia, além do céu colorido, uma fileira de grandes palmeiras e de sibipirunas floridas, além de infinitos passarinhos, que cantavam feito uns loucos, anunciando o fim do dia, passarinhos que haviam recentemente voltado ao centro da cidade, passarinhos cuja população se recompunha, depois de décadas de perseguições em que eles foram quase que completamente exterminados.

Naquele momento, ali, na sacada da Galeria Metrópole, olhando para fora, para o lado esquerdo, em direção à Biblioteca, naquele fim de tarde tão lindo, Juliana desejou que o tempo parasse, e, pelo menos por alguns instantes, se esqueceu um pouco de todo o resto, até mesmo, brevemente, de Stefano, e foi plenamente feliz.

17. Simone

> "Antes mesmo de chegar a essa bonita aldeia o viajante fica bem impressionado, vendo os caminhos que a ela vão ter. Até uma certa distância os caminhos tinham sido reparados pelos cuidados do Intendente e por meio de auxílios particulares. Ainda não tinha visto tão belos em nenhuma parte da província.
>
> [...]
>
> Num trajeto de cinco léguas, de Tijuco a Milho Verde inclusive, percorre-se uma região extremamente montanhosa, onde não se vê nenhum traço de cultura. Rochedos de uma cor parda mostram-se por toda parte e dão à paisagem um aspecto agreste e selvagem. Por todos os lados surgem nascentes de água e frequentemente se ouve o ruído das águas correndo através dos rochedos..."[13]
>
> Auguste de Saint-Hilaire, *Viagem pelo Distrito dos Diamantes e Litoral do Brasil*, 1817.

O relógio do carro marcava 11:40 quando Simone avistou, do alto do morro em que estava, lá embaixo, Milho Verde. Era ali que antigamente ficava baseada, ela se lembrava, a guarnição dos Dragões do Distrito Diamantino, que tinha a reputação de ser a

---

13 Tradução de Leonam de Azeredo Penna.

tropa mais eficiente de toda a colônia e dos primeiros anos do Brasil independente. Corajosos, exímios rastreadores, excepcionais atiradores e difíceis de vencer no combate corpo a corpo, a tarefa dos militares baseados em Milho Verde era fazer, da vida dos garimpeiros ilegais e dos contrabandistas de diamantes, um inferno. Não que levassem sempre a melhor, muito pelo contrário – na maior parte dos casos, perdiam. Estima-se, Simone se lembrava de Estevão falando, que alguma coisa entre trinta e quarenta por cento de todo o diamante extraído na região, durante o período colonial e os primeiros anos do Império, era contrabandeado. A questão não era que os Dragões fossem incompetentes, nada disso, é que aquela região é vastíssima, repleta de montanhas, esconderijos e trilhas, e sem a implacável vigilância e perseguição daquele corpo militar, o contrabando teria sido infinitamente maior. Foi para tentar entender o que havia sido a vida, tanto de garimpeiros clandestinos quanto dos Dragões, que Estevão alugou um cavalo e passou dias e mais dias circulando por aquelas trilhas repletas de pedras, areia e vegetação rica em espinhos e galhos secos, uma região em que o cerrado encontra montanhas íngremes e pedregosas, um ambiente que era, ao mesmo tempo, hipnoticamente belo e agressivamente inóspito.

E foi naquela região, também, que Estevão resolveu situar a fantasia de que teria conhecido Simone, furtiva, saindo de trás de uma grande pedra, no meio do mato. Que maluco ele era... Agora, tantos anos depois, quando ela, a cada um ou dois quilômetros, parava o carro para ver melhor a paisagem, o mais longe que conseguia entrar, no mato, eram alguns poucos metros. Meu deus do céu, ela pensava, rindo, em que período, na existência do cosmos, do planeta, da vida sobre a Terra, ela teria conseguido – ou tido vontade – de se embrenhar naquele ermo agreste, rico em pedras, espinhos, escorpiões, aranhas e cascavéis? Já descendo a pequena e última serra antes de Milho Verde, ela olhou para a urna ao seu lado, no banco do passageiro, e disse: Estevão, meu amor, você é, você sempre foi, completamente louco.

Milho Verde, Simone se lembrou, é lugar melhor para se ficar do que para se passar. O centro urbano, se é que se pode chamar assim o aglomerado de casas em volta da rua principal, que é também estrada, não tem muita graça. O antigo quartel dos Dragões virou poeira perdida no tempo. Vê-se tudo em quinze minutos. Mas, para quem fica, é uma delícia: cachoeiras de dia, bares à noite e a cada ano mais eventos culturais. E não só referentes à cultura local: um cartaz, Simone viu, anunciava um festival dedicado à Nouvelle Vague, com filmes de Godard, Truffaut e outros. Era muito bom isso de filmes assim estarem passando aqui, ela pensou, algo cada vez mais difícil de se ver até mesmo em São Paulo. Mas também se lembrou, no ato, de por que Estevão e ela haviam decidido, uma vez, numa das viagens que fizeram por ali no passado, esticar até o Serro para almoçar, uma decisão da qual, mais tarde, mortos de fome, muito se arrependeram. É que, quando chegaram ao Serro, quase não havia onde comer. Quer dizer, até havia, mas nada que fosse minimamente razoável. E agora, o que fazer? Estevão, Simone perguntou, olhando para a urna ao lado dela, o que você acha? Coma aqui, meu amor, a urna respondeu, escolha um lugar qualquer, vá por mim, é melhor não confiar no Serro. Eu mesmo, a urna continuou, estou sem apetite, e, para falar a verdade, acho que nunca mais terei. E Simone sorriu, sozinha, achando graça de si mesma.

Aconselhada, enfim, pela urna, Simone escolheu um restaurante qualquer, que lhe pareceu simpático, e acabou descobrindo que pertencia a um casal de Belo Horizonte, ele engenheiro, ela pedagoga, os quais, cansados da vida na cidade grande (cansaço não era a palavra correta: ele havia enfartado, por estresse, aos trinta e cinco anos), haviam decidido se reinventar, e estavam vivendo ali em Milho Verde, com as duas filhinhas, plantando verduras e legumes, criando galinhas e cabras, e o queijo orgânico, e a couve da horta e, até mesmo, em um sítio ali perto, plantando feijão-preto. Puxa, que surpresa, que almoço gostoso, que papo bom com os dois, que lindas as meninas. A urna, pelo menos quanto a almoçar antes do Serro, estivera coberta de razão. E assim, após se sentir saciada de comida e de conversa, Simone entrou novamente no carro, olhou para Estevão e, com a maior solenidade possível, disse: meu querido, obrigada pelo conselho. Foi uma delícia almoçar aqui, você teria adorado, garanto.

E, de novo, estrada. Como já havia almoçado, Simone não tinha mais pressa. Venceu com calma o trajeto até Três Barras e, ali chegando, sabia que já não estava longe do Serro. Apesar de a estrada asfaltada ter sido construída cortando a vila pelo meio, de um jeito que levava ao impulso de tratar aquele lugar como mera passagem, Simone estacionou, desceu do carro, esticou as pernas, passeou por entre as casas, visitou a igrejinha. Três Barras era, sim, um lugar muito bonito. E muito pequeno. De modo que toda a exploração de ruas e becos não consumiu nem quinze minutos, e logo mais, com mais outros vinte minutos de estrada, ela já estava entrando pelas ruas da antiga Vila do Príncipe do Serro do Frio. Era impressionante, ela foi reparando, como nas proximidades do Serro o clima e a vegetação mudavam. Além de mais frio do que em Diamantina e em todo o trajeto, estava-se, ali, numa ilha exuberante de Mata Atlântica encravada em pleno cerrado.

Quando chegou ao centro histórico, parou o carro e começou a refazer, a pé, no sobe e desce das ladeiras, os passeios que um dia fizera com Estevão. Foi à casa onde nasceu Teófilo Ottoni, foi à chácara do barão do Serro, à casa do Barão de Diamantina, subiu resfolegante a escadaria da igreja de Santa Rita, procurou, sem sucesso, a casa em que nasceu o compositor Lobo de Mesquita, de quem ela tanto gostava, e cujas obras tanto, no passado, tocara. E, também sem sucesso, tentou localizar um antiquário que visitou algumas vezes com Estevão, de um velhinho que conhecia todas as histórias de todos os personagens do Serro, mas que, ponderou Simone, já devia ter morrido há um bom tempo. Por fim ela comprou meia-dúzia de queijos meia cura para levar de presente para o pessoal da gravadora, além de dois para, por assim dizer, consumo próprio. Afinal, ela ouvira dizer que os queijos do Serro haviam, primeiro, igualado, e, recentemente, até mesmo superado os famosos queijos da serra da Canastra.

A volta foi por uma outra estrada, mais longa, mas menos sinuosa, passando pela nascente do Jequitinhonha e por Datas, onde, cansada, resolveu não entrar, apesar de se lembrar que lá havia uma igreja matriz muito bonita. Simone chegou de volta em Diamantina por volta de oito da noite, mais uma vez exaurida. Fazia muito tempo que ela não se exercitava tanto, não ficava tanto tempo dentro de um carro, não dirigia. Não havia sequer uma parte de seu corpo que não estivesse doendo, dos pés ao pescoço, passando por pernas, joelhos, lombares, ombros, braços, tudo. Assim que chegou, deixou o carro na pousada, colocou a urna na bolsa e foi comer alguma coisa. Embalada pela cerveja que acompanhou o caldo de legumes que pediu, caiu no sono assim que voltou à pousada, mas, vitimada pela combinação de cerveja e caldo de legumes, precisou levantar às três da manhã para fazer xixi.

Nos dias seguintes, Simone dividiu o tempo entre caminhadas pela cidade e viagens curtas até os distritos vizinhos, como Sopa, Extração e Mendanha. Este último foi visitado na quinta-feira. Estevão adorava Mendanha. A longa ponte exclusiva para pedestres, bicicletas e motos, sobre o Jequitinhonha, tinha a reputação de ter tido o primeiro pedágio do Brasil. Se isso era verdade ela não sabia, mas seguramente a ponte atual não era mais a mesma, pois não devia ter mais de trinta anos de idade. E, lá no alto, o antigo cemitério de escravos, que tinha a reputação de ser o único ainda conservado no Brasil, o que tampouco ela sabia se era verdade, continuava o mesmo terreno baldio que visitara com Estevão havia muitos anos. Mas, finalmente, o misto de mercadinho e boteco em que eles mais de uma vez tomaram cerveja, sombreado por uma grande árvore cuja espécie ela não sabia identificar, ainda existia. Mesas e cadeiras de plástico vermelho com o logotipo da Brahma, varanda com piso de cimento queimado e telhado com telhas brasilit à mostra, TV ligada na Globo. No fim do passeio, foi lá onde ela se sentou e tomou, sozinha, duas garrafas de cerveja e comeu um pacote de salgadinhos. Olhando para a urna, dentro da bolsa, ela falou baixo, para que ninguém ouvisse (não que naquele horário tivesse mais alguém nas outras mesas): como nos velhos tempos, meu amor, como nos velhos tempos. Naquela noite ela sonhou que Estevão estava na cama, com ela, e faziam sexo. Um sexo bom, nada épico, mas bom, como o que eles usualmente faziam. Quando acordou, na sexta-feira cedo, ainda na cama, e viu que sonhara, que Estevão não estava ali, vivo, ao lado dela, Simone chorou um pouco. Logo se recompôs, desceu para tomar o café da manhã e saiu para as perambulações de todos os dias.

No domingo logo cedo, já com as malas fechadas, ela foi ao café Mineiro, onde pegou uma bandeja de bolo de milho que havia encomendado para levar para a gravadora, as pessoas precisavam experimentar aquilo, era simplesmente divino, sabor, consistência, perfume, nem seco e nem encharcado, tudo no ponto certo, não havia nada no mundo que se comparasse. Então Simone voltou à pousada, fechou a conta, pôs as malas no carro e foi para a estrada. Ainda não eram nove horas da manhã quando ela viu desaparecer no retrovisor a cidade de Diamantina, para onde não tinha a menor ideia de quando voltaria, se é que algum dia voltaria; e, diante de si, os quase novecentos quilômetros de asfalto que a separavam da vida que vivia, do trabalho, do gato Jonas, do livro, que ainda estava longe de terminar, da solidão de todos os dias, novecentos quilômetros que ela enfrentaria de uma vez só, sem escalas, exceto para abastecer, comer um sanduíche e ir ao banheiro, ao contrário da vinda, quando dormira em Tiradentes e passara por Prados. E agora ela já não tinha mais, ao seu lado no banco do passageiro, a urna com as cinzas de Estevão.

O dia anterior, o sábado, o último de Simone em Diamantina, foi o dia do funeral. Ela havia deixado a pousada logo depois do café da manhã em direção a Conselheiro Mata, onde chegou, mais uma vez, com as costas sofrendo, pois a buraqueira e as costelas de vaca da estrada até aquela vila ainda eram, como sempre foram, cruéis. Assim que chegou, parou no restaurante do Kussu, de um velho conhecido (que, talvez por excesso de cachaça ao longo dos anos, não se recordava dela), e pediu instruções, pois não se lembrava direito do caminho e, uma vez devidamente instruída foi, por outra infernal estrada de terra, até a cachoeira do Telésforo. Era lá que as cinzas de Estevão seriam lançadas. Eles haviam namorado tanto ali, só os dois, naquelas areias muito brancas que tanto haviam sido garimpadas no passado.

Uma parte das cinzas ficaria por ali mesmo, naquela espécie de pasto árido junto à areia da prainha branca, misturando-se ao entorno: fazendo justiça a uma imagem que Estevão tanto gostava de citar, ele seria mais uma vida entre milhares que, ao longo dos séculos, haviam passado e deixado seus ossos espalhados por todos os cantos daquele cerrado sem fim. Mas a outra parte das cinzas, ela havia decidido, iria para o mundo, seria lançada nas águas da cachoeira, águas cujo riacho, cujo nome era rio Pardo, desaguariam alguns quilômetros adiante, no rio das Velhas, o rio dos bandeirantes, do ouro, das antigas Minas Gerais, que por sua vez, bem mais adiante, se misturariam às águas do São Francisco, o Velho Chico. E subiriam Minas até lá no alto e entrariam pelo sertão da Bahia. E, mais adiante ainda, a não ser que aquela tal de transposição maluca estivesse funcionando, mas ela achava que não estava, as cinzas de Estevão virariam à direita, na direção do mar, e navegariam tendo Pernambuco ao norte e a Bahia ao sul. E ajudariam a gerar energia elétrica, ao passar pelas hidrelétricas de Sobradinho e de Paulo Afonso, para logo depois, bem lá em cima, deixando para trás a foz entre Sergipe e Alagoas, ganhar, finalmente, o oceano Atlântico.

Simone não rezou, porque era ateia e não rezava, nem mesmo saberia como. Mas não dá para dizer que não houve um ritual fúnebre, pois ela ficou algum tempo em silêncio, pensando em Estevão, na vida que ele teve, na vida que tiveram juntos, e em como, a partir de agora, eles seguiriam por caminhos separados. Ele ainda viveria nos pensamentos dela, é claro, ela tentaria cuidar do legado que ele deixou, tanto dos livros publicados quanto, principalmente, do *Estevão*, ainda por publicar, e faria tudo, é claro, como já estava fazendo, para que este livro chegasse ao público. Então ela finalmente esvaziou a urna, lançando as cinzas, como planejara, uma parte no seco, outra na água. Lavou bem a caixa de plástico nas águas da cachoeira, porque não queria que o menor fragmento das cinzas tivesse outros destinos que não o que ela planejara. Depois disso ficou mais algum tempo sentada, numa pedra, com os pés dentro d'água, olhando para aquilo tudo, chorando um pouco, parando de chorar, se sentindo muito sozinha, aquela imensidão deserta parecia aumentar ainda mais a sensação de solidão que ela sentia, mas logo a cabeça começou a viajar e ela já estava pensando na volta, na longa viagem que teria pela frente no dia seguinte, na semana puxada que se aproximava.

O sol já ia alto quando ela decidiu que já estava bom de estar ali, que já tinha dado, que era hora de a vida continuar. Levantou-se, andou até a margem, limpou a areia e secou como pôde os pés, calçou meias e tênis, andou até o carro e foi embora. Não voltou para Conselheiro Mata, virando à esquerda na encruzilhada, alguns quilômetros à frente, em direção à estrada asfaltada que a levaria a Diamantina, onde almoçaria e passaria a tarde e o começo da noite vagando pelas ruas, se despedindo do arraial do Tijuco. Estava um dia lindo, de céu muito azul e nuvens brancas, rechonchudas, navegando lentamente lá no alto, mas a melancolia que se apossou de Simone era gigantesca. Será por que, ao lançar as cinzas de Estevão, ela se despedira, de uma vez por todas, dele? Será que aquela pequena cerimônia íntima, secreta, na cachoeira do Telésforo, teve o poder de pesar mais, na alma, do que tinham pesado o velório e a cremação, em São Paulo? Se, na viagem de vinda e durante aquela semana por ali, ela ainda teve a companhia de Estevão, de uma maneira simbólica pelo menos, dentro daquela urna, ora dentro da bolsa, ora depositada sobre o banco do passageiro, com quem ela conversava, rindo de si mesma por conversar com uma urna de plástico, mas ainda assim, conversando, ela agora já não tinha nada.

E a sensação de solidão bateu forte. Durante a tarde ela quase não conseguiu parar. Andou, andou, andou mais um pouco. Não tinha vontade de entrar em igrejas, em museus, em restaurantes. Parava de vez em quando em algum boteco, para tomar uma água, e prosseguia. Chegou aos extremos da cidade, lugares feios, de construções recentes típicas das periferias brasileiras, repletos de templos evangélicos, de mercadinhos, de casas feitas com tijolos baianos à mostra e com incontáveis puxadinhos. À noitinha, quando já estava tão cansada que quase não sentia mais as pernas, rendeu-se à exaustão e entrou na livraria do Beco da

Tecla para jantar. Foi difícil. Olhar as mesas ao lado, com casais ou grupos conversando, animados, tornava mais complicado lidar com a solidão agora do que em outros momentos da viagem. O bom da exaustão que sentia é que ela pôde dormir cedo, e, de fato, assim que se deitou, dormiu feito uma pedra.

A urna de plástico, vazia e limpa, agora sem nenhum significado para ela, ficaria, no dia seguinte, num lixo de banheiro de um posto de gasolina de beira de estrada, perto do trevo para Brumadinho, onde ela parou para abastecer e ir ao banheiro.

18. *Estevão*

> "Em 17 de julho, tendo sido demitido o Ministério Andrada, na mesma data foi nomeado intendente geral de polícia [...]; tão acertada foi a escolha, que nem pela mudança do Ministério, nem pela dissolução da Constituinte, a 12 de novembro, houve a menor desordem no Rio de Janeiro; entretanto, por esta ocasião tinham sido deportados, entre outros, os três irmãos Andradas, influentes e preponderantes em certa classe da população do Rio [...]"
>
> Estevão de Souza Resende, barão de Resende, em ensaio biográfico sobre o pai, o marquês de Valença, São Paulo, 1922.

Jonas, o gato profeta que engoliu a barata, estava bem. Carente, mas bem. Dormiu, na primeira noite, não só em cima da cama, mas praticamente em cima de Simone, dividindo o travesseiro com ela que, compreensiva, deixou. Mesmo tendo, apesar do gato em seu travesseiro, tido uma boa noite de sono, na segunda-feira cedo ela estava acabada. Dores no corpo, dores na alma. Na volta para São Paulo ela veio direto, preferindo envarar de uma só vez as doze horas de estrada. Quase se perdeu, como na ida, ao atravessar Belo Horizonte, mas agora foi pior, pois o GPS falhou completamente. Um absurdo, ela pensou, porque antes usávamos mapas impressos, dava um pouco de trabalho mas no fim tudo acabava dando certo, e agora dependemos cem por cento da eletrônica, da internet, dos satélites, de sei lá mais o quê, e quando eles não funcionam, e isso acontece mais do que seria razoável, ficamos absolutamente perdidos, não temos o que fazer, não temos a quem recorrer.

Apesar do desespero momentâneo e da revolta contra as novas tecnologias, Simone acabou dando sorte e, sem entender muito bem como, de repente se viu entrando na Fernão Dias, com uma placa onde se lia São Paulo, em frente, bem diante dela. Mas o alívio durou pouco, porque, na altura do trevo para Lavras, uma típica chuva de verão, fora de época, caiu feito uma bigorna sobre a estrada. Sem conseguir enxergar direito, com o carro perdendo a aderência, ela precisou diminuir a velocidade e acabou na pista da direita espremida entre três caminhões, um na frente, outro atrás e o terceiro à esquerda, de modo que foram alguns bons quilômetros da mais pura tensão. Querendo chegar logo em São Paulo, ela não fez o que teria sido mais sensato, parar em algum posto de gasolina e esperar a chuva diminuir. E a chuva só foi melhorar quando ela já se aproximava de Campanha. A partir daí a viagem correu bem, pelo menos até chegar perto de Atibaia, já à noitinha, onde o trânsito parou, entupido pelas pessoas que passam o fim de semana ou apenas o domingo nos arredores de São Paulo. Felizmente ela tinha aqueles CDs, que foi alternando, ouvindo todos, o volume sempre lá no alto, ajudando a não pensar muito, a passar o tempo. Esse pedaço final, de qualquer modo, foi o mais penoso, justamente porque ela se sentia no finzinho da viagem, ainda mais cansada do que na ida, e ia vendo as placas indicando que São Paulo estava perto, perto, perto, mas não chegava, não chegava, não chegava, e ela foi seguindo, quase morta, em primeira e segunda marchas, até a Marginal Tietê e, então, finalmente, muito mais tarde do que planejara, entrou na rua de casa.

Foi difícil encarar o trabalho na segunda-feira, mas não havia outro jeito. Ela deveria ter separado um dia para descansar do trajeto, ter antecipado a volta em um dia, mas não fez isso, e agora, se arrastando, precisava enfrentar não apenas a rotina, mas a rotina e mais as infinitas pendências acumuladas ao longo da semana que passou fora. Antes, porém, na gravadora, havia as pessoas, curiosas, querendo saber da viagem, quase ninguém conhecia a região de Diamantina, Minas para eles eram Belo Horizonte, Inhotim, Ouro Preto e Mantiqueira. E ela teve que falar um monte de coisas, explicar como tudo aquilo é lindo, gente, e distribuiu os queijos, e cortou os pedaços do bolo de milho na bandeja, e todos adoraram, e depois, xícara de café na mão, ela foi ver os e-mails, que de propósito se recusara a abrir no celular durante a viagem, e eram centenas, ah, que preguiça. E, finalmente, Suzana se sentou na frente dela, mais uma xícara de café, e foi repassando as encrencas a resolver e os recados, fulano do jornal tal, cicrano da banda xis, aquela beltrana insistente e chata que é assessora de imprensa do cantor ipsilon, etc. etc., ah, e ligou pra você também uma Juliana, disse que você a conhecia, de um tal de espaço Aldeia.

Ah, que bom, ela finalmente me procurou, pensou Simone. Mas, totalmente possuída por aquele começo de semana frenético, pensou em fazê-lo, mas não retornou imediatamente o contato. Alguma hora faria isso. Na segunda-feira à noite o cansaço não deixou que retomasse o trabalho com *Estevão*, mas na terça já estava de volta aos textos. Achou que tinha resolvido o trecho de Estevão em Palmela, a perseguição pelo general Kellermann e o julgamento por Junot, que o inocentara. Entendeu, seguindo os passos de seu ex-marido, que o governo de Dom João VI não só não puniu, como compreendeu perfeitamente os motivos que levaram o juiz a abandonar seu posto, pois, assim que chegou ao

Brasil, Estevão passou a receber uma notável sequência de cargos e encargos de grande responsabilidade e prestígio. Ainda assim, ela se viu diante de um buraco na história: como é que Estevão tinha deixado Portugal e chegado ao Brasil? Nenhum dos trechos que leu entrava em detalhes. Fugiu de Palmela. Se escondeu num convento. Chegou ao Rio de Janeiro. Mas como é que foi isso? Como se deu a passagem entre o esconderijo no convento e o embarque para o Rio? Como foi possível, com Portugal em meio ao caos, em plena guerra entre franceses e ingleses, enquanto o exército espanhol mudava de lado e o português se reorganizava, de que jeito aquele juiz de comarca conseguiu esgueirar-se, em meio a tamanhos perigos e confusões, e finalmente embarcar em segurança para o Brasil? Foi só depois, estudando o assunto a partir das anotações de Estevão, que Simone descobriu que a invasão e ocupação francesa a Portugal não havia sido, como ela até então pensara, um evento linear, quer dizer, uma ocupação que começou num dia e terminou em outro. Na realidade foram três, com os franceses conquistando, sendo expulsos, reconquistando, sendo novamente expulsos, e assim por diante. Estevão Ribeiro de Resende foi obrigado a permanecer escondido durante o período da primeira invasão, e foi na janela entre a primeira e segunda, no curto espaço de tempo entre dezembro de 1808 e março de 1809, em que Portugal esteve sob administração inglesa, que ele conseguiu embarcar no navio que o levou ao Rio de Janeiro.

De um jeito ou de outro, ainda que naquele momento Simone soubesse, sobre o tema, muito menos do que seria o ideal, era preciso ir em frente, e ela decidiu, agora, dedicar-se aos trechos que contavam a trajetória de Estevão após a chegada ao Rio de Janeiro, em algum momento entre o fim de 1809 e os primeiros meses de 1810. A partir desse ponto, a cronologia ficava mais precisa, e mostrava o personagem principal de *Estevão* numa carreira de ascensão meteórica rumo aos cargos mais altos do círculo central do poder, primeiro na Colônia e, depois, no primeiro Império.

Então, até para conseguir ter ideias e cronograma mais claros em sua mente, Simone foi anotando, em seu bloco de notas:

1. 1810. Começo do ano. Além da carta que enviou a D. João, explicando sua fuga de Palmela, não há qualquer menção a como, quando ou por quem seu caso foi julgado. Não resta dúvida, porém, que Estevão se saiu bastante bem, pois, logo depois da chegada ao Rio, ele foi incumbido de montar e administrar um centro de lapidação de diamantes ligado à Casa da Moeda.

2. 1810, maio. Nomeado Juiz de Fora em São Paulo (aparentemente, foi a primeira pessoa a receber este cargo), com as incumbências de moralizar a Justiça na Província e apaziguar os conflitos entre as duas facções rivais, uma ligada a José Bonifácio, cujo irmão, Martim Francisco, era então o homem forte na Província, e a outra parte da elite econômica, que incluía o Brigadeiro Luiz Antônio, seu filho Francisco Inácio, e Nicolau Vergueiro, dos quais Estevão se aproximou. A querela explodiria doze anos depois, numa revolta armada que ficou conhecida como "A Bernarda de Francisco Inácio". Parece que Estevão foi tão bem em São Paulo que, ainda que D. Pedro mantivesse naquele momento o prestígio dos Andradas, acabou cedendo e dando total anistia aos revoltosos (preciso entender melhor isso).

3. Ainda que Estevão já fosse rico (entre outras coisas, permanecia dono daquele cartório em São João Del Rei que recebeu da Coroa em agradecimento aos serviços prestados pelo

pai), essa passagem por São Paulo parece ter sido seu bilhete de loteria. Casou-se com a filha do riquíssimo brigadeiro e se tornou sócio do igualmente riquíssimo Nicolau Vergueiro, futuro senador. O casamento com Ilídia Mafalda, a filha do brigadeiro, foi um claro arranjo de conveniência, pois ela tinha, na época, apenas oito anos. Embora Estevão tenha aceitado esperar até que ela completasse catorze para a consumação, a partir dali ele já era um homem oficialmente casado.

4. Também não fica claro se a inimizade com José Bonifácio nasceu nesse período em São Paulo ou já vinha de algum evento anterior, o fato é que duraria para sempre. Curiosamente, porém, em março de 1822, quando foi organizada aquela decisiva viagem de D. Pedro para Minas, consta que a presença de Estevão na comitiva foi aprovada pelo então todo-poderoso José Bonifácio. Precisarei me aprofundar, pois o texto não esclarece isso.

5. 1810-1816. Viaja por toda a província de S. Paulo, tomando providências e procurando moralizar a Justiça. Há registros de passagens marcantes por Lorena, Guaratinguetá e Casa Branca, entre outras. Em paralelo, compra fazendas, em sociedade com Vergueiro, com os cunhados Souza Queiroz ou sozinho, em localidades como Campinas, Piracicaba e Mogi-Guaçu (alguns de seus filhos, como o Barão Geraldo e o barão de Resende, viriam a ser, anos depois, fazendeiros conhecidos nessas regiões). Quando questionei Estevão sobre os conflitos de interesse (juiz imparcial x ascensão econômica), ele me respondeu que esta era a regra do jogo naqueles anos. O Estado pagava mal, ou nem mesmo pagava, e era implícito que os servidores em altos postos ganhariam de outras formas. Acho estranho, mas, enfim...

6. 1816. Nomeado Fiscal dos Diamantes no Serro Frio, em Minas, para onde viaja, fixando-se posteriormente no arraial do Tijuco, atual Diamantina. Trabalha junto a Manuel Ferreira da Câmara Bethencourt e Sá, o Intendente Câmara, a quem substituiu no cargo de Intendente quando este foi chamado ao Rio de Janeiro. Durante sua permanência no cargo consta que houve considerável diminuição no contrabando de diamantes. O livro dedica uma página inteira a este Intendente Câmara, mas ainda não li. Parece ter sido de grande importância, uma das pessoas mais capazes e cultas no Brasil daqueles tempos. Foi quem mais colaborou para a urbanização de Diamantina e alguém que, de alguma maneira, exerceu bastante influência sobre Estevão. Preciso entender melhor.

7. 1816. Nomeado desembargador da relação da Bahia, para onde não viaja, por estar servindo no Distrito Diamantino. Mas as honrarias e os privilégios do cargo, que seria equivalente, hoje, ao de desembargador de um Tribunal Regional Federal, são assegurados.

8. Julho de 1817. De volta ao Rio de Janeiro, é nomeado ajudante do intendente geral de polícia da Capital. O cargo de Intendente, na época, era uma espécie de combinação entre o que seriam hoje os de prefeito, secretário de segurança pública e chefe dos serviços de inteligência. Na posição de ajudante do Intendente, em que ficou por quatro anos, foi o responsável pela primeira estatística populacional do Brasil, que chegou ao número de 4.396.000 habitantes, entre livres e escravos.

9. 1818. Nomeado desembargador da Casa de Suplicação, algo que seria, hoje, equivalente ao cargo de ministro do STF.

10. 1821. Nomeado superintendente geral dos contrabandos, cargo especialmente estratégico numa época em que as receitas aduaneiras eram a principal fonte do Tesouro, e em que o contrabando parecia incontrolável. Apesar de outros cargos que exerceria no período, Estevão foi reconduzido a este posto em 1823.

11. Ministro Extraordinário de Todas as Pastas durante a viagem com D. Pedro I a Minas Gerais, entre março e abril daquele ano. Nomeado membro do Conselho dos Procuradores, representando a província de Minas Gerais. No fim do ano, toma posse como deputado na Assembleia Constituinte, também por Minas. Permanece próximo a D. Pedro, vivendo dentro do círculo íntimo do poder.

12. 1823. Nomeado Intendente Geral da Polícia. Equivalente a prefeito, chefe de polícia e diretor dos serviços de inteligência. Foi no exercício deste cargo que mandou prender José Bonifácio e seus irmãos. As cartas mostram que D. Pedro dava uma grande atenção a possíveis casos de espionagem estrangeira e conspirações republicanas. Uma de suas inovações foi a instituição da numeração das casas nas ruas do Rio de Janeiro. Nessa época, as cartas e os bilhetes de D. Pedro para ele começam com "Meu Resende".

13. 1824. Ministro do Império. Recebe o título de barão de Valença. Depois disso, as cartas e os bilhetes de D. Pedro para ele começam com "Meu Valença". Nos próximos anos ainda seria ministro da Justiça, senador e presidente do senado, e teria o título de nobreza elevado, primeiro a conde e depois a marquês. Como ministro da Justiça, autorizou a abertura das duas primeiras faculdades de Direito no País, algo que, no entanto, só se concretizaria (São Paulo e Recife) quando ele já estava fora do cargo.

Ou seja, em apenas doze anos, Simone pensou, fazendo as contas, desde o desembarque no Rio de Janeiro, Estevão Ribeiro de Resende passou de juiz de uma comarca sem importância, a de Palmela, Portugal, em fuga (fuga que, além de tudo, o colocaria sob suspeita, obrigando-o a explicar-se sobre o abandono do posto), a um dos homens mais ricos e influentes do país, circulando com desenvoltura e intimidade pelos corredores e antecâmaras do poder, e gozando da total confiança de D. Pedro I.

Como um sucesso assim meteórico havia sido possível? Será que esta não deveria ser a questão central do livro de Estevão? Porque isso falaria muito não só sobre o personagem, mas sobre como o Brasil se tornou o que é. E Estevão mais de uma vez disse a ela que essa questão era importantíssima para ele. Mas ela percebia que, embora fosse um tema a respeito do qual Estevão adorava falar, estava relativamente pouco explorado no livro.

Passando pelos trechos todos ela não sentia que a questão tivesse sido abordada de maneira satisfatória. Isso tudo ficava muito solto, muito em aberto. Mas, ora, fazer o quê? o livro era dele, não dela, então seu trabalho era tentar fazer, na edição, com que o resultado fosse o mais fidedigno possível com as intenções de Estevão. E ela faria isso. Nas conversas que tinham, o marido muitas vezes repetia sua grande hipótese para um dos grandes males do Brasil: ao se tornar independente, em 1822, o país não possuía quadros qualificados para ocupar postos estratégicos no governo, e nem mesmo para preencher os cargos de nível médio e baixo de uma necessária burocracia estatal. Ora, repetia sempre Estevão, Portugal, por quatrocentos anos, deixara o Brasil à míngua, culturalmente falando. Não tivemos faculdades e universidades (ao contrário da América Espanhola, com as universidades de Lima e do México), não podíamos imprimir livros (também diferentemente de nossos vizinhos de língua espanhola), qualquer acesso à cultura era difícil, quando não clandestino. Em 1808, com a vinda de D. João VI e da Corte, isso ficou disfarçado, pois boa parte da burocracia portuguesa desembarcou no Rio de Janeiro. Mas, em 1822, quase toda ela já havia atravessado, de volta, o Atlântico. A elite local, em sua maioria, embora tivesse dinheiro e poder, era analfabeta, ou quase. Havia pouquíssima gente bem formada, eram em geral aqueles brasileiros que haviam conseguido estudar em Coimbra, ainda durante a Colônia. E Estevão era (junto com José Bonifácio e o Conselheiro Câmara), um destes. Simone sentia que precisava pinçar os trechos que falavam disso e, eventualmente, incluir um pedaço, de autoria dela, mas fiel às intenções de Estevão, explicitando a questão.

Fora isso, ela sentia que precisava valorizar os trechos com mais lirismo, preferência pessoal dela, afinal era ela quem estava editando, né?, e que aqueles dias passados em Diamantina haviam reforçado. E uma outra coisa da qual ela se lembrou, enquanto pensava nessas coisas, é que mais de uma vez, quando ainda estavam juntos, ele disse a ela que, de certa forma, o que estava pretendendo escrever era uma espécie de *Viva o Povo Brasileiro* do século XXI. Na época ela não entendia o que ele estava querendo dizer, e nem sabia se entendia agora, já que *Estevão* não pretendia ser um romance. Mas, ela refletia, a resposta talvez estivesse nessa tentativa de, a partir do foco em um personagem, pintar uma tela bem mais ampla, que chegasse a lançar alguma luz no Brasil de hoje. Será que *Estevão* conseguira chegar a algum lugar minimamente perto disso? Simone, sinceramente, não sabia. Ela já mergulhara tão fundo no livro, estava tão colada nele, que perdera a objetividade.

Deixando de lado essas reflexões, continuou a fazer anotações em seu bloco de notas, a fim de organizar, para ela, o cronograma básico da vida de Estevão Ribeiro de Resende até o fim da vida:

14. Lutou contra a renúncia de D. Pedro I e, depois disso, serviu como uma espécie de bombeiro, no Senado, para garantir a governabilidade das regências. Não ocupou mais cargos ministeriais. Consta que também se uniu aos que defendiam a volta de D. Pedro I ao Brasil. Parece ter sido, de fato, extremamente fiel ao primeiro imperador. Apoiou a Maioridade de D. Pedro II e foi ele quem, como decano (e, na ocasião, vice-presidente) do Senado, segurou a bíblia sobre a qual o imperador menino fez os juramentos de praxe.

15. Após a coroação de D. Pedro II, em 1841, retirou-se quase completamente da vida pública, embora mantivesse o mandato de senador, que afinal de contas era vitalício. Tinha 63 anos. Foi de D. Pedro II, a decisão, em 1845, de elevá-lo a Marquês. A partir daí, até a morte, em 8 de setembro de 1856 (aos 79 anos), dedicou-se principalmente às suas fazendas, nas quais foi um dos pioneiros na tentativa de substituição de escravos por trabalhadores livres, com a "importação de colonos suíços." Com pouco menos de 150 famílias de colonos, a tentativa pareceu bem-sucedida por algum tempo, mas, como outras, especialmente no vale do Paraíba, acabou por fracassar. Isso era influência da relação com Nicolau Vergueiro, mas a verdade é que as tentativas de importação de mão de obra europeia foram muito mais bem-sucedidas no Oeste Paulista do que no Vale do Paraíba. Por quê? Estevão sugere, seguindo alguns historiadores, que 1) o terreno mais montanhoso, menos fértil e, portanto, muito mais difícil de ser trabalhado, do Vale do Paraíba, assustaria os colonos

livres, que procurariam sair das fazendas assim que pudessem; 2) os fazendeiros do Oeste Paulista eram, na média, mais jovens e mais esclarecidos do que os velhos barões de café do Vale (em sua maioria renitentemente escravagistas), e portanto tinham mais facilidade em lidar com trabalhadores livres. A possível influência de Estevão sobre Vergueiro na questão do trabalho livre é tópico aprofundado no trecho que está na pasta 53.

16. Ainda sobre Vergueiro, há uma nota engraçada, de Estevão, que ainda não sei onde incluir, que diz "Da maneira como Vergueiro encarava o trabalho livre nas fazendas, seria possível dizer que, antes de ter sido o pioneiro na adoção de mão de obra imigrante, ele foi, na realidade, o pioneiro no tráfico de trabalhadores brancos".

Não havia outro jeito. Simone era obrigada a mergulhar em infindáveis nomes e datas, ligando fatos, eventos, intrigas políticas, pois não era possível entender a vida do marquês de Valença sem entender tudo o que se passara no Brasil (e, um pouco, em Portugal), especialmente no seio das elites que governavam – ou pelo menos davam palpite – durante os anos imediatamente anteriores e posteriores à vinda da Corte, em 1808, e da Independência do Brasil, em 1822.

Naquela noite, pelo menos, Simone sentiu que avançara. Não no texto propriamente dito, do qual mal chegara perto, mas no emaranhado de cronologias e contextos, algo que Estevão conhecia tanto que sabia de cor, era só perguntar a ele sobre uma data ou um fulano, ou em que lado tal fulano ficara durante a disputa contra cicrano (cicrano, em boa parte dos casos, era José Bonifácio), e ele tinha a resposta pronta, na ponta da língua. Mas esse não era o caso, nem de longe, de Simone, que aliás achava essas coisas chatíssimas, então ela precisava pesquisar e escrever, assim como fazia nas reuniões, em que tomava notas de tudo, seu único modo de não esquecer.

E a semana foi transcorrendo, assim, com as coisas cada vez mais em ordem, tanto na Long Play quanto no trabalho noturno e solitário com o livro.

Na quinta-feira à tarde Juliana voltou a telefonar. Desta vez Simone estava lá e, como já tivesse colocado quase todas as pendências em dia, elas puderam conversar com alguma tranquilidade. Depois das usuais trocas de amabilidades, de uma perguntar da viagem, da outra querer saber como estavam o Stefano e o Aldeia, de as duas reclamarem da correria mas dizerem que estava tudo bem, elas combinaram uma happy-hour, no dia seguinte, para conversar com mais calma. Como as coisas estavam um pouco mais sossegadas para Juliana, e um pouco menos, ainda, para Simone, desta vez elas marcaram em um bar na Vila Madalena, mais perto da gravadora, que ficava em Pinheiros.

19. Simone e Juliana

"Não posso evitar de só
pensar na morte. Por toda parte
suas flores queimam brilhantes.

[...]

Ainda uma dos que vivem, eu vou até lá
duas vezes por dia, de manhã cedo,
à tarde. Porque uma vez

Você me fez deitar
naquele sonho, dizendo
que é tranquilo, que é ali

no quadril, sutil,
no ângulo mais delicado. E você sai flutuando
assim, você disse."[14]

Marianne Boruch, "In June", em *Eventually one dreams the real thing*, 2016.

O bar era simpático e, apesar de ser sexta-feira, como elas chegaram cedo, ainda estava vazio. Simone chegou primeiro, e já estava tomando um gim-tônica quando Juliana apareceu. Acom-

---

14 Tradução do Autor.

panhando com os olhos a entrada da outra, desde a porta do bar, tirando os óculos escuros, carregando a bolsa, ela imediatamente percebeu que Juliana estava ainda mais bonita do que da última vez em que a vira. Possivelmente estava menos estressada com a vida, mais relaxada, Simone não sabia, o fato é que a aparência de Juliana estava ótima e isso a incomodou. Ela sabia que a sua própria cara não estava das melhores, justo ela, que havia sido tão bonita uns anos antes, e não pôde deixar de pensar que não, não teria a menor chance, não teria conseguido evitar que Estevão ficasse com aquela mulher, se ainda estivesse vivo.

Conversaram muito, falaram de tudo. Juliana contou sobre o Aldeia, a saída de Juan, falou do estagiário, de como as coisas estavam parecendo, finalmente, se encaminhar; explicou que Stefano continuava com problemas, mas que pelo menos a terapia parece que estava começando a dar resultado, o que a deixava otimista; detalhou um pouco mais as questões referentes àquele traste que era o ex-marido, o qual havia ficado furioso com a notificação judicial que recebera, telefonando aos berros, reclamando de traição e injustiça, que ela ia ver só uma coisa, que ela respondeu que já não tinha nada a falar com ele, que procurasse o advogado dela para tirar qualquer dúvida, que passasse bem, e que em seguida bateu o telefone na cara dele, agora, enfim, a briga ficara boa; contou do pai e da mãe, de como os amava e se dava bem com os dois, mas como a situação dela, de mãe solteira, dependente e vivendo novamente com eles a deixava vulnerável a uma série de pressões e situações que ela achava que haviam ficado no passado, nos tempos de adolescente, mas não, a vida é assim mesmo, cheia de idas e vindas, não é mesmo? De uma maneira ou de outra, enfim, ouvindo aquilo tudo, Simone concluiu que, longe de estar destituída de problemas, Juliana os tinha, sim, e aos montes, como, aliás, todo mundo, mas que estava conseguindo lidar com eles, e o que era inegável é que Juliana continuava a ser uma figura metida, mas que na verdade estava bem, estava bonita, muito bonita.

Simone, por sua vez, começou contando sobre a rotina na gravadora, o excesso de trabalho, mas de como dava uma satisfação enorme, apesar de tudo, de vez em quando participar da descoberta de algum grande talento musical meio perdido por aí; falou do gato Jonas, não queria se mostrar em uma situação de inferioridade diante de Juliana, de modo que tentou mostrar-se animada e otimista. Mas estava difícil. Então ela resolveu falar da viagem para Minas, e quando Juliana perguntou se ela fora com alguém, ou se encontrara pessoas conhecidas por lá, Simone engasgou, respondendo com uma voz embargada que não, que o propósito não era esse, que foi sozinha, e falou, claro, que encontrou alguns velhos amigos, exagerando muito a conversa com a suíça dona da pousada de São Gonçalo do Rio das Pedras, com o dono do restaurante em Conselheiro Mata, inventou que o casal de Milho Verde, onde almoçou, era de velhos conhecidos, e criou mais uma ou outra história no mesmo gênero, a dona da livraria-café, a dona da casa em que comprou o bolo de milho. Finalmente, ao descrever a cerimônia em que lançou as cinzas de Estevão, parte nas águas da cachoeira do Telésforo e parte no cerrado circundante, ela começou a perder o controle, sentiu que desmoronaria, que cairia num choro descontrolado, ali, na frente daquela pessoa com quem não tinha a menor intimidade, ah, que vergonha, e, além do mais, era a mulher por quem Estevão estava apaixonado, com quem estava pensando em se casar; pois o que ela fez em Diamantina, em Conselheiro Mata, foi sepultar o ex-marido, o ex-namorado, o ex, enfim, porque a namorada mesmo dele, e provável futura esposa, quando ele morreu, estava ali, bem na frente dela, olhando para ela, meio sem saber o que fazer, meio constrangida.

Mas Simone, aliviada, até que conseguiu se segurar. O choro foi curto, de lágrimas escorrendo, não de convulsões e suspiros descontrolados. Juliana estendeu os braços sobre a mesa, segurou e apertou as mãos de Simone, não sabia o que dizer, mas acabou dizendo, meio desajeitada, força, minha querida, eu sei que é difícil, mas isso vai passar, vai cicatrizar, você vai se lembrar sempre dele, vai ter saudades, eu mesmo, que o conheci muito pouco, com quem convivi infinitamente menos do que você, já sinto saudades, mas essa dor mais profunda vai passar, vão ficar as lembranças boas, e Simone respondeu eu sei, eu sei, querida, obrigada, é difícil mesmo, e essa viagem para Minas foi muito intensa, muito dura, eu não deveria mesmo ter ido sozinha, e pensou na hora, mas não disse, ora, com quem é que ela poderia ter ido?, quem ela teria, tão sozinha que era, para ir junto?

Embora demonstrasse solidariedade e compaixão, Juliana estava achando muito louca aquela cena. Não conseguia sentir, de verdade, muita pena. Por que é que aquela figura decidiu viajar sozinha, para o meio do nada, para jogar as cinzas de Estevão? Será que ninguém mais teria gostado de tomar parte na cerimônia? Nenhum amigo? Nenhum parente? Ela mesma, Juliana, acharia legal ter participado de um último ritual de adeus a Estevão, simples que fosse, informal que fosse. Será que Simone não podia ter pensado em lançar as cinzas em algum lugar mais acessível, um sitiozinho perto de São Paulo, na Mantiqueira, sei lá, e chamado as pessoas que por acaso tivessem vontade, por qualquer motivo, de participar?

Tentando deixar para trás aquele momento difícil e constrangedor, Simone, enquanto ainda secava as lágrimas com um guardanapo de papel, fez um esforço enorme e mudou de assunto, começando a falar do livro. Explicou para Juliana toda a questão trazida pela profusão de versões para os mesmos trechos, de como escolhas precisariam ser feitas, e que, além do enorme trabalho braçal que isso representava, havia algo mais sério, que eram as escolhas propriamente ditas, algo em que fatores subjetivos teriam grande importância, o que era uma pena, porque, por melhores que parecessem as escolhas, jamais se poderia saber se elas coincidiriam com as escolhas que Estevão teria feito; e que, além do mais, havia uma série de ligações que precisavam ser costuradas entre trechos, algo que, em alguns casos, exigiria até mesmo a redação de algumas linhas ou mesmo parágrafos; e que, por conta disso tudo, durante este período, ela fora obrigada a mergulhar na história, a aprender sobre a invasão napoleônica a Portugal, sobre a Inconfidência Mineira, sobre as políticas de Portugal e dos primórdios do Brasil independente com relação à exploração de diamantes e ao combate ao contrabando, e também sobre os interesses variados, as negociações e as intrigas que estiveram por trás do processo de independência e dos primeiros anos do Império, sobre como funcionava a economia e eram criadas as grandes fortunas naquela época, sobre como a questão da escravidão *versus* trabalho livre interessava às elites (e as preocupava), e assim por diante.

Em suma, quem estava ali, agora, era uma Simone que, já razoavelmente recomposta, conseguia explicar a Juliana, com o máximo de clareza possível, o tamanho do problema com o qual vinha lidando, e que a viagem a Minas, me desculpe de novo pelo meu descontrole agora há pouco, falou, teve esses múltiplos objetivos, de por um lado despedir-se, de uma vez por todas, de Estevão, mas de, também, passar por lugares e situações que o próprio Estevão havia passado no longuíssimo processo de germinação do livro, para que o trabalho de edição pudesse ter o máximo de fidelidade possível, não só com as intenções intelectuais de Estevão, mas também com o que ele sentia, no fundo da alma, enquanto escrevia e, mesmo, enquanto pensava no que iria escrever. É por isso também, veja, Juliana, que eu não poderia viajar acompanhada, que a viagem precisaria ser um processo pessoal, íntimo, de imersão, não só racional, mas subjetiva mesmo, de espírito, nessa história toda. E que, portanto, foi tão desgastante para mim, ela continuou, ainda que a justificativa oficial, assumida como verdadeira por todo mundo na gravadora, tenha sido que eu precisava "tirar uma semana de férias." Mas, voltando ao presente, o fato é que o trabalho com o livro era demais para uma pessoa só, não só pelo volume em si, mas pela responsabilidade na tomada de decisões, que compartilhar isso seria muito melhor, e que, se Juliana estivesse disposta a ajudar, nossa, como seria bom, como isso a deixaria feliz.

E Juliana estava, sim, disposta. Agora eu consigo, Simone. E quero, tenho vontade. Na época em que a gente conversou, antes, eu estava no meio de um turbilhão, eu te contei, mas a dimensão da coisa só quem está dentro é que sabe avaliar, né?, mas agora as coisas estão melhores, não que estejam tranquilas e fáceis, mas vida tranquila e fácil, hoje em dia, nem aposentado tem, não é mesmo? O fato é que está dando para administrar, aquela tensão toda com o Juan não estava ajudando nada, e meu ex-marido, e meus pais enchendo o saco, e as dificuldades no Aldeia e, pior de tudo, as questões com o Stefano, mas agora já estou conseguindo lidar melhor com isso tudo, as coisas melhoraram, então eu posso te ajudar sim, posso e quero, acho que posso contribuir, e eu também penso que, embora só tenha conhecido o Estevão no fim, uma pena, uma pena, porque eu estava gostando de verdade dele, e até mesmo imaginando um futuro junto com ele, o que pode ter sido uma viagem minha, sei lá, mas que de qualquer maneira eu não tenha tido a oportunidade, enfim, de ter nem de longe a intimidade que você teve com ele, eu acho que de alguma maneira devo isso a ele, porque ele foi tão bacana comigo durante o pouco tempo em que convivemos, e ele tinha tanto carinho por esse projeto, tanto que, dentro do que foi possível, enquanto estivemos juntos, ele compartilhou comigo as dúvidas que tinha, pediu sugestões, e quando pude eu as dei, e discutimos, enfim, mas o que eu quero dizer, também, é que, além de poder palpitar sobre tudo, porque palpite a gente sempre pode dar, e fico feliz que você valorize meus palpites, é possível que eu possa dar um ajuda mais concreta sobre determinados tópicos, que são justamente aqueles sobre os quais Estevão conversou comigo um pouco antes do fim...

E tem uma outra coisa sobre a qual eu queria falar com você, Simone, que é o seguinte: o Estevão também escreveu contos, né?, Sim, Juliana, tem uma pasta no computador dele com um monte deles, acho que mais de cem, além de outra pastas de verdade, de papelão e de plástico, em gavetas, armários e prateleiras, com um monte de outros contos, mais antigos, alguns datilografados, alguns impressos naquelas antigas impressoras matriciais, você sabe quais?, não? não sabe?, não faz mal, elas eram dos primeiros tempos da informática, imprimiam fazendo zum zum zum, eram rápidas, mas só serviam para texto, mas não importa, e ele também deixou outros contos impressos, e não sei, porque ainda não deu para ver isso com calma, quantos dos contos que estão no computador estão impressos e quantos dos que estão impressos estão no computador (porque alguns, ela sabia, eram ainda do tempo das máquinas de escrever e, outros, dos computadores com disquetes), isso é algo que eu deixei para examinar mais pra frente... Pois então, Simone, ele tinha me mandado por e-mail alguns contos, interrompeu Juliana, isso foi pouco antes de ele morrer, talvez até mesmo no dia, não tenho certeza, o fato é que eu li e gostei, ele me mandou três, no dia eu só li um, os outros eu só fui ler depois que ele já estava morto, desculpe, depois que ele já não estava aqui. Acabei lendo bem depois mesmo, porque na época a minha vida estava aquela confusão que você sabe, né?, e quando li, enfim, adorei os contos, então acho que a gente devia fazer uma seleção e publicar também, não, não, claro, não agora, só depois do *Estevão*, com certeza, só depois, mas acho que gente devia olhar isso também, é importante e ele ficaria muito feliz com isso também, tenho certeza, Simone, tenho certeza. O que você acha do título "A trágica morte de Dona Elvira e outros contos", Simone? E Simone fez uma pausa, respirou fundo e então respondeu, com uma expressão no rosto difícil de definir, entre melancólica e irônica, que achava ótimo, que ela tinha gostado daquela história, mas que você sabe, Juliana, é engraçado ele ter te mandado aquele conto sobre Dona Elvira, e você escolher justamente este para dar título ao livro, pois este conto foi basicamente inspirado na minha família, em parte em meu pai, em parte em minha mãe, em parte em meus antepassados de Itatiba, e em parte em uma tia-avó que tive, chamada Edith.

Mas Simone não quis ficar remoendo aquilo, e procurou um jeito de mudar de assunto, que foi o que efetivamente fez. Tem um trecho do livro, Ju, que você vai ler, em que é descrita a rotina do Estevão, o personagem, durante um certo período na Corte do Rio de Janeiro, aquelas coisas de jantares, recepções, porque ele foi ministro, senador, era muito próximo de D. Pedro I, então essas situações eram muito comuns. Mas o que eu queria te contar é que, a partir de um desses episódios, que Estevão, o nosso, descobriu, ele escreveu um conto, este está arquivado no computador dele, eu passei os olhos pelo título outro dia, com certeza não vai ser difícil de encontrar, que foi a visita de Kamehameha II, o rei do Havaí, na época chamada de Ilhas Sandwich. O havaiano estava indo para a Inglaterra em viagem oficial e fez uma escala no Rio de Janeiro, isso naquela época logo após a Independência, então deve ter sido entre 1822 e 1824, Estevão sabia exatamente a data, está no conto, eu é que não me lembro. E, como Kamehameha era um soberano legítimo, reconhecido pelas potências europeias, foi devidamente recebido no Palácio de São Cristóvão, com todos os protocolos, por D. Pedro I, com as trocas de presentes que se fazem nessas ocasiões e tudo o mais. E Estevão Ribeiro de Resende estava presente, no dia. O lado dramático da história é que, chegando a Londres, tanto Kamehemeha quanto sua esposa pegaram uma gripe forte, não, não foi gripe, me lembrei, foi sarampo, e, apesar de cuidados pelos melhores médicos, indicados e custeados pelo rei da Inglaterra, que não me lembro quem era, morreram, pois, como os índios brasileiros, eles não tinham os anticorpos. De modo que acabaram voltando para casa em caixões, o rei e a rainha do Havaí. O que eu queria te contar é que Estevão não incluiu este episódio no livro, porque achava que era um fato muito marginal na vida do marquês de Valença, mas resolveu escrever um conto a respeito, e o resultado ficou ótimo, muito bonito mesmo. Eu me lembrei disso agora, quando você sugeriu que poderíamos publicar, também, os contos dele. Acho ótimo. Este conto, em particular, é belíssimo. Vou procurar e te mando por e-mail. Ele me marcou muito. Eu me lembro do desfecho, que citava a derrubada, pelos americanos, da última rainha e da monarquia havaiana, cinquenta anos depois, mas dizia mais ou menos assim que isso estava no futuro, que naquela manhã carioca, quando o jovem monarca havaiano, preparando-se para desembarcar, deixou-se ficar por um tempo, a bordo, olhando para terra, e aí nas últimas linhas fala que ele encheu os pulmões com a brisa marítima da Baía da Guanabara, ao lado da mulher por quem era apaixonado, se esqueceu dos desafios que deixara no Havaí e nos que enfrentaria em Londres, e pensou apenas que teria um dia feliz, que era feliz, que amava a vida, era mais ou menos desse jeito que o conto terminava, um desfecho lindo, enfim.

Quando saíram do bar, alguns drinques e chopes depois, as duas já se comportavam quase como velhas amigas e tinham uma agenda comum. Trabalhariam juntas, às terças e quintas à noite, na casa de Simone, a antiga casa de Estevão, e dividiriam tarefas, que executariam cada uma onde quisesse, nos intervalos entre as reuniões. A partir de uma avaliação inicial de Simone, imaginaram que em três meses de trabalho teriam uma primeira versão completa do livro, e com mais um mês revisariam e conseguiriam enviar para a editor. Os contos, elas decidiram, seriam abordados depois de encerrados os trabalhos com *Estevão*. Para eles Juliana tinha em mente não a mesma editora que publicara *Todos os Santos* e *Tamarindo* e que, muito provavelmente, lançaria *Estevão*, mas uma outra, menor, independente, mais voltada para literatura contemporânea, que publicava também poesia, pequena, mas bem bacana, já ganhara até um Jabuti, ela conhecia o editor, ele mesmo também poeta, também premiado. Se Simone topasse, ela já falaria com ele e mostraria aqueles três contos que Estevão enviara por e-mail.

Com a primeira reunião de trabalho marcada para as sete da noite da terça-feira seguinte, elas, ligeiramente bêbadas, Simone um pouco mais que Juliana, trocaram um abraço apertado. Quando se soltaram do abraço, Simone, olhos nos olhos, falou para Juliana, nossa, como você é linda. Era para eu te odiar, morrer de ciúmes, e para falar a verdade eu tive mesmo um pouco de ciúmes de você, mas você é linda, em todos os sentidos. Eu supercompreendo o Estevão ter se apaixonado por você... E Juliana, mil por cento constrangida, sem jeito, sem saber como responder, disse imagina, você é que é linda, essa tragédia nos aproximou, e agora nós estamos ligadas, eu acho você uma puta pessoa, uma pessoa do caralho, Simone. Eu é que digo que não é à toa que o Estevão se apaixonou por você, que você foi a mulher da vida dele.

Juliana foi para casa, ver Stefano. Ela, imaginando que o encontro com Simone não se prolongaria muito, tinha pré-marcado uma saída com aquele editor e poeta que conhecera no Aldeia, uma gracinha de pessoa, mas, em função da hora, do bar mesmo, numa hora em que foi ao banheiro mandou mensagem desmarcando. Quando chegou em casa, Stefano, que já estava dormindo, acordou com o barulho de chaves na porta e correu para abraçá-la, pulou no colo, ele e aquele pijama de flanela dele, e foi uma delícia, e fez com que ela se sentisse, naquele momento, a pessoa mais feliz do mundo.

Simone foi para casa e, ainda um pouco tonta, deu comida para Jonas, tomou um banho, comeu um iogurte com papaia só para tirar da boca um pouco do gosto de tudo o que bebera, da fritura dos pastéis e das batatinhas que comeu no bar, escovou os dentes e enrolou um pouco, na TV da sala, antes de ir para a cama. Agora é que se dava conta, estava mais bêbada do que imaginara estar. Mas estava feliz. Ou achava que estava. Ou será que não estava? O livro, ela não se cansava de pensar, ainda que estivesse difícil pensar direito, vai andar mais rápido agora. E aquela Juliana, ela pensava também, é um pouco metida, é verdade, mas não é má pessoa, não teve culpa de ter se apaixonado por Estevão e muito menos de ele ter se apaixonado por ela. Estávamos separados, Estevão e eu, não estávamos? E fui eu quem quis a separação, não foi? De que adianta, agora, ficar culpando a coitada da Juliana, sentindo ciúmes dela? E se, além do mais, ele está morto, faz sentido ter ciúmes? Que bobagem, meu deus, que bobagem. Alheio a esses pensamentos, no que aliás fazia muito bem, Jonas se aninhou por cima da manta fina, entre as pernas de Simone, ronronou e reclamou que a luz ainda estava acesa. Ok, meu querido, chega de hoje porque hoje já deu o que tinha de dar, vamos dormir que faremos melhor, disse, com a voz um pouco embaralhada, a Jonas. Mas, antes que o sono chegasse, e o sono tardava a chegar, as cenas do encontro com Juliana não paravam de pipocar diante dela. E de repente Simone se lembrou da despedida, e falou alto, sozinha, nossa, será que na despedida eu disse mesmo que ela era linda?

20. *Estevão*

> "Tudo isto prova que vale a pena viver, pensou Perilo Ambrósio, Barão de Pirapuama, de pé à saída da Matriz, enxugando o suor com um lenço de brocado inglês. Empinou a grande pança, farejou os ares, certificou-se com um olhar de que a caleça atrelada a um par de cavalos brancos, corpulentos e castrados estava de prontidão no lugar que ordenara, com os dois pretos cocheiros espigados na boleia, de roupas também pretas e colarinhos duros que lhes chegavam quase às orelhas [...]"
>
> João Ubaldo Ribeiro, *Viva o Povo Brasileiro*, 1984.

A campainha tocou um pouco depois das sete da noite. Era Juliana. Oi, oi, os beijinhos de praxe, entre, minha querida, por favor. Juliana olhava para todos os lados, reparava em tudo, até um pouco demais para as normas da boa educação. Nunca, antes, estivera na casa de Estevão. Eles haviam se encontrado em bares, restaurantes, no Aldeia, mas jamais na casa um do outro. Na casa dela não teria mesmo sentido, pelo menos não tão cedo no estágio do relacionamento em que estavam, afinal ela morava com os pais e havia, também, Stefano. Mas ali, na casa de Estevão, ela bem que poderia ter ido. E, na verdade, quase foi. Não foi por pouco, fez cerimônia besta quando ele convidou, mas, de todo modo, não teria tardado a ir se ele não tivesse morrido. Enfim, agora ela olhava para os quadros nas paredes, os móveis, os livros nas estantes. Quantas estantes, quantos livros. Era ali que ele morava, era dali que ele telefonava e mandava e-mails para ela, era ali que atendia as ligações dela, que pensava nela. E o escritório, a mesa diante da qual ele se sentava, a janela através da qual via a praça, naquele momento já a caminho de ficar escura, mas ainda visível, e também ainda visível, do outro lado, lá no alto, a tal mangueira da qual Estevão tanto falava, que o fazia lembrar-se de Minas... Mas, embora Juliana tivesse gostado de parar um pouco para refletir, para tentar sentir o mesmo que Estevão sentia em seu dia a dia, Simone não deu espaço para isso. Foi uma exibição rápida dos ambientes, afinal aquilo ali não tinha nada demais e elas tinham muito trabalho pela frente.

Depois de mostrar todo o andar térreo para Juliana e de apresentar o gato Jonas, que não deu muita bola para a visitante, Simone explicou que naquele dia trabalhariam na mesa da sala de jantar, pois ela precisava, antes de tudo, mostrar o conteúdo de cada um dos envelopes que imprimira, para que Juliana compreendesse a natureza e, principalmente, a dimensão do trabalho que tinham diante delas. Em outros dias elas poderiam ficar no escritório de Estevão, em frente ao computador, mas, para conseguir ver todo o material ao mesmo tempo, a mesa de trabalho de Estevão seria pequena. Os envelopes já estavam espalhados sobre a mesa, numerados e na ordem certa. Simone foi até o buffet, pegou uma garrafa de vinho, duas taças, ofereceu a Juliana. Havia também um cesto com uma porção de pãezinhos de queijo e uma tábua com metade de um meia-cura que ela havia trazido do Serro. Não, obrigada, querida, não estou bebendo durante a semana. Aliás, não só bebendo, estou dando uma moderada geral, dei uma engordada, estou numa campanha feroz para perder peso. Se você tiver um suco, ou uma água mesmo, só uma água, está bom. O pão de queijo está com uma cara ótima, este queijo também está muito sedutor, mas vou ser obrigada a resistir... Perder peso? Você? Imagine, você, tão linda, tão bem, que besteira, que peso você imagina que precisa perder? Mas, em todo caso, claro, Simone foi até a cozinha, pegou uma garrafa de água gelada e um copo e voltou para sala. Os pães de queijo, Simone acabaria por comer sozinha, um por um, pouco a pouco, todos eles. No precioso meia-cura do Serro, irmão dos que tanto sucesso haviam feito entre os colegas da Long-Play, ninguém tocou.

E a parceria das duas com *Estevão* até que enfim começou. Os envelopes estavam espalhados sobre a mesa, abertos e, diante de Simone havia um pequeno volume encadernado, de menos de cem páginas. Olha só, Juliana, Simone começou a falar. É aquilo que eu tinha dito a você. O Estevão escreveu muitas versões de cada trecho do livro, e caberá a nós, agora, ligar as partes, escolhendo os pedaços que fizerem mais sentido para aquilo que viermos a decidir terem sido as intenções dele, e também para aquilo que decidirmos, porque ele não está mais aqui, que ficará melhor, mais bonito, mais legível, enfim. E este volume aqui, olha, que eu pedi para o pessoal da Long Play encadernar, eu vou falar com você, é pra você levar pra casa, pra ler com calma, que é a parte que eu já fiz, mas fiz sozinha, então é pra você ficar à vontade e sugerir, discordar, propor, questionar e, até, claro, se for o caso, hahaha, concordar. Tome, pegue. Ah, Simone, que trabalheira, não precisava fazer tudo isso, era só me mandar o arquivo que eu imprimia, né? Mas, tranquilo, deixa eu dar uma olhada. Não, sim, vou ler com calma depois, só estou supercuriosa para dar uma olhadinha agora. Puxa, você avançou bastante, né, Simone? Não, nem tanto, Juliana, nem tanto. Parece, mas é porque tem muito material. Mas parece que quanto mais eu mexo, mais as dúvidas vão me assombrando. E não se preocupe, se tivermos que mexer, vamos mexer. Aliás, provavelmente mexeremos mesmo. Porque eu fiz tudo isso, cheguei até aqui, com muita insegurança, e você terá naturalmente um olhar diferente do meu, então vai ser inevitável mexermos. É, com certeza, Simone. Olha só, já estou vendo aqui, olha este pedaço, onde ele fala do rolo com os invasores franceses e a fuga de Palmela. O Estevão já havia me mostrado esse trecho, e comentado que tinha achado esta opção meio burocrática, que preferia uma outra... Mas, Juliana, olha só, a versão que eu escolhi foi, coincidentemente, a que estava aberta na tela do computador, ali, bem ali naquele escritório, no primeiro dia em que entrei aqui para começar a botar ordem nas coisas dele. Era a versão que não só me pareceu melhor, mas era também a mais recente... Eu sei, Simone, ele me disse que estava fazendo algumas tentativas, mas que, apesar de tudo, ainda preferia uma anterior, quer ver?, deve estar naquele envelope, deixa eu ver, passe para mim, por favor, olhe, Simone, está aqui, veja...

> Muito se tem dito que Jean-Andoche Junot era um general de segunda classe, que Napoleão enviara a Portugal um comandante que, ele sabia, era destemperado e inepto, apenas porque achava que a resistência lusitana seria pífia, e que, portanto, ele podia manter junto a si os melhores generais, para as muito mais difíceis campanhas na Áustria e na Prússia. Bobagem. Junot gozava de grande prestígio junto ao imperador, participara com ele de batalhas decisivas desde os primeiros anos de guerra, e se, de fato, era famoso por seu jeito impulsivo e sua coragem nas batalhas, isso era um estilo de comando, aliás não muito diferente do praticado pelo próprio Napoleão, famoso por preferir atacar a defender, pela ousadia estratégica, pela agressividade quase irresponsável no campo de batalha, e até mesmo por se expor a riscos, usualmente evitados por outros generais, nas frentes de batalha. Ele foi escolhido para invadir Portugal simplesmente porque co-

nhecia bem o país, seus políticos e seus habitantes, pois servira como embaixador da República Francesa, em Lisboa, no ano de 1805.

O que atrapalhou Junot, na verdade, foi o fato de ele ter recebido tropas francesas de segunda linha, aquelas destinadas à reserva estratégica, além do mais em pequena quantidade, e que, para completar seus efetivos, precisasse contar com soldados e generais espanhóis, em maior número do que os franceses, aliados de ocasião e nos quais ele, acertadamente, não confiava, pois, de fato, na primeira oportunidade que surgiu, mudaram de lado. Fora isso, ainda tinha que lidar com generais franceses que questionavam seu comando, como era o caso de François Étienne Kellermann, o conde de Valmy.

E lá estava Junot em Lisboa, recebendo informes de que os britânicos, sob o comando do Arthur Wellesley, o melhor general inglês – sim, o futuro duque de Wellington, aquele que viria a ser, anos depois, o carrasco final de Napoleão em Waterloo –, preparavam um desembarque a qualquer momento, que os portugueses secretamente reorganizavam seus exércitos, que os espanhóis pensavam em mudar de lado, quando, um certo dia, aparece para ser julgado, por ele, um insignificante juiz de província.

Quem prendeu e mandou fuzilar o juiz? Kellermann. Por quê? Ora, Junot fora informado por seus assessores, o motivo era que o juiz mandara prender um grupo de soldados franceses arruaceiros que haviam espancado e matado três soldados espanhóis. Aquele Kellermann é um perfeito idiota, sussurrou Junot a seu ajudante de ordens. Ele parece que pretende alimentar o caos, provocando a população ocupada ao executar um juiz pacato, inofensivo e respeitado pelos cidadãos, e ao mesmo tempo irritar os aliados espanhóis, furiosos, com toda razão, pela maneira como vêm sendo tratados pelo cretino do Kellermann e seus subordinados...

E foi bem ali que começaram as primeiras altercações entre as duas. Juliana gostava de um trecho, Simone discordava, achava que havia opções melhores, logo depois a coisa se invertia, e num certo momento, Juliana, elevando um pouco a voz, quase engasgando, disse, bom, Simone, me desculpe, mas por que preferir sempre o mais hermético, mais obscuro? Não vejo no que o Estevão escrevia nenhum arroubo vanguardista, e por exemplo, mesmo aquele *Tamarindo*, que vendeu feito água, não era exatamente um livro revolucionário que pretendia explodir com os cânones literários, e o comentário de Juliana acabou saindo mais pesado do que ela pretendia, e caiu um pouco mal para Simone, que respondeu, naturalmente subindo o tom, minha querida, ninguém aqui está dizendo isso, mas você sabe muito bem, porque o Estevão deve ter dito isso a você mais de uma vez, que com este livro ele pretendia dar um passo à frente, criar uma obra de mais peso, que desse a ele mais respeitabilidade, ele adorava essa palavra, respeitabilidade, e aliás foi por isso que demorou tanto para terminar o livro, quer dizer, ele nem sequer terminou, mas passou anos, indo e vindo, fazendo, refazendo, escrevendo, apagando, reescrevendo... Eu sei, Simone, eu sei, me desculpe, não estou querendo desmerecer suas escolhas, eu concordo, você estava trabalhando nisso sozinha, é muita coisa, você me chamou logo no começo e eu não pude te ajudar, é que eu li este trecho e tinha uma outra impressão, estava querendo ajudar, não complicar, mas...

E então, com o clima entre as duas estando mais do que pesado, começaram as tentativas de mútuo apaziguamento, aquela coisa de desculpas, Simone, eu já cheguei querendo saber mais do que você, eu é que peço desculpas por minha reação, Juliana, puxa, eu chamei você, eu quis tanto, precisei tanto de você aqui me ajudando, opinando, sugerindo, e na primeira vez que você abre a boca e diz o que pensa eu já reajo desse jeito meio destemperado, ah, me perdoe... E Juliana aceitava as desculpas, dizendo que nem deveria ter comentado o que comentara sem ter lido os trechos com calma, em casa, como Simone havia sugerido, e Simone aceitava as desculpas, e elas, apaziguada a situação, continuaram a trabalhar e a ler os textos.

Mas a verdade é que, a partir daquele ponto, o clima havia ficado ruim. Uma disfarçou, a outra também, afinal de contas ninguém ali era criança e as duas sabiam lidar com situações tensas. O fato é que, daquele momento em diante, nenhuma das duas parecia ter muito ânimo para continuar, mas ambas sabiam que, se parassem naquela hora, embebidas daquele estado de espírito sombrio, o que ocorreria na prática seria uma espécie de rompimento, e elas dificilmente voltariam a retomar qualquer trabalho. Então, cada uma de seu lado, se esforçou para mostrar que nada havia acontecido, que tudo estava normal, que iriam seguir ir em frente. O que de fato fizeram, até mais ou menos nove e meia da noite, quando Juliana alegou cansaço e necessidade de tentar ver Stefano ainda acordado, e se levantou para ir embora. O ideal seria que tivessem trabalhado mais, pelo menos uma hora mais. Mas a saída, naquele horário, conservava, pelo menos, as aparências. Elas podiam, enfim, dar boa noite uma para a outra e fazer de conta que estava tudo bem.

E, reconheça-se que, apesar de tudo, de todo o conflito, toda a tensão pela qual passaram, naquela noite elas conseguiram repassar vários trechos, e mais ou menos fecharam duas pré-seleções. Uma que falava de Estevão em São Paulo, quando foi juiz de fora e se casou com a filha do brigadeiro Luís Antônio. A outra dos primeiros negócios com Nicolau Vergueiro. Não eram, de qualquer forma, trechos muito polêmicos. Com relação ao primeiro, elas passaram algum tempo falando sobre a questão da idade da noiva, e de como pareceu, a ambas, que Estevão havia sido contido demais, quando deveria ter sido mais explicitamente crítico a respeito do episódio. Tudo bem que aquilo era uma prática comum entre as famílias da elite no começo do século XIX, quando os casamentos por interesse eram a prática mais comum. Mas um adulto de quase quarenta anos se casar com uma menina de oito? E que, num arroubo de compreensão, aguentou até que ela tivesse catorze, para consumar o ato? Estaria certo, enfim, não opinar um pouco mais duramente a respeito disso? Elas não concordaram, mas tampouco quiseram enxertar alguma crítica mais dura em cima do que Estevão havia escrito. Para tentar quebrar um pouco o gelo Simone ainda soltou um comentário politicamente incorreto a respeito da noiva de Estevão Ribeiro de Resende, repetindo uma coisa que Estevão sempre dizia, e falou, olha, Juliana, eu não sei como ela era aos oito ou aos catorze anos, mas tem um retrato a óleo dessa dona Ilídia Mafalda lá no Museu do Ipiranga, e, minha nossa, como era feia aquela mulher, o casamento só pode ter sido mesmo por interesse, e Juliana sorriu, dizendo que gostaria de ver aquele quadro, e que aquele tipo de gente, naquela época, era óbvio, não dava ponto sem nó. E, finalmente, é justo mencionar que naquela primeira noite de trabalho, apesar de tudo, também houve avanço no que elas discutiram sobre a estrutura, a proposta de sumário que Simone havia preparado, com a qual Juliana em princípio concordou, e que ficaram de ir revendo conforme o trabalho avançasse.

21. Juliana

"se há uma dor que não consigo suportar
é esta dor da partida precoce
porque nossa primeira tristeza havia terminado
e nossa primeira alegria estava só começando
e a perda que preencheu nossa cama, amor
era a perda de crianças se encontrando
e a alegria que preencheu nossa casa
tinha vindo para ficar
se você me escuta por aí onde está vagando
então saiba que eu lhe envio saudações
e se você se voltar para cá
eu esperarei por mais um dia
[...]"[15]

Diane di Prima, *November*, 1966.

Ai, Cris, nem te conto, que difícil. Primeiro, ela me ofereceu um vinho e um balde de pão de queijo, logo que eu cheguei, normal, ela foi educada, mas aí, quando não aceitei, já vi que pintou um clima. Eu não estou bebendo durante a semana, você sabe, e estou de dieta, porque nessa fase difícil eu engordei uns cem quilos, e foi ontem, terça-feira, imagine se eu já abro a semana

15 Tradução do Autor.

bebendo e me entupindo de pão de queijo, fora um outro queijo que ela trouxe de Minas, mas aí ela me trouxe água, e eu achei que estava tudo bem. Então ela me mostrou o material todo do livro, que é uma coisa gigantesca, porque o maluco do Estevão deixou um monte de versões para cada trecho do livro, que ele ia escolher e ligar uma com a outra, mas não o fez, porque morreu, óbvio, então o trabalho de montar as peças terá que ser nosso, e são inúmeras as combinações possíveis, você pode imaginar, né?, e aí ela me mostrou as escolhas que já tinha feito, e eu vi que algumas eram razoáveis, oquei mesmo, havia as que eram passáveis, mas muitas eram péssimas. Péssimas. De verdade. E aí? O que é que eu ia fazer? Falava com sinceridade ou dourava a pílula, e aceitava, e pronto? Mas, se fosse pra aceitar sem falar nada, Cris, por que é que eu estava lá, perdendo meu tempo, deixando de ficar com o Stefano, deixando de namorar, de fazer outras coisas? Ela é completamente louca, Cris. Você imagina que ela viajou até Diamantina, longe pra caramba, sozinha, são quase mil quilômetros, só para se meter no meio do mato, em uma cachoeira deserta não sei qual, um lugar cheio de cobras, e jogar as cinzas de Estevão, só ela, sozinha, sem falar nada com ninguém, sem chamar ninguém pra ir com ela, nada? Quando ela me contou isso, não ontem, mas no outro dia, no bar, eu quase não acreditei, achei que era coisa de gente louca mesmo, mas fiquei na minha, sei lá, de repente foi só um surto, fruto de alguma dificuldade em lidar com a perda, mas depois de ontem, não sei não, estou começando a achar que a figura não regula mesmo. O Estevão dizia que ela era de boa, que eles conversavam sempre, mas o que eu estou vendo é que, se eu ficasse mesmo com ele, se o lance com ele tivesse evoluído, se ele não tivesse... enfim, se tivesse rolado, a minha vida com ele teria sido um inferno, porque ela com certeza não iria desapegar, não ia largar o osso. É, é isso mesmo, você tem razão, eu já tinha te falado, né?, foi ela quem quis se separar, mas acho que ela não estava levando a separação a sério, acho que estava só espezinhando, que acreditava que ia voltar com ele na hora que quisesse, que seria só estalar os dedos e pronto, ele ia voltar na mesma hora, feito um cachorrinho, abanando o rabo. Ah, sei lá, Cris, o que eu sei é que esse negócio de trabalhar no livro com ela vai ser bem complicado, não sei se eu vou segurar essa onda, vou tentar mais um pouco pra ver, mas se a coisa continuar assim pesada, nesse clima, estou fora.

Depois do desabafo matinal para Cris, enfim, a segunda-feira de Juliana acabou transcorrendo sem problemas, mas aí, na terça, ela sentiu que ainda não dava para encarar, que precisava de mais um tempo antes de rever Simone e retomar o trabalho com o livro. De repente, se desse uma respirada até quinta, conseguiria se curar do trauma do primeiro dia e teria condições de se reencontrar com Simone, e com *Estevão*, numa boa. Ficou com medo da reação da outra, caso desmarcasse por e-mail, então resolveu ligar. E ligou logo cedo, antes das dez da manhã. Explicou que haveria um evento naquele dia, à noite, no Aldeia, que estava tudo certo para que Clayton, o estagiário, ficasse, mas que o garoto avisou que não poderia, pois teria prova à noite, na faculdade, então ela não poderia se ausentar, não poderia deixar a Cristina sozinha segurando a bucha, e Simone reagiu de boa, eu superentendo, querida, eu vou adiantando por aqui e na quinta a gente retoma, combinado?, combinado, beijos, beijos. Juliana sentiu um pouco de culpa, mas num instante, envolvida pelas atividades do Aldeia, esqueceu o assunto e a vida transcorreu como sempre. Até porque, naquele momento, a quinta-feira ainda estava longe.

Na terça à noite, em vez de trabalhar com Simone no *Estevão*, Juliana saiu com o poeta editor. O cara era gato, a editora, bacana, os poemas, ruins. Ok, talvez razoáveis, alguns, mas, no geral, nada de mais. O poeta era mais novo do que ela. Na média, ela achou, valia investir. Desde Estevão, era a primeira pessoa com quem saía, e estava feliz por isso, por estar sendo admirada por um homem, se sentindo desejada, brincando, jogando o jogo da sedução. Durante o jantar, em um restaurante japonês na Liberdade, "que tinha a melhor salada de ostras do mundo", ele pôs à mostra um ego que era pra lá de inchado, e ela já quase se arrependeu de estar ali. Mas, já que estava, deixou rolar. Ele falou das colunas que escrevia para a revista *Piauí*, das seleções e traduções de poemas que fazia para o jornal *Rascunho*, de Curitiba, em alguns casos de poetas totalmente inéditos no Brasil. Que tinha, conforme ela já sabia, dois Jabutis, um como poeta e outro como editor, e que foi finalista do Oceanos, mas dizia que achava prêmios literários uma bobagem, porque literatura não é atletismo, que não faz sentido dizer que, entre bons livros, que são, afinal de contas, obras de arte, um seja melhor do que o outro. É, ela pensou, para quem dizia não ligar, até que ele falava bastante dos prêmios... Em resumo, ele se achava o máximo. No fim da noite, foram para o apartamento dele. Poucos livros para alguém que, afinal de contas, era poeta e editor, ela achou. A casa de Estevão parecia a antiga Biblioteca de Alexandria perto daquele lugar. E, pensando bem, talvez até mesmo Stefano tivesse, em sua pequena estante, mais livros do que o poeta editor.

Então foram para o quarto e para o sexo. O poeta era atirado, ia pra cima, era o contrário de Estevão. E o sexo, se não horrível, foi de mediano para baixo. Mais para baixo, na verdade, do que mediano. Autocentrado, narcisista, o cara revelou-se um belo de um babaca. Enquanto ele resolvia o assunto, muito antes de Juliana chegar sequer perto, ela não conseguiu evitar e ficou pensando no livro, num dos trechos em que a escolha de Simone tinha parecido equivocada e, por um instante, pensou também que teria sido mais negócio ter ido à casa de Simone trabalhar no *Estevão*. Nem pensar em dormir lá com o editor poeta. Só aceitou, para não ficar mal, um café, que ele se propôs a preparar, enquanto se vestiam. Conversaram um pouco na cozinha, tomaram o café e ela foi embora. Precisamos repetir, ele disse, na porta, você é maravilhosa, eu gostei muito de hoje. Claro, eu te ligo, ela respondeu.

A quarta passou rotineira, sem sobressaltos, e à noite, quando haveria um evento no Aldeia, ela deixou tudo nas mãos de Cris e de Clayton e foi para casa mais cedo, estava com saudade de Stefano, com muita vontade de ficar com ele, de abraçá-lo, de conversar com, de ler uma história. Na hora do almoço Juliana tinha ido até a Martins Fontes, aquela livraria que fica perto do Mackenzie, e comprado um livro bem divertido, que falava do cocô de uma toupeira, e estava louca para ler para o filho. Chegando em casa, a mãe, que ela não via desde a manhã anterior, perguntou, com um olhar meio maroto, como tinha sido o encontro da noite anterior, e Juliana respondeu que tinha sido tudo bem, resposta que foi dada naquele tom exato que se usa quando o que se quer é desencorajar uma possível continuidade no inquérito. Por que essa obsessão da mãe em vê-la namorando? Mas, passada a barreira do interrogatório, foi ótimo ficar com Stefano, curtir um pouco o garoto, colocá-lo para dormir fazendo cafuné e, depois, ela mesma ir para a cama mais cedo e assistir a um pouquinho de TV antes de capotar.

A quinta-feira, ao longo do dia, também não trouxe surpresas. Pagamento de contas, conversas com fornecedores, confirmações de eventos, e-mails trocados com palestrantes, conversas profissionais, mas nem por isso desagradáveis com Cris e com Clayton, e finalmente a visita, inesperada, mas de maneira alguma desagradável, de uma jovem poeta de Catas Altas, em Minas, xará dela, também Juliana, que gostaria de fazer o lançamento de seu primeiro livro, que ficaria pronto no mês seguinte, no Aldeia. Juliana folheou um maço de papel com alguns dos poemas da garota e se surpreendeu, nossa, eram melhores do que os do editor poeta com quem ela estava saindo. No começo da tarde, aliás, o editor poeta telefonou, querendo saber se eles não poderiam sair à noite, e não, hoje ela não poderia, já tinha compromisso e, apesar de estar completamente sem ânimo para encarar Simone, era ótimo ter uma desculpa verdadeira para dar ao candidato a príncipe encantado.

De modo que, lá estava Juliana, quinta-feira, em ponto, às sete da noite, tocando a campainha na antiga casa de Estevão. Para tentar manter um clima pacífico, levava com ela uma garrafa de um bom vinho tinto português, alentejano, surrupiada, com o devido consentimento, da bem sortida adega do pai.

22. *Estevão*

"Napoleão desceu da colina e se pôs a andar de um lado para outro. De vez em quando parava, escutava os tiros e lançava um olhar para o campo de batalha. Não só do local baixo onde ele estava, não só da colina onde agora estavam alguns de seus generais, mas também das trincheiras onde agora estavam os soldados ora russos, ora franceses, juntos e alternadamente, mortos, feridos e vivos, assustados e desnorteados, era impossível entender o que se passava naquele lugar.
[...]
Os ajudantes de ordens que Napoleão tinha enviado e os ordenanças de seus marechais voltavam a galope do campo de batalha trazendo relatórios sobre o andamento dos combates; mas todos aqueles relatórios eram fictícios: porque no calor da batalha é impossível dizer o que se passa num dado momento [...]"[16]

Liev Tolstói, *Guerra e Paz*, 1869.

Em *Guerra e Paz*, Tolstói escreveu que as batalhas napoleônicas, no século XIX, eram uma bagunça, que durante os combates ninguém entendia direito o que estava acontecendo, e que no fim o resultado favorável, para um lado ou para o outro, era pura

16 Tradução de Rubens Figueiredo.

sorte. É claro que há exagero na afirmação de Tolstói que, afinal de contas, não esteve pessoalmente nas batalhas (suas fontes eram seu avô, Conde Tolstói, que de fato lutou, com as tropas russas, contra Napoleão, além de alguns outros velhos oficiais russos e franceses, que ele chegou a conhecer, e os livros). Se a sorte é ingrediente indispensável na vida de qualquer militar, é justo reconhecer que Napoleão Bonaparte não chegou onde chegou apenas por ser um contumaz sortudo. Para obter sua impressionante sucessão de vitórias militares, o general corso revolucionou os conceitos militares de seu tempo. Apenas para mencionar os mais conhecidos: seus soldados eram mais motivados, melhor treinados e marchavam muito depressa, conseguindo se concentrar em pontos decisivos rapidamente, surpreendendo os inimigos, e minimizando eventuais desvantagens numéricas; a artilharia – a arma original em que Napoleão se formou – era usada de maneira também mais concentrada e eficaz, assim como a cavalaria, que priorizava cavalos bem mais leves e ligeiros do que os usualmente imponentes animais utilizados pelos inimigos, melhores em desfiles do que em batalhas.

Por outro lado, porém, é forçoso admitir que Tolstói tinha alguma razão. As guerras eram lutadas em quilômetros e quilômetros de frentes de batalha, passavam por campos, bosques, aldeias, rios, lagos e montanhas; contavam com dezenas de milhares de combatentes de cada lado (em Borodino, quando Napoleão capturou Moscou, foram 190 mil franceses contra 160 mil russos); era uma época em que ainda não havia, à disposição dos comandantes, telefone, telégrafo, rádio ou visão aérea, e que mesmo os mapas, conforme o lugar em que estivessem lutando, eram frequentemente defasados ou imprecisos. Um general enviava uma ordem a um subordinado por intermédio de mensageiros a cavalo, que às vezes se perdiam, às vezes morriam, baleados, no caminho, e às vezes, quando finalmente conseguiam chegar ao destino, com as ordens, as condições da batalha já haviam se alterado. O melhor exemplo para o ponto de vista de Tolstói talvez seja a batalha de Waterloo, que selou a derrota final de Napoleão frente a Wellington. A luta, que começou nas primeiras horas do dia 18 de junho de 1815, com o custo final de cerca de 65 mil combatentes mortos, se arrastou por um dia inteiro e, até perto do fim, nenhum dos lados sabia se estava ganhando ou perdendo (e, se é para falar de sorte, Waterloo foi uma batalha em que ela não esteve do lado de Napoleão Bonaparte...).

O raciocínio de Tolstói poderia ser estendido perfeitamente a alguns momentos turbulentos da história, como foi o período que resultou na independência brasileira. Os historiadores adoram esquematizar as coisas, de tal maneira que, se seguirmos a "narrativa lógica" dos livros, ficamos convictos que, a partir da vinda de D. João VI e da Família Real, em 1808, a separação de Brasil e Portugal seria uma consequência natural e inevitável. Nada mais enganoso do que isso. Havia, na época, múltiplos interesses em jogo, atores importantes mudavam de lado o tempo todo, e jamais houve qualquer garantia, mesmo às vésperas do sete de setembro, mesmo nos anos imediatamente posteriores, de que um país chamado Brasil sairia, independente e unido, daquele caldeirão. Se mesmo a velha Europa vivia, perplexa, um tempo em que fronteiras eram redesenhadas sem cessar, em que reis eram postos e depostos, em que cabeças privilegiadas eram cortadas, em que ia-se de monarquia à república, daí à monarquia, daí de volta à república, sem ninguém saber quando as coisas se assentariam, aqui no Brasil qualquer coisa poderia ter acontecido. E a mais provável delas talvez fosse que, depois de um bom número de conflitos armados, ocorresse uma eventual independência de províncias, separadamente, num modelo similar ao das nossas vizinhas, as repúblicas latino-americanas de língua espanhola. Pernambuco seria um país, o Pará outro, São Paulo, outro, e assim por diante. Conforme as províncias se unissem, ou não, poderiam ter se formado três repúblicas de língua portuguesa, ou seis, ou dez. Quem saberia dizer?

A criação do Brasil, enfim, não foi um projeto popular, fruto de um sentimento de nação espalhado pelo povo, não envolveu muita gente. Foi, ao contrário, uma obra complexa e duramente costurada por um pequeno número de líderes políticos. Poucos, até porque o número de pessoas aptas a conduzir o processo, num país em que mesmo as elites eram analfabetas, era ínfimo. Na criação do Brasil independente, para relembrar e fazer justiça a Tolstói, o acaso e a sorte não deixaram de ter seu papel, e não foi um papel insignificante, longe disso. Mas, assim como seria bobagem minimizar o papel de Napoleão nas vitórias do exército francês, seria absurdo menosprezar o papel daquela diminuta elite política que, orbitando em volta de D. Pedro I, viabilizou o projeto de um país extenso, independente e unido. Os mais conhecidos artífices desse projeto, para o grande público, são, é claro, o próprio D. Pedro I e José Bonifácio. Mas houve alguns outros, igualmente fundamentais, e entre eles estava Estevão Ribeiro de Resende.

O que você acha que devemos fazer com este trecho, Juliana? Olhe aqui as anotações de Estevão. Numa versão mais antiga, ele colocou este texto bem no começo. Em duas outras, com algumas pequenas modificações, ele trouxe para o meio. Numa delas, ele menciona o Kellermann – aquele mesmo general francês que quase matou o Estevão em Portugal –, dizendo que foi um dos grandes culpados pela derrota de Napoleão em Waterloo, ao ordenar uma carga de cavalaria muito antes da hora que deveria, com resultados catastróficos para os franceses. E, para piorar, eu encontrei esta outra anotação, Ju, num caderno, em que ele simplesmente arranca fora do livro esse trecho. E aí, Ju, o que fazemos? Você sabe, Simone, que, antes de a gente conversar sobre isso, eu já tinha empacado aqui?

E assim elas prosseguiam, ora concordando uma com a outra, ora discordando, uma reclamando por Estevão citar Tolstói, Waterloo, Napoleão e não sei mais o quê, a outra achando que isso tinha a ver sim, que era só questão de ajustar o tom, e as duas se preocupando, o tempo todo, em manter a calma e não ferir os orgulhos (e os egos) uma da outra.

E Simone prosseguia, a verdade, Ju, é que o Estevão adorava o Tolstói, essa coisa de ver o ser humano como um peão que acaba enroscado nas teias do destino, seja o destino macro, como o de uma grande guerra, seja o destino micro, familiar e moral. E ele também adorava aquilo que o Thomas Mann fazia, ele sempre falava disso, que é pegar um atalho e embarcar numa digressão sem qualquer relação direta com a trama, só porque estava a fim de falar daquilo. Nossa, e no *Doutor Fausto*, por exemplo, onde é perfeita a discussão sobre teoria musical, ele sempre repetia que estava totalmente sintonizada com as discussões sobre dodecafonismo, atonalismo, com o que Berg, Schoemberg, Webern & companhia discutiam naqueles anos, que para quem gosta do assunto é muito legal, e por aí afora. Mas eu argumentava com ele que hoje em dia isso não cabe mais, não dá mais pra brincar de Proust, ou de *Jogo da Amarelinha*, ou de Joyce, com aquelas longuíssimas digressões de Molly Bloom, ou mesmo de Pedro Nava, o Nava, que, aliás, escreveu umas páginas das quais nunca me esqueci, são não sei quantas, descrevendo as técnicas que eram usadas no fogão a lenha da casa da avó dele, em Juiz de Fora, os tipo de lenha conforme o que se quisesse cozinhar, para goiabada um tipo, para feijão, outro, para assar leitão, outro, e assim por diante, uma viagem, mas quem vai ler isso, hoje, quem vai se deliciar com isso? As pessoas não têm mais tempo, ninguém quer ler um catatau sem fim, tem muita concorrência da TV, das séries na internet, os livros perderam espaço, mas aí o Estevão contra-argumentava lembrando o Bolaño, que adorava longas digressões, que tinha milhões de fãs atualmente, e eu respondia que o fato de muita gente ter comprado *2666* não significava que muita gente tinha lido, aliás, que na real hoje em dia as pessoas não tinham paciência nem para livros longos, nem para livros com capítulos longos, ou com parágrafos longos, e quem aguentaria, hoje, eu perguntava, ler um daqueles livros do Thomas Bernhard, um único parágrafo do começo ao fim, em fluxo de consciência que deixa o leitor sem fôlego?, e...

... E Juliana respondia, Simone, eu concordo, é muito interessante essa discussão, e enquanto você estava falando eu me lembrei também do Knausgaard, não sei se você leu todos os volumes daquela série dele, *Minha Luta*, são seis no total, acho que dá umas quatro mil páginas, e o cara de repente vai levar os filhos à escola, trinta páginas falando disso, vai amarrar o sapato, mais trinta, entra no mercado para comprar comida, põe umas vinte páginas na pilha... e eu estava lendo, e ficava pensando, e até conversei disso com a Cris, será que as pessoas estão realmente lendo esse livro? Ou será que compram, dão de presente, comentam, mas no fim, na real, não leem? E eu tenho um outro exemplo. Teve uma autora que lançou um livro lá no Aldeia, um livro volumoso, edição linda, capa linda, de quase seiscentas páginas. O título é *Areia de praia negra*, bonito, né? Ele conta a história de uma menina Nagô, princesa, trazida criança do Benin, na África, como escrava, que trabalhou em plantações de tabaco no interior da Bahia, mas que acabou alforriada, foi viver em Salvador, e todos os dias, à tarde, ia para a beira do mar, se sentava no mesmo lugar, acendia um cachimbo e ficava olhando para o horizonte, para a África, para casa, para onde um dia ela iria, pois um barco a iria buscar. Até que um dia ela demorou para voltar para casa, já estava anoitecendo, e as filhas foram atrás dela, e ela estava lá, sentada, voltada para o mar, morta. E então as filhas olharam para o mar, e viram um veleiro, todo branco, tipo saveiro, ou escuna, se afastando da costa, para logo em seguida desaparecer na névoa. É um livro muito bonito, repleto de reflexões e digressões, ela pesquisou muito, o que eu te fiz foi um micro, microrresumo. Tem um certo parentesco temático com aquele do Antônio Olinto, *A Casa da Água*, mas só um pouco. Mas o que eu queria te contar, na real, é que o lançamento foi um sucesso, o Aldeia lotou, saía gente pelo ladrão, vendeu bem, ela tem um monte de amigos, foi ótimo. Mas aí, passaram uns três ou quatro meses e a autora voltou lá no Aldeia, foi assistir a um seminário, e então fui falar com ela, queria saber como estava indo o livro, que eu tinha achado tão bonito, e ela fez um ar de espanto e me perguntou se eu tinha lido mesmo, eu confirmei, aí ela disse que, nesse caso, eu era uma das poucas pessoas que haviam lido, porque, daquele monte de gente que apareceu no lançamento, e que comprou o livro, amigos queridos quase todos, que foram lá para prestigiá-la, quase ninguém tinha lido. Que ela no começo ficou chateada, mas depois se conformou, e que agora estava apenas tentando compreender o fenômeno, sem julgar ninguém. Acho que o tamanho do livro assustou as pessoas, ela disse. Caramba, eu respondi. Ninguém mais lê, ela insistiu, só encaram se o livro for bem curtinho, romance de cento e poucas páginas, ninguém tem tempo, e não é só tempo físico, é emocional mesmo, ela continuou, ninguém consegue ficar concentrado em uma coisa só, especialmente leitura, por mais do que alguns minutos... E o pior é que acho que ela tem razão, que mesmo quando as pessoas compram romances grandes, como os do Bolaño que você falou, ou aquele outro que fez barulho há pouco tempo, do David Foster Wallace, que comecei a ler, achei chatíssimo e não terminei, ou aquele do Marlon James sobre o atentado contra o Bob Marley, que eu li e gostei bastante, eu acho que as pessoas até compram o livro, comentam, elogiam, mas ler mesmo, que é bom, não leem.

Ai, Ju, era Simone respondendo, será que a coisa está mesmo nesse ponto? Será? Mas vamos seguir, afinal o Estevão acabou não nos deixando tantas digressões assim, não é mesmo? Este livro vai ficar com quantas páginas, no fim, com umas duzentas, duzentas e poucas? Não tenho muita noção disso, sei que também depende do projeto gráfico, mas, comparando com os originais de *Tamarindo* e de *Todos os Santos* e com o tamanho com o qual eles foram publicados, acredito que *Estevão* não chegará nem perto das trezentas páginas, com certeza. E até umas duzentas e poucas acho que é palatável para os leitores de hoje em dia, você não concorda, Ju?

É, Simone, talvez o livro não fique mesmo tão grande e ele não tenha deixado tantas digressões assim; nada, pelo menos, muito pesado ou muito extenso. Mas que ele deixou uns verbetes de enciclopédia e outras coisas no mínimo complicadas, isso ele deixou, né?, Olha só este outro trecho aqui, que eu tinha separado e sobre o qual precisaremos decidir algumas coisas, vamos dar uma lida juntas e em seguida você me fala o que achou e se concorda com o que vou dizer:

> Quando, e por qual motivo, surgiu o conflito entre José Bonifácio e Estevão? Os dois foram aliados e estiveram do mesmo lado por um bom tempo. Foram colegas no Apostolado, a sociedade secreta liderada pelo Andrada. E, quando Estevão acompanhou D. Pedro a Minas, fez isso com o apoio explícito de José Bonifácio. Talvez o primeiro estremecimento tenha nascido em São Paulo, alguns anos antes, quando Estevão se aliou aos rebel-

des da chamada Bernarda, se opondo a Martim Francisco, o notoriamente intratável irmão de José Bonifácio, que então dirigia a província. Mas penso que o principal motivo se encontra na personalidade do "patriarca". Fala-se muito dele como um arauto da independência, e bem menos que ele era, notoriamente, o maior cientista de Portugal nos anos anteriores à invasão napoleônica. Havia sido professor em Coimbra, dirigia a Academia de Ciências de Lisboa e se correspondia com os principais cérebros da Europa daqueles anos, a começar pelo maior deles, Alexander von Humboldt. Passara anos viajando pela Europa, em estudos patrocinados pela Coroa (junto com o futuro Intendente Câmara), conhecia geologia e zootecnia como nenhum outro português de seu tempo. Por outro lado, era notoriamente vaidoso, egocêntrico e autoritário. Se sentia infinitamente melhor e mais preparado do que seus compatriotas. E não tinha um espírito particularmente democrático: defendeu um modelo de governo absolutista para o Brasil, com D. Pedro na figura de líder, basicamente porque não respeitava a capacidade dos brasileiros de escolher governos e, principalmente, porque acreditava que poderia manipular, com facilidade, o jovem príncipe.

Estevão, por outro lado, bem mais moço do que José Bonifácio, ainda que formado em Coimbra, juiz respeitado, fluente em latim, italiano e francês, e com manifestos interesses educacionais e científicos (foi, por exemplo, membro honorário da Sociedade de Agricultura da Suécia; do Instituto Histórico e Geográfico; da Sociedade de Educação Liberal; da Sociedade pela Instrução Gratuita; da Biblioteca Fluminense; da Sociedade Auxiliadora da Indústria Nacional, entre outras), não pode ser comparado ao Patriarca em seu calibre intelectual. Mas, e talvez até por isso, Estevão não acreditava que poderia vir a ser José Bonifácio, ou qualquer outro indivíduo, além de D. Pedro, o líder do projeto de criação da nova nação.

De um modo ou de outro, a rivalidade entre Estevão e José Bonifácio nos leva à questão de quão diminuto foi o círculo de cidadãos que criou o Brasil. Trinta, quarenta pessoas, no máximo? Por que tão pouca gente? Por um lado, a elite intelectual (que naquele contexto em geral se confundia com a elite política e a elite cultural) era pequena (não havia faculdades aqui e, até 1808, nem mesmo gráficas eram permitidas, uma notável desvantagem brasileira com relação às colônias espanholas, que, por exemplo, desde 1551, México e Peru, já tinham universidades) e razoavelmente homogênea (quem estudou fora, o fez em Coimbra, e quase todos viviam de fazendas de açúcar, café ou tabaco movidas a trabalho escravo). Os cem deputados presentes na Assembleia Constituinte de 1823 precisaram receber, em média, cerca de duzentos votos para serem eleitos, o que significa, numa conta simples, que havia aproximadamente 20 mil eleitores em todo o Brasil. Quantos desses eleitores eram alfabetizados? Se havia divergências dentro dessa diminuta elite, e havia, tanto que a Assembleia acabou dissolvida por D. Pedro, elas eram muito mais de grau do que de essência. O principal ponto de discórdia era até que ponto iria o poder do imperador, ou, posto de outra forma, até que ponto o legislativo poderia interferir na gestão do país. Como os deputados avançaram um pouco além do que D. Pedro (e seu círculo íntimo) consideravam adequado, houve a dissolução. Ou seja, nem mesmo aqueles cem deputados foram, de fato, os criadores do projeto nacional, e sim D. Pedro e sua meia-dúzia de auxiliares diretos.

Membros, os dois, desse tal círculo íntimo de no máximo quarenta pessoas em volta de D. Pedro I, Estevão e José Bonifácio concordavam em quase tudo. Ambos acreditavam que o país era muito imaturo para a democracia; que a única maneira de manter a unidade nacional era com a monarquia e a figura catalizadora do rei; que a única maneira de manter a ordem era com a concentração de poder em D. Pedro; ambos eram contra a escravidão, mas viam-na como um mal necessário, que não poderia ser abolido no curto prazo, sob a pena de se perder o apoio dos fazendeiros e traficantes, que eram, afinal de contas, os grandes sustentáculos da independência e da monarquia. Dito isso, voltemos à rivalidade entre Estevão e José Bonifácio que, como vimos, não era baseada em visões conflitantes a respeito do País. Era, sim, baseada em como o processo deveria ser conduzido. Estevão via o príncipe à frente, e a si mesmo como um auxiliar dileto e atuante. Enquanto, por outro lado, José Bonifácio se via como o verdadeiro líder do processo, e o príncipe, como um rapazinho genioso, mas ingênuo, a ser orientado e manipulado, como se faz com uma criança. O plano de Estevão Ribeiro de Resende era ajudar o príncipe, não manipulá-lo. José Bonifácio de Andrada e Silva, do alto de seu grande prestígio acadêmico internacional (e de um ego de dimensões infinitas), não conseguia pensar assim tão modestamente. Mas D. Pedro, ainda que inexperiente, não tinha nada de bobo, e aprendia rápido. Ele leu com clareza a situação, enxergando, no Andrada, uma perigosa vocação para Richelieu ou Pombal, tanto que, num determinado momento, achou que seria boa ideia prender e exilar José Bonifácio e seus irmãos Martim Francisco e Antônio Carlos. E nessa hora, para executar a tarefa, chamou o mais confiável de seus assessores, Estevão Ribeiro de Resende. Da mesma maneira, quando foi obrigado a partir para o exílio, ele convocaria o já idoso José Bonifácio para ser o tutor do príncipe Pedro II. (*Exílio* não é bem a palavra exata, pois, uma vez na Europa, o ex-imperador do Brasil, agora com os títulos de Duque de Bragança e D. Pedro IV, não perderia tempo em montar um exército para enfrentar e derrotar seu irmão Miguel, usurpador do trono português, a fim de recolocar, no lugar, a filha Maria.)

O lado bom de o projeto nacional ter sido elaborado, e implantado, por tão pouca gente, é que ele nasceu razoavelmente sólido e coeso, de maneira que, poucos anos após a independência, ninguém mais questionava a ideia de uma "nação brasileira", com língua comum, moeda, hino, leis, forças armadas e mesmo fronteiras razoavelmente estabelecidas (com exceção da província Cisplatina, que foi perdida e é hoje o Uruguai, e do Acre, adquirido da Bolívia mais tarde, as fronteiras brasileiras são, hoje, essencialmente as que eram sob a administração de D. Pedro I). O lado ruim de terem sido poucos os artífices do projeto nacional foi que, por outro lado, o País, criado como foi, nasceu com uma indelével marca conservadora, escravista e retrógrada, que gerou uma nação que jamais prezou conceitos como educação e cidadania, na qual as decisões costumam ser tomadas em gabinetes e a democracia tem muita dificuldade em dar frutos e se firmar, com um DNA conservador fortíssimo, do qual o país jamais conseguiu se libertar, e tenho sérias dúvidas se, e quando, conseguirá.

E as discussões continuavam. Uma elogiava, a outra criticava, havia reservas, não sei se estou concordando com você nisso, mas é verdade, você está totalmente certa quanto aquele outro ponto... Uma falava que um determinado trecho estava parecendo verbete de enciclopédia, a outra considerava a afirmação absurda e exagerada, uma dizia que Estevão era por demais condescendente com as elites escravistas, a outra achava que ele tentava escapar de anacronismos, uma acusava o livro de sofrer de dupla personalidade, de hesitar entre ficção e história, e que era isso o que tinha atrapalhado Estevão, a outra contestava, dizendo que a ideia era essa, que o projeto era esse, e de fato era difícil, mas que a outra ia ver só, quando *Estevão* ficasse pronto, como seria um belo livro.

Às vezes riam, às vezes se exaltavam um pouco, e assim elas iam, mas sempre, desde aquela desastrada primeira noite, tomando o maior cuidado do mundo para manterem as respectivas agressividades presas às coleiras, para não subir demais o tom e evitar, assim, ofenderem-se uma à outra. E a verdade é que estavam trabalhando duro, dando tudo de si, e as duas concordavam, mais otimistas do que pessimistas, que todo aquele esforço estava valendo a pena.

23. *Estevão*

"De 1828 em diante, dedicou-se o Conde de Valença a acompanhar a marcha dos negócios públicos, habilitando-se a dar o seu voto consciencioso e refletido de representante da nação no Senado, não tomando parte na luta então travada entre o governo e a oposição, especialmente na Câmara dos deputados. À sua imparcialidade e criterioso proceder deveu-se ele não estar comprometido com a política que, se não provocou, concorreu com o movimento de 7 de abril [a abdicação de D. Pedro I] e, depois da abdicação, consideração e influência bastante para conciliar [...] os verdadeiros interesses nacionais e os princípios conservadores."

Estevão de Souza Resende, barão de Resende, em ensaio biográfico sobre o pai, o marquês de Valença, São Paulo, 1922.

Às terças e quintas à noite Simone e Juliana trabalhavam juntas, e nos outros dias, sempre que dava, iam encaixando, nas respectivas rotinas, as lições de casa que cada uma levava consigo. Simone em geral trabalhava no livro à noite, muitas vezes até bem tarde, e também nos fins de semana. Juliana, do seu lado, ia tentando se virar como dava, nas horas livres. Entre as demandas de Stefano, as cobranças da mãe e os convites do editor poeta, procurava encaixar os trabalhos ao longo dos dias, dentro do Aldeia. Ela não conseguia, obviamente, produzir tanto quanto Simone, mas, de um jeito ou de outro, as coisas avançavam.

Espremida entre o verde do Tejo e o azul do céu, Lisboa pouco a pouco desaparecia no horizonte. Eram quase quatro da tarde de um dia ensolarado. Ventos favoráveis conduziam com suavidade o brigue *Voador* em direção ao mar. Do tombadilho, Estevão via diminuir de tamanho os últimos sinais visíveis da cidade, do convento dos Jerônimos e da Torre de Belém. Ainda não sabia, mas não voltaria mais a Portugal, onde vivera por treze anos (com uma breve visita ao Brasil, em 1801, quando morreu o pai). Naquele momento, Portugal estava novamente livre – ainda que sob um "protetorado britânico –, mas eram cada vez mais fortes os boatos de que uma nova invasão francesa estava prestes a acontecer, desta vez sob o comando de oficiais mais graduados, os experientes marechais André Masséna e Michel Ney. Junot e Kellermann, especulava-se, estariam de volta entre os generais invasores. Diante de tais perspectivas, Estevão, bem conhecido deste último, sabia que não podia dar-se ao luxo de permanecer.

Ele estava aliviado por voltar para casa, mas também magoado e preocupado. Uma campanha de difamação vinha sendo feita contra o ex-juiz de Palmela, com a acusação de que havia compactuado com os invasores, enquanto outros mais corajosos e valorosos brasileiros, como José Bonifácio, líder da Brigada dos Estudantes, de Coimbra, haviam pegado em armas e enfrentado, em arriscadas ações guerrilheiras, os soldados de Junot. Estevão, muito a contragosto, e injustamente, estava sendo colocado, por seus detratores, ao lado dos colaboracionistas portugueses, algo que ele jamais foi, ao contrário de boa parte da aristocracia lusitana. Querem dizer então, ele pensava, que eu não corri riscos? Que não escapei por pouco de ser fuzilado pelos franceses? Que não fiquei por intermináveis minutos, de pé, diante de um general Junot de feição indecifrável, esperando por um veredito que, tudo indicava, seria a condenação à morte? Que não tive que rastejar e me esconder, à noite, pelo meio do mato, como um lagarto, para fugir dos soldados da cavalaria de Kellermann? Que a maneira como atuei, buscando negociar e conversar, a fim de manter a paz, as propriedades e a segurança dos cidadãos de Palmela, além dos riscos ao esconder o dinheiro dos órfãos, tudo isso, enfim, de nada valeu?

A indignação de Estevão não era infundada, nem era sem causa seu temor quanto ao futuro, diante da imprevisível atitude que o governo do Rio de Janeiro adotaria com relação a ele. E ainda está para ser escrita a história do colaboracionismo português com relação aos invasores franceses, atitude com a qual ele jamais compactuou. Como era praxe quando as tropas de Napoleão chegavam, havia a tentativa de cooptar os povos invadidos com a ideia de direitos republicanos, modernidade, cidadania etc. Assim que entrou em Lisboa, Junot proclamou que ninguém deveria temer os franceses, que as propriedades seriam preservadas (com exceção das pertencentes aos que haviam fugido, com a Família Real, para o Brasil). Os soldados, por exemplo, eram proibidos de frequentar tabernas depois das sete horas da noite, a fim de evitar confusões e confrontos. Além dos acenos simpáticos aos ricos da terra, havia a ideia de que Napoleão, então no auge de seu prestígio, parecia, a quase todas as pessoas na Europa daqueles dias, invencível. Era normal, portanto, que muitos portugueses se sentissem seduzidos em trocar a velha, carola e decadente monarquia dos Bragança por um regime mais moderno, moderado e constitucional, derivado, afinal de contas, da Revolução Francesa. O fato é que boa parte da elite portuguesa abraçou entusiasticamente os franceses, e só começou a abandoná-los e se tornar "patriota" novamente, tratando de apagar rapidamente das biografias a simpatia recente pelos invasores quando, alguns meses depois, os ingleses preparavam um desembarque e a ocupação, além do mais sabotada por populares, começava a fazer água (ao contrário de nobres e burgueses, a população mais pobre permaneceu fiel à monarquia portuguesa, jamais aderindo aos franceses). Uma possível adesão às tropas napoleônicas, contudo, nem de longe ocorreu a Estevão, que tinha a família no Brasil, mantinha-se fiel aos Bragança e procurava apenas, em nome dos interesses da população de Palmela, manter uma boa relação com os invasores. Mas tempos como aquele são extremamente oportunos para a caça às bruxas, para que desafetos procurem se vingar por eventuais ofensas ou decisões jurídicas, e as acusações contra Estevão tinham exatamente esse objetivo.

Tudo aquilo, porém, estava ficando para trás. Estevão enviara, antes de partir, uma carta a D. João VI, no Rio de Janeiro, explicando por que agiu da maneira como agiu e por que se viu obrigado, no fim, a abandonar seu posto. Se o príncipe regente o considerasse culpado, sua vida pública estaria encerrada ali, logo no começo, e, se a punição não chegasse ao extremo de uma condenação à morte ou mesmo à prisão, ele iria viver em Minas Gerais, perto da mãe e dos irmãos, das rendas que herdara do pai (e que não eram poucas). Se fosse inocentado, porém, permaneceria a serviço de Sua Alteza Real, disponível para quaisquer novas incumbências que viesse a receber no futuro.

O sol de inverno, fraco, já desaparecia no mar, a estibordo, quando Estevão via agora, do lado esquerdo do brigue, erguendo--se, imponente, no alto de um paredão de rocha, o farol do cabo Espichel. Ele sabia que, alguns poucos quilômetros além, estavam a vila de Sesimbra, a serra da Arrábida e, enfim, Palmela. Teria saudades. Das pessoas, do bom vinho alentejano, das mulheres que secretamente namorara. Sim, fora feliz ali, em seu primeiro

> cargo público, apreciado por alguns, temido por outros, respeitado por todos, até que os soldados franceses e espanhóis surgiram, marchando, lá longe, no horizonte, levantando poeira do chão. Que rumo teria tomado sua vida, sem o acaso da invasão francesa? Teria ficado em Portugal para sempre, será?
>
> Estava bem frio, agora. Estevão encolheu-se dentro de seu sobretudo, apertou o cachecol em volta do pescoço e o chapéu contra a cabeça, mas não queria deixar o convés. A terra portuguesa desaparecia, junto com o dia, no horizonte, e ele não tinha vontade de perder nenhum instante daquele momento.

"Não tinha vontade de perder nenhum instante daquele momento." Bonito este trecho, você não acha, Ju? Lindo, Simone, lindo. Se o livro tivesse sido escrito inteirinho nesse tom, nosso trabalho agora seria muito mais fácil. Só que, pensando bem, se o livro tivesse sido todo escrito nesse tom, nós nem estaríamos aqui agora, porque Estevão teria terminado há muito tempo, né? O pior é que você tem razão. Talvez, Simone, veja o que você acha, a gente devesse se concentrar em selecionar esses pedaços mais bonitos primeiro, e depois a gente ia pegando os menos bonitos para fazer as ligações, e por fim, se ficassem buracos, e acho que ficarão, a gente pegava os piores, mas abordava desse jeito... Boa ideia, Ju, em vez de pegar em ordem cronológica, como eu vinha fazendo, a gente prioriza a beleza, seja lá em que ponto do livro ela esteja, certo? Isso, Simone, será que pode dar certo? Pode sim, é uma boa ideia, de repente funciona, vamos tentar, Ju. E quer saber o que eu pensei, também, Simone? Eu estive refletindo sobre umas coisas aqui. Há algumas pessoas que são recorrentes na biografia do Estevão Ribeiro de Resende, que tiveram, de um jeito ou de outro, grande importância na vida dele. Acho que devíamos mapear isso nos originais, e tentar aprofundar as explicações onde isso couber. Como assim, Ju?, explique melhor. Olha, Simone, eu comecei a fazer essas anotações para ajudar a me situar em meio aos personagens coadjuvantes e acabei chegando a este esquema aqui, que vou te mostrar.

1. Coronel Severino Ribeiro, o pai. De uma família nobre de Lisboa, emigrou para Minas Gerais após a descoberta do ouro, com o propósito de aumentar o patrimônio, mas já tinha posses ao chegar. Deixou amigos influentes em Portugal, que ajudariam Estevão a escapar dos franceses. Colocou-se a serviço da Coroa na época da eclosão da Inconfidência, vestindo e armando, do próprio bolso, uma tropa, que levou inconfidentes presos de Minas para o Rio. Entre os presos, um cunhado. Como agradecimento, D, João VI deu (entre outras coisas) a concessão vitalícia de um cartório, em São João Del Rei, para o filho Estevão, então ainda uma criança.

2. General Junot. Personagem histórico importante do exército napoleônico. Relação com Estevão: foi incumbido de julgá-lo e por pouco não mandou que o fuzilassem. Parece que era bem instável emocionalmente, o que mais do que justifica o temor de Estevão de ser condenado à morte por ele. Teve atuação destacada na Campanha da Rússia, e depois, em 1823, quando ocupava o cargo de governador da Ilíria (região que mais ou menos correspondente a partes das atuais Áustria, Croácia e Albânia), se suicidou.

3. General Kellermann. Personagem histórico importante do exército napoleônico. Teve vida longa, sobrevivendo a Waterloo, onde, pelo que consta, foi desastrado e contribuiu para a derrota de Napoleão. E continuou no exército francês mesmo após o exílio do ex-chefe.

4. D. Pedro I. Estevão se tornou uma espécie de pau para toda obra do príncipe, depois imperador. Foi devidamente recompensado. O quanto eles conversavam? Sobre o quê? O quanto Estevão terá servido de confidente e conselheiro ao jovem governante? O livro não esclarece isso.

5. D. Pedro II. Estevão, muito mais velho, não foi íntimo do herdeiro do trono brasileiro, mas seus serviços à Coroa, mais do que relevantes, foram devidamente reconhecidos e recompensados. Tem até um pedaço do livro que conta que Estevão foi o nobre brasileiro que teve mais filhos nobilitados. Pois eram seus filhos os barões de Lorena, de Resende, de Valença e Barão Geraldo, isso sem falar em uma das filhas, Francisca, que se casou com um nobre francês e se tornou Marquesa de Palarin e Condessa de Cambolas.

6. José Bonifácio. Amigo a princípio, inimigo depois. O livro fala da inimizade dos dois, dá alguns palpites, mas, na verdade, não explica muito bem como, por que e quando aconteceu o rompimento, apenas sugere ter a ver com a política interna de São Paulo.

7. Brigadeiro Luís Antônio. O bilhete de loteria de Estevão. Ficar amigo do homem mais rico e poderoso de São Paulo, e se casar com a filha dele, transformaram-no de homem com algum poder e rico em homem com muito poder e muitíssimo rico.

8. Nicolau Vergueiro. Membro do círculo paulista do Brigadeiro. Entrou para a história como o pioneiro na introdução do trabalho livre no Brasil. O quanto isso foi influência de Estevão? Afinal, este trouxe de Portugal o medo da revolução haitiana. E como foi que essa questão se tornou importante para

Estevão? Isso aconteceu em Portugal, claro, mas o livro não explica: ficamos sabendo que Leclerc, o general de Napoleão que morreu no Haiti, era bem próximo a Junot, mas seguramente não foi de Junot, com quem só teve contato quando foi julgado por este, que Estevão ouviu as histórias de terror caribenhas. E depois, no Brasil, como foi que as coisas de fato aconteceram? Como foi exatamente que Vergueiro e Estevão se tornaram amigos e sócios? Precisamos vasculhar os arquivos de Estevão para saber se ele explica melhor esta questão. Até agora, não vi nada que possa nos ajudar nesse sentido.

9. Intendente Câmara. Uma das figuras mais interessantes do livro, Estevão pensou em escrever uma biografia dele. Foi o líder da viagem científica de dez anos pela Europa, com a companhia de José Bonifácio e de um colega português de Coimbra. Pesquisei um pouco sobre o Intendente, mas não encontrei quase nada. Só encontrei um livro sobre o sujeito, de Marcos Carneiro de Mendonça, há muito fora de catálogo, que, acredito, deve ter na biblioteca do Estevão. Pelo que li até agora, o que consegui descobrir sobre Câmara é o seguinte:

    a. Era muito culto, talvez a pessoa mais ilustrada do Brasil daqueles anos, rivalizando com José Bonifácio. Câmara conhecia mineralogia e siderurgia como ninguém, tanto em Portugal quanto no Brasil.

    b. Foi o verdadeiro criador da primeira usina siderúrgica, ou, como eles diziam, fábrica de ferro, no Brasil.

    c. Por muito tempo, foi um dos amigos mais próximos de José Bonifácio, afinal haviam sido colegas de turma em Coimbra, compartilhavam interesses científicos e viajaram por dez anos, juntos, pela Europa, mas, aparentemente, ele foi abandonado por José Bonifácio quando os ventos da política sopraram desfavoráveis.

d. Teve uma passagem marcante por Diamantina, despertando ódio de uns, admiração de outros. O cargo de Intendente de Diamantes era de altíssimo status, na prática equivalente ao de um governador, pois o Intendente era quase um vice-rei da Demarcação Diamantina, completamente autônomo com relação ao governo de Vila Rica, respondendo diretamente ao Rio de Janeiro (e, antes da chegada da Família Real, a Lisboa). Pelo que li, a atual aparência de Diamantina, de um ponto de vista urbanístico, é quase que inteiramente fruto do trabalho dele. Por outro lado, parece ter sido um administrador duro contra seus adversários e particularmente cruel contra escravos fugitivos, garimpeiros ilegais e contrabandistas (entre os quais, como sempre, havia muita gente da elite). E, além disso, consta que era caótico na administração das finanças públicas, que havia muita reclamação quanto a atrasos de pagamentos a fornecedores por parte da Intendência etc.

e. Mas como foi, na realidade, o relacionamento de Câmara com Estevão? O livro sugere que Estevão foi enviado a Diamantina para, mais do que fiscalizar o contrabando de diamantes, fiscalizar o Intendente. Só que, pelo que o livro indica, eles ficaram amigos. Não só isso: percebe-se que, após a passagem por Diamantina, os interesses de Estevão pela ciência cresceram enormemente. Coincidência? O livro sugere que não, e acho que devemos enfatizar os trechos que vão nesta direção.

Nossa, Ju, achei muito boa essa esquematizada que você deu para os, como você disse, coadjuvantes. Às vezes, a gente esquematizar umas coisas pode ajudar bastante, né? Você tem toda razão. Esses nomes aparecem o tempo todo no livro, é superimportante que a gente tenha bem claro quem são, o que fizeram, e de que maneira influenciaram na vida de Estevão, que é, claro, o protagonista. Estevão, o nosso, me falou muitas vezes desse Intendente Câmara. Ele me disse, como disse a você, pelo que você me contou, que ele pensou no Intendente como um candidato a receber uma biografia. Até acho que, se não tivesse morrido tão cedo, ele acabaria escrevendo uma. No levantamento inicial dos trechos que eu fiz, encontrei mais de uma menção, algumas relativamente longas, dedicadas a ele. Vamos prestar atenção nisso. E, fora o Intendente, vamos prestar atenção no seu esquema quando examinarmos os trechos em que os outros nomes aparecem. Junot, Kellerman, D. Pedro I e II, José Bonifácio, o Brigadeiro Luís Antônio e o Vergueiro, certo?

Que metida essa Juliana! Pois então ela acredita que descobriu a pólvora? Precisa fazer esquema, diagrama, desenhar, para saber que estas pessoas foram importantes na história? Que ela usasse isso para ela mesma, pra entender as coisas, tudo bem, mas vem mostrar para mim como se isso me ajudasse, como se para mim todos esses nomes já não estivessem mais do que familiares? Inclusive o do Intendente. Pois eu não caminhava por Diamantina, há poucos dias, reparando nas obras dele, nos sistemas de captação de água, nas ruas que ele mandou calçar com pé-de-moleque? Eita menininha metida, tem muito o que crescer e aprender, essa Juliana, mas vamos em frente.

Ju, querida, aceita mais um pouco de vinho? Aliás, que delícia este vinho, Juliana do céu, nossa, fazia tempo que eu não bebia um tão gostoso. Sim, por favor, Simone, pode completar minha taça, é gostoso mesmo, né?, agradeçamos ao meu pai, que gentilmente permitiu que eu pegasse uma garrafa de sua amada adega, e ainda escolheu para mim. Disse que era de uma quinta do Alentejo, pequena e muito caprichosa. E que não sei que parte do processo de fabricação, ou fermentação, ele falou a palavra "talha", sei lá, não entendo disso, mas enfim, que uma parte do processo de produção ainda seguia a antiga técnica do tempo do Império Romano, que só algumas quintas do Alentejo, no mundo, ainda fazem assim. Sei lá, não sei bem o que isso quer dizer e nem se é verdade, o que importa é que o vinho é gostoso, né? E, fora isso, com o tamanho da trabalheira com a qual estamos lidando, acho que sem um bom vinhozinho não ia dar, né? É, fico feliz com o vinho, Ju, mas e a sua dieta? Amanhã volto a ela, Simone, pode deixar.

E assim elas prosseguiram, lendo, analisando e discutindo os textos. O clima entre as duas estava bem melhor, em parte certamente por causa do vinho, em parte porque ambas queriam muito que o trabalho fluísse bem, que fosse possível manter a parceria e, em um momento que não estivesse muito longe no horizonte, concluir o livro. Jonas também ajudou, pois estava de bom humor e fez a parte dele, inúmeras vezes se aproximando de Juliana, ronronando, pedindo e recebendo cafunés.

Quando fizeram uma pausa, Juliana quis saber mais sobre *Todos os Santos*. Ela não tinha lido esse livro, e perguntou a Simone se havia algum exemplar sobrando por ali. Claro, tem sim, Ju. Esse livro repercutiu muito pouco, quase nada, quando foi lançado, mas deu uma reagida depois que a série baseada no *Tamarindo* foi ao ar. Mas o Estevão tinha um monte de exemplares da primeira edição encaixotados na garagem. Eu trouxe alguns para cá, estão ali, deixe eu pegar um para você. Simone se levantou e Juliana foi atrás. A primeira, vendo que a outra a seguia, apontou para duas prateleiras, na estante, e disse, olha, Ju, aqui está a bibliografia que ele usou para *Todos os Santos*. Olha que coisa: fora esses livros do Alberto da Costa e Silva, do Pierre Verger e do Roger Bastide, é quase tudo em inglês, francês e espanhol. Isso foi uma coisa que impressionou o Estevão quando ele começou a estudar o assunto, que era o quanto o Brasil se mantinha distante do tema Haiti, que não havia livros decentes sobre isso, que nossa visão era só baseada em caricaturas e estereótipos. Nossa, Simone, mas o Verger não era aquele fotógrafo francês que vivia na Bahia, o que ele tem a ver com o Haiti? Ah, Ju, não é o Haiti em si, é que o Candomblé baiano é irmão gêmeo do vodu haitiano, e os dois nasceram na Nigéria, e como o Verger estudou isso, porque ele não foi só fotógrafo, foi um baita de um estudioso, além de pai de santo, de modo que o trabalho dele acabou sendo fundamental para o Estevão.

O Estevão chegou a viajar para o Haiti, Simone? Sim, ele foi. Mas não encontrou quase nada lá, de documentos. É muita pobreza, por muitos anos, ele disse, não sobrou quase nada. Mas ele sabia disso antes de ir. É que dizia que não poderia escrever sobre um lugar e um povo sem ter conhecido de perto, sem ter sentido o clima, respirado o ar, e acho que ele tinha razão. Mas o Estevão ficou muito impressionado com as ruínas de Sans Souci, o palácio que um dos generais rebeldes haitianos, Henri Cristophe, que numa certa etapa do processo se fez coroar rei, mandou construir. Eu vi as fotos, é absurdo, é de deixar sem fôlego mesmo. Ele tentava imitar os grandes palácios da Europa, como Versailles e o próprio Sans Souci original, na Prússia. O rei se suicidou depois de ter ficado doente, ele teve um AVC ou algo parecido e, quando o filho de Henri Cristophe, o herdeiro do trono, assumiu, foi imediatamente morto, a golpes de baioneta, nas escadarias que dão acesso ao palácio. Não durou muitos anos, enfim, a tentativa haitiana de mimetizar, no Caribe, uma monarquia europeia. Estevão conta tudo isso no livro, é uma história bem interessante, e tem algumas fotos também, que ele tirou, inclusive aqui, olha, nesta página aqui, uma foto do palácio.

Depois que acabou a monarquia, o palácio teve vários usos, mas acabou abandonado, e no fim foi destruído por um terremoto em mil oitocentos e quarenta e poucos, e jamais foi restaurado. Eu queria muito conhecer as ruínas, deve ser uma sensação incrível andar por ali, e o Estevão sempre me disse que um dia me levaria lá, mas isso acabou não rolando, infelizmente. De repente, um dia, ainda viajo até lá. Quem sabe? E para escrever esse livro ele usou mais bibliografia mesmo, teve pouca pesquisa original, foi mais sistematização. Mas alguma coisa eu me lembro que ele conseguiu na França, com a ajuda de um colega dele que estava fazendo pós em Paris, e que fotografou alguns documentos. Ele gostou do resultado, e eu também. Acho que ficou um livro bem interessante, e fácil de ler.

Olha, pegue aqui, pode levar este exemplar. É seu. Obrigada, Simone, estou supercuriosa para ler. Qual a relação que você disse que tinha com este no qual estamos trabalhando? Basicamente, o medo. Estevão achava que o maior peso na questão abolicionista aqui no Brasil, na época da Independência, era o medo, por causa do Haiti, e que o Estevão, o nosso personagem, foi em parte responsável por isso, pois conviveu com oficiais franceses, em Portugal, dos quais alguns eram muito próximos de oficiais franceses enviados para combater no Haiti e que acabaram morrendo por lá, incluindo, em 1802, o general Charles Leclerc, de altíssima patente, que era cunhado de Napoleão, companheiro de armas e amigo, de muitos anos, de Junot. Não que Estevão tenha conversado disso com Junot, claro, jamais houve qualquer intimidade, o único contato dos dois foi no dia do julgamento, em que o Estevão escapou por pouco de ser fuzilado, mas ele conviveu com muitos oficiais de menor patente, como brigadeiros, coronéis, majores etc. E o Estevão dizia sempre que a gente não consegue ter a dimensão, hoje, do pânico que a revolução haitiana provocou em todo o continente americano, especialmente no sul dos Estados Unidos, no Caribe e, claro, no Brasil, que era, de longe, o maior importador de escravos africanos. Foi isso, basicamente, Ju. Lendo os documentos de Estevão Ribeiro de Resende o Estevão acordou para a questão haitiana. Viu que a bibliografia no Brasil era paupérrima e resolveu fazer alguma coisa. Enfim, leve pra casa, leia quando puder e depois me diga o que achou, veja se você concorda com a minha opinião.

Naquela quinta-feira elas acabaram embalando e foi com surpresa que, a certa altura, Juliana pegou o celular e viu que já passava de meia-noite. Nossa, Simone, você viu que horas são? Amanhã é sexta, tenho muito trabalho, teremos evento lá no Aldeia, preciso dormir, se não, não vou aguentar o tranco. Poxa, Ju, é mesmo, amanhã vai ser dureza pra mim também, ainda estou tirando o atraso da viagem, a gente embalou aqui e eu nem reparei na hora.

Na porta, enquanto esperavam o táxi que levaria Juliana embora, as duas ainda conversaram um pouco. Você acha que avançamos, Ju? Olha, Simone, eu acho que avançar, avançamos. Só não sei se na direção correta. É isso mesmo, Juliana, concordo. Eu queria, mas a verdade, para ser bem sincera, é que não me sinto muito animada. É como você disse, dá um pouco a sensação de que caminhamos centenas de quilômetros, só que sem saber se estamos indo no rumo certo. Pior, com uma certa sensação de que nem mesmo existe uma direção certa, única, definitiva. Ah, o táxi chegou. Na terça, então? Isso, se não ocorrer nenhum imprevisto, na terça. Confirmamos na terça mesmo, de manhã, ok? Combinado, querida. Bom fim de semana, beijo, beijo, tchau.

24. Simone

"[...]
Quando eu tinha dezesseis anos, você se foi,
Foi para a longínqua Ku-to-Yen, junto ao rio dos
rodamoinhos,
E ficou fora por cinco meses.
Os macacos fazem, lá no alto, um triste som.
Você arrastou seus pés quando se foi.
No portão, agora, o musgo cresceu, os diferentes musgos,
Profundos demais para que possam ser arrancados.
[...]
Fui envelhecendo,
Mas se você estiver vindo, atravessando as estreitas
encostas do rio Kiang,
Por favor, deixe-me saber de antemão,
E eu sairei para encontrá-lo,
Irei até mesmo a Cho-fu-Sa."[17]

Ezra Pound, "The River-Merchant's Wife: a Letter", versão de poema de Rihaku/Li Po (701-762), em *Cathay*, 1915.

Aquela já longínqua primeira reunião com Juliana havia sido, sem meias palavras, uma tragédia. Mas, como uma e outra parecem ter posto a mão nas respectivas consciências, as coisas

---

17 Tradução do Autor.

evoluíram bastante e as reuniões seguintes, apesar dos pesares, pensava Simone, tinham sido até que bastante boas. Depois da noite inaugural de trabalho, ela, particularmente, se esforçara muito para remendar a situação, e pôde perceber em Juliana exatamente o mesmo espírito conciliatório. Tanto que esta até mesmo levou um bom vinho para o segundo encontro. A reunião se prolongou, elas falaram de outros assuntos, de literatura, do Haiti, riram, até mesmo quase se abriram uma com a outra. E, poxa, Juliana chegou ao ponto de pedir um exemplar de *Todos os Santos* e olhou com interesse a estante com a bibliografia que Estevão utilizou para escrever o livro, fazendo perguntas, comentando...

Enfim, a conclusão não poderia ser outra: no saldo final, o encontro foi mais do que positivo. A verdade, pensava Simone, é que Juliana não era nada fácil, nem um pouquinho. Com aquele jeitinho delicado, de fala mansa, fofa, a moça era mimada, metida e sabia dar espetadas que doíam de verdade. Na primeira noite ela saiu, de cara, desmontando tudo o que Simone havia feito no livro, assim, sem mais nem menos, como se as decisões tivessem sido tomadas de maneira displicente, como se o trabalho tivesse sido fácil. Mas depois ela acabou percebendo o tamanho da bucha, tanto que na segunda noite já saíra bem mais desanimada diante das dificuldades e com os prognósticos com relação ao trabalho que tinham diante delas.

Simone não se considerava uma pessoa inflexível e acreditava que lidava bastante bem com críticas. Tanto que, na Long-Play, gerenciava com reconhecida habilidade a coisa mais complicada que existe, que é ego de artista. Mas, ela pensava, para poder criticar a gente tem que saber do que está falando, não dá para ir chegando, dar uma passadinha de olhos e, em menos de cinco minutos, diante de um trabalho que alguém levou meses fazendo, sair julgando, sair dizendo que está uma merda. Sim, ela mesma, na Long Play, tomava um cuidado enorme com isso. Às vezes chegava uma banda, ela percebia que os caras ensaiaram muito, deram duro, que estavam orgulhosos do que fizeram, mas ouvia e percebia uma série de problemas, problemas de arranjo, de escolha dos instrumentos, até de repertório, que muitas vezes podia ser bom em si, mas que não combinava com aqueles músicos. E aí, numa situação dessas, com aqueles egos inchados (e ao mesmo tempo inseguros) na sua frente, o que você faz? Acaba com os caras, demole o que fizeram? Ou age com delicadeza, tentando salvar alguma coisa, tentando ver o que tem de positivo no trabalho deles e fazer sugestões, com muito jeito, para que possam melhorar? Simone preferia ser esse segundo tipo de pessoa. A gente tem que respeitar o trabalho dos outros, ela pensava, mesmo que não gostemos dele.

O problema de Juliana, Simone achava que conseguia ver com clareza, é que ela era ainda muito nova, muito imatura. Vinha segurando uma barra pesada, ultimamente, é verdade. E estava se saindo bem, conseguindo lidar com as variáveis todas, filho pequeno, ex-marido canalha, conflito com sócio – agora ex-sócio – em um negócio claudicante, pai e mãe que, se por um lado apoiavam, por outro cobravam e controlavam. Não, com certeza não devia estar sendo fácil, mas essa fase, esse processo todo faria com certeza com que Juliana crescesse e amadurecesse. Era uma menina bacana, Estevão não era tão ruim assim na hora de escolher as mulheres, ela pensou, rindo. Mas é que o lado adolescente, de menina mimada e metida a besta, ainda vivia ali, debaixo da pele, adormecido, e de vez em quando acordava, feito um vulcão, feito o Vesúvio em Pompeia. E foi isso que aconteceu na primeira reunião de trabalho das duas. Mas aquilo, graças a deus, parecia ter ficado no passado.

Ao longo da sexta-feira, enquanto se desvencilhava de uma encrenca atrás da outra, Simone mal teve tempo de pensar em *Estevão*. Um pouco antes das seis da tarde, porém, quando todo mundo na produtora começou a olhar para os relógios, já com o espírito nas ruas, nos bares e na chegada do fim de semana, afinal, graças a deus, era sexta-feira, o livro foi voltando, pouco a pouco, ao horizonte mental dela. Às seis e pouco as pessoas começaram a ir embora, sem que ninguém a chamasse para uma *happy hour*, afinal ela nunca ia mesmo. Já em casa, depois de cuidar da água e da comida de Jonas, tomar um banho e pedir uma pizza de aliche tamanho individual, ela voltou aos textos. Por um lado, ela pensava, era chato ficar avançando por contra própria além das lições de casa combinadas entre elas, mas, por outro, se fosse limitar-se a trabalhar no livro duas vezes por semana, nos encontros com Juliana, o trabalho jamais chegaria ao fim. E ela seguiria a sugestão da parceira e mudaria a estratégia para as seleções. Priorizaria os trechos mais bonitos, avaliaria quanto conseguiria fazer, e depois pensaria em preencher as lacunas. Quando voltassem a se reunir, na próxima terça-feira, ela esperava já ter avançado bastante dentro dessa nova abordagem.

Simone trabalhou nos textos até umas onze da noite, quando, cansada, decidiu ir para a cama. Ligou a TV do quarto e começou a passear pelos canais. Sem paciência para assistir notícias, procurou algum documentário. No *Discovery* estava passando um programa sobre a vida nas grandes cidades ocidentais na passagem do século XX para o XXI: a mudança de referências, das famílias para a abstração da "sociedade"; a mudança do espaço em que se vive, dos bairros multifacetados para os condomínios monolíticos; a mudança do convívio orgânico entre vizinhos e amigos para a solidão entre quatro paredes disfarçada pela TV, internet e redes sociais. O ponto de partida era o livro de David Riesman, *A mul-*

tidão solitária, de 1950, que, segundo o programa, ainda se mantinha pertinente, embora requeresse atualizações, que é exatamente o que o programa se propunha a fazer. E Simone, que depois da pizza havia estourado uma pipoca de micro-ondas e aberto uma latinha de cerveja, já na cama, com Jonas deitado entre suas pernas, olhou em volta e pensou, nossa, meu deus, que clichê, que clichê a minha vida, eu aqui, sozinha, numa noite de sexta-feira, só eu e esse gato, me desculpe, Jonas, não é nada pessoal, mas eu aqui sozinha e um gato, enfim, assistindo a este programa na TV, um programa sobre solidão. Ela quis desligar, aquilo era deprimente demais. Mas estava sem sono, e achou que não conseguiria mesmo se concentrar em um livro ou em qualquer outra coisa. De modo que foi até o fim.

O sábado amanheceu lindo, o que não foi bom, porque a beleza do dia ajudou a deprimi-la. Queria ligar para alguém, fazer um programa, sair de casa, fazer alguma coisa. O problema é que não havia ninguém. Para quem ligaria? Algum colega na gravadora? Juliana? Algum amigo dos tempos de solteira? Putz, que longe, isso... Algum amigo dos tempos de casada, um pouco mais perto no tempo, mas, ainda assim, com quem não falava – exceto pelo velório de Estevão – há anos? Ligar para alguém depois de anos sem falar, num sábado cedo? Oi, Fulano, estou aqui me afundando em solidão e me lembrei de você... ridículo.

Sem muitas opções diante de si, e como o dia convidava mesmo a ir para fora, resolveu sair de casa. Depois de tomar café, foi à Pinacoteca do Estado, onde passeou pelo acervo e viu uma exposição – fraquíssima, aliás, ela pensou – sobre arte e feminismo. Saindo de lá, foi ao Mercado Central. Fingindo o interesse de quem vai preparar um almoço para muitas pessoas, especulou sobre bacalhaus, linguiças defumadas, azeitonas, tremoços e picles a granel, caixas de vinho, presuntos defumados espanhóis. Experimentou, negociou preços, elogiou, sorriu, ouviu e falou. Depois de conversar em cada box e ficar de voltar depois, acabou saindo de lá sem nada, e foi então até o Ugue's, um bar em Higienópolis que costumava frequentar com Estevão em tempos pré-históricos, que eles chamavam de Coxa's, e aonde não ia há anos. Lá, surpresa, um dos garçons, o Chico, ainda era o mesmo, e se lembrava dela. Puxa, que bom ver você por aqui, e o Estevão, como está? Faleceu? Ah, que coisa, não acredito, como foi isso? atropelado? caramba, que coisa, meus sentimentos... E hoje, não vem mais ninguém com você? Não, hoje sou só eu. Só passei para matar um pouco a saudade daqui. No que faz muito bem, seja bem-vinda, e que a próxima visita não demore tanto tempo para se repetir! Simone então pediu uma cerveja, uma porção de croquetes de carne, famosos ali, que comia com Estevão e que continuavam, milagre, tão bons quanto sempre, e depois, já completamente sem fome, achou que não podia ir embora sem comer um filé à milanesa.

Estava de volta em casa às três e pouco da tarde. O dia continuava ensolarado e, agora, com a tarde principiando a cair, tudo parecia ainda mais deprimente do que de manhã. Ela havia planejado trabalhar em *Estevão*, mas não teve ânimo. Nem mesmo deu muita bola a Jonas, que, assim que ela entrou, veio para perto, ronronando e rebolando. Simone deitou no sofá da sala, tentou ler um livro e, provavelmente sob o efeito das duas cervejas que tomou no Ugue's, cochilou. Quando acordou já estava escuro. Resolveu tomar outro banho, vestiu um pijama, pediu uma pizza (de novo, porção individual), a qual, quando chegou, foi comida no sofá, diante da TV. Ela então pensou que não aguentaria passar um domingo igual ao que tinha sido o sábado. A vida precisava mudar, de algum modo precisava, ela não sabia bem como, mas sabia que do jeito que estava não dava para ficar, e que a mudança era urgente.

No domingo cedo, outro dia deprimentemente lindo, consciente de que não suportaria atravessá-lo da maneira como ele se apresentava, entrou no carro logo depois do café da manhã, o qual, dada a partida, deve ter ficado muito feliz, porque, após ter se comportado tão bem durante aquela longa jornada a Diamantina, há de ter imaginado que não voltaria a sair da garagem tão cedo. Estrada. Simone foi até Itatiba, onde estavam enterrados seus pais, avós, bisavós e tataravós. Fazia muito tempo que não ia ao cemitério para os visitar, na verdade a última vez havia sido com Estevão, quando eles ainda eram casados. Diante do jazigo da família, no antigo cemitério municipal, onde estavam tataravô (barão, ex-prefeito), bisavô (coronel da Guarda Nacional, ex-prefeito), avô (dândi arruinado) e pai (funcionário público remediado), e respectivas esposas, tataravó, bisavó, avó e mãe, além de Thiago, o irmão tão querido, ela, ainda que vivendo um momento de melancolia, pensou que a história de sua família paterna parecia uma piada, a reprodução daquela antiga anedota do pai rico, filho nobre, neto pobre, e no entanto era verdade, foi aquilo mesmo que aconteceu com eles.

O pai, escrevente de cartório em Itatiba, de atribulações enfrentadas diariamente com o dinheiro contado, levando aquela vidinha regrada e difícil, morria de orgulho de ser bisneto do barão de Sapucaí, que hospedou D. Pedro II em seu giro pelas cidades da Mantiqueira, ah, que ridículo, pobre papai, a vida inteira com aquele orgulho de grandezas passadas, e ele tão pobre, contando o dinheirinho que gastaria, em pinga e torresmo, no armazém do seu Antônio, onde, aliás, andava sempre equilibrando os débitos registrados na caderneta, sempre devendo. Orgulhoso do bisavô barão que, para completar, um dia Estevão investigou, e o Estevão, aquele chato, era supereficiente nessas pesquisas, enfim, o bisavô barão era um antigo comerciante de secos e molhados em Itajubá, no sul de Minas, que fez fortuna traficando escravos quando esse tipo de comércio já era proibido, através de obscuras trilhas na Mantiqueira, entre portos clandestinos no litoral norte paulista e sul carioca e fazendas de café no oeste paulista.

Mas, vivendo no limite da linha da pobreza, esse orgulho pelo barão antepassado era um pecado menor do pai, Simone compreendia, afinal aquele pai em nenhum aspecto poderia ser considerado uma má pessoa, muito pelo contrário. Tanto que, assim que, na banda da escola, Simone demonstrara um talento acima da média para a música, ele fez das tripas coração, se virou do avesso, conseguiu comprar um violoncelo para ela e garantiu que, dentro das limitações em que viviam (a mãe era professora no Grupo Escolar), ela estudasse e se formasse em música. Só tenho a agradecer aos dois, pensou Simone. Barão de Sapucaí. Ah, que beleza, papai, que beleza. Eu gostava muito de você e da mamãe, viu? Sinto muitas, muitas saudades de vocês dois. E de você também, Thiago, meu irmão querido, que um maldito câncer levou tão cedo, uma dor tão insuportável que acabou levando mamãe quase imediatamente e papai menos de um ano depois. Vocês tinham seus defeitos, vocês mesmos admitiam isso, afinal todos nós temos os nossos defeitos, não é mesmo?, mas me deram tanto amor, foram sempre tão generosos quando precisei de vocês, quando o Thiago precisou, vocês estavam sempre ali, juntos, fazendo tudo o que podiam, e o que não podiam também.

Eu me lembro do meu primeiro violoncelo, aquele que jamais atingia uma afinação perfeita, que estava um pouco empenado, enfim, mas vocês o compraram com tanto sacrifício, com tanta dificuldade, ah, obrigada, meus amores, meus queridos, e sinto também uma baita culpa com relação a vocês por ter interrompido minha carreira musical, vocês se sacrificaram tanto para que eu pudesse estudar música, para que eu pudesse tocar, e como vocês se orgulhavam quando me viam tocar, ah, que falta eu sinto de vocês dois, papai e mamãe, e como vocês estariam me ajudando, agora, se estivessem aqui comigo, me ajudando a atravessar esta fase, mais esta, porque vocês já me ajudaram em tantas outras, mas agora, ai, me desculpem, papai, mamãe e Thiago, estou tão sozinha no mundo, está tão difícil, e não estou conseguindo segurar as lágrimas, está tudo tão por minha conta, está tudo tão complicado.

Depois que saiu do cemitério, Simone circulou um pouco pela cidade, a pé, impressionada como a cidadezinha tão bonita, que ela de tempos em tempos, durante a infância, visitava com os pais, não existia mais. Transformara-se numa cidade feia, claustrofóbica, repleta de lojas de "móveis coloniais". Depois de muito andar, Simone escolheu o restaurante que lhe pareceu menos ruim e entrou para almoçar. E acabou sendo, de fato, uma comida que poderia ser classificada como "menos ruim". Terminada a refeição, ela saiu caminhando novamente pela cidade, revendo lugares conhecidos, nos quais não havia mais nenhum conhecido (como a casa de tia Rosa, atualmente um escritório de contabilidade, ou a casa de vovó Edith – na verdade uma tia-avó –, que era agora um pet shop).

No meio da tarde Simone já estava no carro, dirigindo para São Paulo. Ainda traumatizada com o trânsito parado que pegara na volta de Diamantina, ela queria estar em casa antes que a massa de paulistanos que passa os fins de semana no interior entupisse as estradas no regresso à capital.

De um jeito ou de outro o domingo acabou passando e, ah, que bom, até que enfim era segunda-feira. Trabalho, agitação, decisões a tomar. E diminuía a solidão da vida, disfarçada pela confusão da rotina. Mas à noite, em casa, tentando trabalhar nos textos de *Estevão*, na companhia de Jonas e de uma taça de vinho, ela não pôde deixar de pensar que não poderia levar a vida, indefinidamente, daquele jeito. Ela não queria encarar um outro fim de semana como havia sido o último, e nada faria supor que o próximo, e o próximo, e o próximo, e assim por diante, seriam diferentes. A solidão, é fato, pode chegar a um ponto de enlouquecer as pessoas. Ela percebia claramente que estava indo nessa direção. Por muito tempo minimizara a necessidade de convívio com outras pessoas, e agora estava vivendo as consequências. Em conjunto com as demandas do trabalho, as conversas diárias e os almoços com Estevão, mesmo depois de separados, enquanto ele vivia, acabavam disfarçando essa solidão, ela sempre podia telefonar para ele, à noite, a qualquer hora, ele sempre atendia, era um doce com ela, sempre.

Mas e agora? Noite após noite, ela, Jonas e vinho, alternando-se com vinho, Jonas e ela? E pizzas e pipoca e cervejinha? Além de louca, ficaria obesa. E os fins de semana? Como atravessar aquelas infinitas horas que iam das sextas à tarde até os domingos à noite? Ora, ela sepultara Estevão, não sepultara? Não lançara as cinzas, uma parte no Cerrado, a outra parte nas águas da cachoeira que desaguariam, lá longe, no Atlântico? Em breve terminaria, acabaria por conseguir terminar, com a ajuda de Juliana, o livro. E então? Estava chegando a hora de deixar que Estevão descansasse, permanecendo na vida dela não mais no presente, mas como um conjunto de lembranças, a maioria doces, do passado. E então, quando isso acontecesse, o que ela faria? Viveria nesse inferno solitário para sempre?

Se continuasse com aquela vida, estava claro para ela, acabaria enlouquecendo. Não, na verdade, já estava enlouquecendo, isso sim, e precisava dar um jeito nas coisas o quanto antes. Tinha sido engraçado conversar com as cinzas de Estevão durante a viagem a Diamantina, mas ela jamais deixou de saber que era uma brincadeira, que estava, na verdade, falando sozinha. Mas já estava para chegar o dia, ela percebia, em que essa diferença não ficaria tão clara. Precisava e iria mudar, estava decidido. Como fazer? Em primeiro lugar, passaria a aceitar os convites para happy hour do pessoal da Long Play, e como esses convites não estavam vindo mais, afinal eles haviam desistido de chamá-la, daria indiretas, se convidaria. Iria a vernissages e lançamentos de livros, mesmo livros pelos quais não se interessava e que, depois, não leria.

Procuraria amigos e amigas dos quais havia se afastado nos últimos anos, combinaria idas a bares, a restaurantes, ofereceria jantares. É claro que isso teria que ir acontecendo aos poucos, e obviamente não faria sentido ligar para alguém com quem não falava há anos no meio de uma tarde de sábado, como ela chegou a cogitar no fim de semana anterior. O relacionamento com homens, por enquanto, não estava em seu radar. Mas nada era para sempre, ora. Talvez mais tarde, depois que a perda de Estevão cicatrizasse melhor, não agora. E antes disso, de qualquer forma, ela precisaria olhar-se no espelho e se sentir, de novo, feminina, bonita e atraente, algo que há tempos não acontecia.

O que Simone queria mesmo, por enquanto, era agitar um pouco a vida, era ter para quem ligar, ter com quem conversar, com que sair, com quem combinar idas ao cinema, viagens curtas, fazer e receber visitas. O que ela precisava, enfim, era sair da toca, do esconderijo, de uma zona de conforto que se transformara, na realidade, em zona de desconforto. Ela estava morrendo, estava se transformando na Dona Elvira do conto, precisava, com urgência, voltar a viver. E, quem sabe, até criaria coragem e tiraria o violoncelo e as empoeiradas partituras do armário, para voltar a tocar, para ela mesma, só por diversão, por que não?

Na terça-feira, envolvida pela correria, já eram quatro e pouco da tarde quando Simone parou para pensar e se lembrou de *Estevão*, e foi só então se deu conta de que, até aquele momento, ainda não ouvira nada de Juliana. Ato contínuo, telefonou para o Aldeia, para falar com a parceira de trabalho e tentar confirmar o encontro de trabalho à noite. Juliana não estava, ela deixou recado com Anderson. Dez minutos depois, Juliana ligou. Stefano não estava bem, disse ela, tudo indicava que se tratava de um caso de apendicite aguda, de modo que ela estava correndo atrás de médicos, de hospitais, enfim, que precisaria cuidar do filho e que, assim que desse, falaria com Simone.

25. *Estevão*

"O Intendente procurava embalde tranquilizar os credores; estes, não vendo chegar o dinheiro, e só promessas, que nunca se realizavam, clamavam mais forte. Nestas circunstâncias Câmara resolveu ir ao Rio de Janeiro; e entregando a Intendência ao Fiscal Estevão Ribeiro de Resende, para ali partiu no mês de julho de 1816. Contava ele que, quando chegou ao Rio, foi logo se entender com o Ministro Presidente do Erário, o Marquês de Aguiar, e que este nem quis ouvi-lo [...]"

Joaquim Felício dos Santos, *Memórias do Distrito Diamantino*, 1868.

Uma grande diferença entre a política colonizadora de Portugal e da Espanha, que acabou por ter uma influência decisiva no destino das respectivas possessões americanas, é que, ao contrário da prática espanhola, que tratava como cidadãos de segunda classe e limitando o acesso aos cargos públicos todas as pessoas que nascessem nas Américas (ainda que filhos de fidalgos), os governantes de Portugal (e o principal exemplo está em D. Rodrigo de Sousa Coutinho, conde de Linhares, discípulo do marquês de Pombal) cedo perceberam que, sendo Portugal um país pequeno e de população escassa, não poderia sustentar por muito tempo a relação, por demais assimétrica, entre metrópole e colônias, e passaram a alimentar a ideia de um império "de iguais" que englobasse, numa relação mais horizontal do que vertical, todas as possessões lusas.

Se outro argumento não houvesse, a demografia, ciência já então dominada, mostrava que as populações de Portugal e de sua colônia brasileira eram, em fins do século XVIII, equivalentes. Com o detalhe de que o Brasil produzia infinitamente mais riqueza do que Portugal. Ou seja, era bem melhor, para Portugal – ao contrário do que havia feito nos primeiros séculos de colonização –, cooptar os brasileiros do que espezinhá-los e, com isso, incentivá-los a seguir um rumo próprio.

Foi por isso que, quando, diante da iminente ameaça napoleônica, a necessidade surgiu, para a Coroa não soou estranha a ideia de transferir temporariamente a capital para o Rio de Janeiro. Na realidade, sabe-se hoje, aquele era um projeto há muito acalentado.

E foi por conta dessa estratégia, também, que, ao contrário do que ocorria no império espanhol, os brasileiros, no início do século XIX, puderam, sem problemas, ocupar cargos importantes na administração pública, não só no Brasil como também em Portugal. O que fez com que Estevão, um brasileiro, pudesse ser nomeado juiz em Palmela. E fez com que José Bonifácio, outro brasileiro, pudesse ser professor em Coimbra.

E bem antes disso, quando a Coroa decidiu, em 1790, que Portugal precisava urgentemente de cientistas atualizados nos mais recentes conhecimentos mineralógicos, siderúrgicos e de gestão de florestas, escolheu três jovens talentos, recém-formados em Coimbra, para fazer uma longa viagem de estudos pela Europa. A escolha baseou-se em talento, não em local de nascimento, de modo que, dos três selecionados, dois eram brasileiros.

Eram dois brasileiros cujas vidas cruzariam, anos mais tarde, com a de Estevão, também aluno de Coimbra, porém mais jovem do que eles. O escolhido para liderar a expedição foi o mineiro Manuel Ferreira da Câmara Bethencourt e Sá, que ficaria conhecido, no futuro, como o Intendente Câmara; o outro brasileiro era o santista José Bonifácio de Andrada e Silva; e o terceiro, um português, era Joaquim Pedro Fragoso de Sequeira. A viagem duraria oito anos para Câmara e Fragoso, e dez para José Bonifácio, que a estendeu por mais dois anos para conhecer as técnicas de mineração e siderurgia da Inglaterra e da Escócia. Quando regressou a Portugal, José Bonifácio já era um cientista respeitado em toda a Europa, ao passo que Câmara e Fragoso, depois de um longo período estudando as minas de ferro e de carvão da Saxônia, na Alemanha, haviam se tornado as maiores autoridades, no reino, em mineralogia e siderurgia.

Se sabemos muito sobre José Bonifácio e pouco há que dizer sobre Fragoso de Sequeira (que se aposentou cedo por problemas de saúde), muito pouco é conhecido a respeito do Intendente Câmara, uma das figuras mais interessantes daquele período, e que, infelizmente, tem sido muito menos estudada do que mereceria.

Enviado ao Brasil logo após a viagem pela Europa, Câmara assumiu o cargo de Intendente Geral de Minas e Metais (o mesmo cargo que Sequeira recebeu em Portugal), posição que o levaria a criar, anos mais tarde, a primeira siderúrgica no Brasil, no Morro do Pilar, em Minas Gerais, a meio caminho entre a capital, Vila Rica (atual Ouro Preto), e o Serro Frio (iniciativa que foi anterior à de Ipanema, em Sorocaba, feita por Friedrich Ludwig Varnhagen, mas menos famosa, pois o alemão teve um filho historiador, Francisco Adolfo, o visconde de Porto Seguro, aliás nascido em Ipanema, que fez o possível para puxar a sardinha para a obra do pai).

O projeto siderúrgico de Câmara Bethencourt, embora tenha de fato chegado a produzir ferro, acabou, no longo prazo, por não ser bem-sucedido, mas a explicação pode estar na hipótese de que teria sofrido uma boa dose de boicote por parte dos governantes de Minas, enciumados do poder de que o Intendente desfrutava na chamada Demarcação Diamantina, na prática uma província autônoma, pois prestava contas diretamente a Lisboa, primeiro, e depois ao Rio de Janeiro. As verbas necessárias demoravam a ser liberadas, e a mão de obra especializada, que precisava ser "importada" da Europa, também tardava a chegar e, quando chegava, nem sempre se mostrava tão especializada assim. Era o Brasil pagando, desde lá, pelo modelo escravocrata e de ausência de estrutura educacional, tanto básica quanto superior. De todo modo, as ruínas da fábrica de ferro ainda estão lá, podendo ser visitadas por quem viaja de Belo Horizonte ao Serro pela serra do Cipó.

De um jeito ou de outro, porém, o que parece ter realmente dado um golpe definitivo na carreira de Câmara Bethencourt foi a morte de Dom Rodrigo de Sousa Coutinho, o Conde de Linhares, em 1812, no Rio de Janeiro. Dom Rodrigo, que na época em que morreu era um dos ministros com mais influência sobre D. João VI, fora, desde Portugal, o grande patrocinador do Intendente. Sem a proteção de Dom Rodrigo, Câmara, que apesar das notórias inteligência, erudição e capacidade de trabalho jamais se notabilizara por suas habilidades como negociador, se tornou um órfão político.

Mas, à parte o pioneirismo com a siderurgia, Câmara Bethencourt entraria para a história como o "Intendente Câmara" porque foi, durante muitos anos, o Intendente dos Diamantes, um dos mais longevos e o mais marcante governador da Demarcação Diamantina. Foi nessa condição que, durante algum tempo, trabalhou com Estevão, primeiro quando este foi nomeado para o cargo de Fiscal dos Diamantes, e mesmo depois, quando Estevão já estava de volta à Corte. Consta que jamais houve rivalidade e que os dois se tornaram amigos. E mais tarde seriam colegas, como deputados por Minas, na Assembleia Constituinte de 1823.

Criativo, ousado, caótico, com uma energia aparentemente inesgotável, Câmara Bethencourt fazia inimigos e amigos com a mesma facilidade. Sua passagem por Diamantina dividiu, desde sempre, as opiniões. Há quem diga que foi justo com os habitantes, evitando sobrecarregá-los com impostos e procurando cuidar da cidade, conservando os prédios públicos, o calçamento das ruas e das estradas, preocupando-se com o abastecimento de água, as áreas verdes, a educação e a saúde da população. E há quem argumente, em compensação, que foi um ditador implacável, capaz de aplicar a mais sádica crueldade contra escravos fugitivos, garimpeiros clandestinos e contrabandistas. Além disso, há inúmeros registros de que, embora não fosse desonesto, era financeiramente desorganizado e que gastava os recursos públicos sem muito critério, deixando a administração diamantina em constante estado de endividamento perante os mais diversos fornecedores.

E, mesmo quanto ao período em que Estevão foi Fiscal de Diamantes, quando o Intendente e ele se deram bem, há polêmica: afinal, Estevão, que gozava da mais estrita confiança de D. João e de D. Pedro, foi enviado ao Distrito Diamantino para fiscalizar quem, exatamente? Os contrabandistas ou o Intendente? Por outro lado, Câmara era uma das figuras mais eruditas do universo lusófono daqueles anos, um pensador iluminista honesto exilado no meio de uma sociedade católica e corrupta, mas que, ao contrário de seu vaidoso e irritadiço ex-colega José Bonifácio, era tido como bonachão e generoso.

Uma questão que fica em aberto é quanto Câmara Bethencourt terá eventualmente influenciado, no gosto pela ciência, o fiscal Estevão, mais jovem do que ele. Tudo indica, até pela gama de interesses manifestados por Estevão nos anos seguintes, pelos livros que comprou e pelas associações científico-culturais às quais se associou, que a marca que Câmara Bethencourt deixou nele não foi pequena.

Oi, Juliana, tudo bem?

Como está o Stefano? Foi confirmada a crise de apendicite? Fiquei preocupada e torcendo aqui, por favor, me mantenha informada.

E, como você não pôde vir na última terça, procurei adiantar algumas coisas por minha conta, e queria ver se você concorda. O que você acha desse trecho que anexei, em que o Estevão fala do Intendente Câmara? É um personagem mencionado em mais de um ponto do livro, um daqueles marcantes que você anotou naquele seu diagrama. Mas é só aqui, neste texto que eu anexei pra você, que a figura dele é tratada com mais calma. Numa das anotações que encontrei, Estevão fala em suprimir esse trecho, mas penso que ele pode fazer sentido, especialmente se o incluirmos na parte anterior, em que ele fala do relacionamento entre Estevão e José Bonifácio. Porque me pareceu que, além de falar de Câmara, esse trecho explica de que maneira surgiu o prestígio científico de José Bonifácio.

É claro que, se decidirmos incluir, precisaremos dar uma editadinha no texto.

Leia, veja o que você acha e me diga alguma coisa.

Outra coisa: o editor dos livros de Estevão me ligou hoje cedo, perguntando sobre os originais de *Estevão*. Queria saber se o prazo inicialmente combinado para a entrega dos originais estava mantido. Fui obrigada a dizer que não. Não quis entrar em detalhes, pois não gostaria que ele soubesse o quanto as nossas quatro mãos estão trabalhando num livro que, supostamente, Estevão deixou praticamente finalizado (afinal, foi isso que eu disse, naquela época, a ele). Ele me perguntou, ué, mas você não me disse que o livro estava essencialmente pronto? Aí eu precisei pensar rápido, ser criativa e contar uma meia-verdade (ou meia-mentira, depende do ponto de vista), e falei que, como Estevão havia deixado mais de uma versão do livro, eu estava, com a ajuda de uma amiga comum (você), relendo tudo, para poder decidir qual a versão que mandaríamos para publicação, e se eventualmente incluiríamos algum trecho de versões descartadas na que seria escolhida.

A boa notícia é que ele engoliu, milagrosamente, minhas explicações. A má é que acertamos um novo prazo, e não consegui negociar uma extensão de mais de trinta dias sobre a data original. Ele argumentou que o livro já está na programação para o segundo semestre do ano que vem, e um mês era o máximo que ele poderia absorver de atraso, nessa fase, sem comprometer o cronograma da editora.

E ainda estamos muito longe de terminar, não é?

Enfim, temos muito trabalho e pouquíssimo tempo disponível. Daí minha pergunta, chata, mas inevitável: na quinta, estamos confirmadas?

Beijos pra você e um beijinho especial na bochecha do Stefano (comprei um presentinho pra ele, quando nos encontrarmos eu te entrego)

Simone

Olá, Simone!

Desculpe não ter dado notícias antes. É que foi uma correria daquelas, como você bem pode imaginar. Por aqui, tudo evoluindo bem. Obrigado por sua preocupação. Stefano já está bem melhor. Não era apendicite, felizmente. Ele está sendo mimado, recebeu atenção e ganhou uma montanha de presentes dos avós. Ao que tudo indica, foi só um susto. Em todo caso, o pediatra pediu uma bateria de exames, porque ele precisa descobrir o que causou a violenta dor abdominal que o Stefano teve. Foi muita dor, muito vômito, uma coisa bem estranha mesmo. Mas já está tudo bem, felizmente.

Sobre o trecho que você me enviou, vou imprimir e ler com calma, porque prefiro ler no papel. Numa passada de olhos, porém, minha tendência é concordar com você. Acho que o Intendente Câmara precisa entrar. Onde, exatamente, e com quanta edição, é o que precisaremos decidir.

Sim, temos pouco tempo. Precisamos correr.

Ah, aquele editor, do qual eu havia te falado, me cobrou os contos de Estevão. Disse que gostou dos três que leu e que consideraria publicar uma coletânea com quinze a vinte contos (dependendo do tamanho; ele não quer um livro, pelo menos o primeiro de contos, que passe de cento e poucas páginas, e argumentou que havendo mais material poderemos lançar mais coletâneas depois. Acho que ele está certo, o que você acha?).

Precisaremos fazer uma seleção, mas naturalmente só o faremos, e eu disse isso a ele, quando terminarmos o *Estevão*.

Sim, com certeza: se nenhum imprevisto voltar a acontecer, não tenha dúvida de que nós nos veremos na quinta.

E superobrigada, mas você não precisava se preocupar em comprar presente para o Stefano, imagine! Desse jeito, ele vai sair dessa ainda mais mimado do que já era!

Um beijo grande,

Ju

26. Juliana

"E se você dissesse sim
para tudo. O que aconteceria
comigo, então. Estou te dizendo
que a raiva começaria e não
mais cessaria. Como você se atreve
a cuidar de mim quando em toda a minha vida
eu tive essa voltagem a me
inflamar, esse ritmo a me levar,
quando alguma coisa dentro do seu corpo
me faz ousar tocar suas mãos
com as minhas. E se você dissesse vá
em frente, toque. O que aconteceria,
então, com a minha vida, quando por todo o tempo
não houve nada, a não ser eu."[18]

Emily Fragos, *Cri de Coer*, 2011.

Stefano estava, de fato, melhor. Mas a verdade é que o que ele teve não foi nada sério. Uma diarreia forte, vômitos, provavelmente causados por algum salgadinho estragado que comeu na cantina da escola. Na terça-feira à noite, já tendo desmarcado o encontro com Simone, o que Juliana fez não foi ficar com o fi-

---

18 Tradução do Autor.

lho, e sim sair com o editor poeta. Ela não se sentia especialmente atraída por ele, até muito pelo contrário, mas ele a fazia se sentir bonita, atraente, sexy, viva, enfim. E essa sensação era boa.

Além disso, na segunda-feira, Juan tinha ido até o Aldeia. Juliana, ao vê-lo, esperou que se tratasse de uma visita de cobrança, afinal ela ainda não havia pagado nada ao ex-sócio, embora estivesse tudo dentro do combinado. Mas, não. Era pior. Ele estava querendo voltar. Havia se separado de Marcantonio, un bandido, un filhodaputa, malagradecido, sacana, dessonesto. Eles haviam tido uma longa conversa (uma semana antes!) sobre compromisso, respeito, fidelidade, na qual os dois abriram os corações, e choraram, e se abraçaram, e se beijaram, e fizeram todas as juras de amor possíveis. E, apenas dois dias depois, ao entrar numa lanchonete perto de onde moravam, nos Jardins, Juan deu de cara com Marco Antônio, numa mesa, conversando, com olhar apaixonado, com um sujeito ordinário, um atorzinho insignificante, conhecido dos dois, que trabalhava num grupo cênico de algum prestígio. Mas quem tem prestíxio, Juan enfatizou, é o grupo, e não o atorzinho. Juan não pôde resistir e ficou, meio escondido, na porta, olhando. Logo em seguida, o sujeitinho se levantou, se aproximou de Marco Antônio, e os dois se beijaram. Em seguida, de mãos dadas, foram em direção à porta. Juan, até então escondido atrás de uma coluna, não se conteve, e abordou os dois, questionando, indignado, o que se passava. Marco Antônio, segundo Juan, nem se abalou. Respondeu seco, foi agressivo, soltou um monte de palavrões. Quem tentou contemporizar, imagine, ele disse, foi o atorzinho ordinário!

E Juan voltou para casa sozinho. Arranjou umas caixas de papelão e colocou dentro tudo o que era de Marco Antônio, o qual, mais tarde, apareceu, e eles brigaram, berraram, choraram. Marco Antônio pediu perdão, mas para Juan já tinha dado, a coisa estava decidida, e terminou por ali. Ou não, porque seguramente haveria desdobramentos, mas Juan estava certo de que não queria voltar atrás. Era una relação tôcsica, sabe, Xuliana, e isso yo no quero más. E, estoi vendo ahora, foi Marcantonio, un belo de un egoísta, quem me contaminou para deixar a sociedade, então, se você me aceptar, yo gostaria de regressar ao Aldeia.

Juliana não queria isso. De jeito nenhum. Depois do trauma inicial de ser deixada sozinha ela se adaptara e passara a tocar o Aldeia como bem entendia, sem ter que prestar contas a ninguém. Cris estava ajudando, Clayton se revelou um garoto excepcional, os dois davam boas ideias, o movimento e o faturamento haviam crescido, estava tudo indo bem. Mas como falar não a Juan? Ela gostava dele, era grata a ele, Juan havia sido, sempre, um bom amigo, mais do que isso, às vezes o único amigo. Tinha suas idiossincrasias, suas manias, nem sempre era uma pessoa fácil de se lidar, mas era, em essência, muito boa gente, e alguém com quem se podia contar para o que fosse.

Ao mesmo tempo, se dissesse não, se sentiria moralmente obrigada a antecipar o pagamento da parte do ex-sócio, algo que ela simplesmente não teria condições de fazer. Foi um pouco também por causa dessa conversa com Juan, que não parava de reverberar em sua cabeça, que Juliana desmarcou com Simone e acabou por aceitar o convite do editor poeta para sair. E ele a surpreendeu, levando flores, e, além do mais, dentro do buquê havia um papel dobrado, com um poema, escrito por ele, dedicado a ela. Que coisa mais romântica, nossa. E ela saiu com ele pretendendo e achando que o encontro se limitaria a um jantar, mas o editor poeta foi conseguindo, aos poucos, enredá-la, de modo que acabaram por dormir juntos, pelo menos até as quatro da manhã, quando ela acordou e foi para casa.

No dia seguinte, depois de deixar Stefano na escolinha, tarefa em que se revezava com a mãe, mas que preferia assumir sempre que dava, até porque nas saídas sempre quem ia era a avó do garoto, ela foi trabalhar. Estava com uma ressaca gigantesca. Física (pois o vinho que o editor poeta e ela tomaram não caiu nem um pouco bem) e moral (pois o sexo que fizeram foi, de novo, muito menos do que memorável). Por que continuar insistindo no relacionamento com aquele sujeito? Será que havia alguma coisa nele que, apesar de tudo, a atraía? Será que o editor poeta poderia ser catequizado, de um ponto de vista sexual, para se tornar, na cama, um parceiro melhor? Um lado dela queria cortar tudo de uma vez e partir para outra, mas o outro lado pedia para tentar mais um pouco. Ela sabia que, quanto mais tempo passasse, mais complicada ficaria uma interrupção de algo que estava quase virando um namoro, mas, por algum motivo, não conseguia por um limite. E era tão gostosa a sensação de ter um namorado.

Naquela noite ainda teve evento no Aldeia e, no terrível estado em que se encontrava, não foi nada fácil, mas, fazer o quê, Juliana aguentou firme. Tratou-se de uma chatíssima leitura de poemas "de poetas contemporâneas", com o recorte temático do "empoderamento feminino", com essa palavra, "empoderamento", que Juliana achava que deveria render prisão perpétua para quem a tinha inventado (ou traduzido do inglês, que seja). Mas parece que nem todo mundo acha isso chato, de modo que a casa lotou, um monte de livros foi vendido, inclusive alguns de poemas que pareciam estar irremediavelmente encalhados, então o saldo, do ponto de vista comercial, foi ótimo. É claro que, quando fechou a loja, Juliana estava com a cabeça estourando e sentindo uma exaustão que parecia que ia durar até o fim dos tempos.

Ainda assim, ela sabia que não poderia deixar de ir, no dia seguinte, a quinta-feira, até a casa de Simone. E para lá ela foi. Quando chegou, aceitando o vinho nacional que Simone ofereceu e fazendo um esforço para parecer sincero o comentário ah, que pena, quando Simone disse que não havia sobrado mais nem um pedacinho do queijo meia-cura do Serro, Juliana começou uma conversa sobre generalidades para quebrar o gelo, mas logo dirigiu o assunto para onde queria que fosse, que era Estevão. Na verdade, Juliana estava louca para saber como era Estevão na cama, mas não teria coragem de perguntar isso a Simone, então perguntou do relacionamento dos dois, de quando e como se conheceram, de como era viver com Estevão, se ele era um cara fácil, bem-humorado, ou cheio de tiques e manias.

E Simone mordeu direitinho a isca. Não que houvesse maldade nas intenções de Juliana, era curiosidade mesmo, mas ela sentia que Simone tinha uma inclinação para gostar dela, para sentir que as duas já eram amigas de verdade, então uma pequena dose de manipulação podia ser usada, sem más intenções, apenas porque ela queria muito saber mais sobre Estevão.

O fato foi que os olhos de Simone se iluminaram, e ela começou a falar, se empolgou, e falou e falou. Estevão era um cara difícil, muito vaidoso, mas inteligente, e que gostava genuinamente de estudar. Era fiel, era amigo. Mas podia ser chato como ninguém. Nossa, você não ia aguentar ficar sentada aqui enquanto ele trabalhava, Ju, você não imagina as músicas que ele ficava ouvindo, sempre as mesmas, insuportável. E sair à noite? Imagine! Às nove e meia da noite o cidadão já estava com sono, e em compensação acordava às cinco da manhã para caminhar, e me acordava, sem querer, claro, mas é que ele fazia barulho, e eu tenho sono leve, e aí eu não conseguia dormir mais. Acho que eu já te contei de como nos conhecemos, em Diamantina... Naquela época eu estudava violoncelo, ele era estudante de história na USP e estava aproveitando as férias para mergulhar no universo do personagem que resultou nesse livro, isso, e que ele inventou que me conheceu no meio do mato, numa trilha, hahaha, ele a cavalo e eu me escondendo atrás de uma pedra, quando na verdade nós nos vimos pela primeira vez no centro de Diamantina, num fim de tarde, na hora em que eu descia a rua, saindo de uma aula de violoncelo, mas enfim, aquele tempo em Diamantina foi para ele o mergulho inicial nesse projeto, que viria a ser o mais demorado da vida dele, porque no meio do caminho ele pesquisou a revolução escrava no Haiti, que resultaria no mestrado dele, e pesquisou a Guerra de Canudos, que resultaria no *Tamarindo*, mas o tempo todo ele voltava ao Estevão Ribeiro de Resende, o Marquês de Valença, o que acabou se tornando uma obsessão sem fim, uma loucura, até que chegou num ponto em que eu me cansei, em que não aguentava mais vê-lo angustiado com isso, indo e voltando, e só falando disso, e olhe agora, que ironia, eu aqui, nós duas trabalhando para finalizar esse negócio que ele não conseguia, não conseguiu, e que talvez não conseguisse nunca, porque a coisa já estava começando a entrar no terreno da insanidade... E Simone falou mais um monte de coisas, falou sobre as comidas que ele curtia (japonesa, pizza, espaguete aos frutos do mar) e que não curtia (verdura, salada, churrasco), de como ele não gostava de cinema e de séries de TV, que lhe davam sono, de como lia ou escrevia o tempo todo, de como se divertia em ser politicamente incorreto, de como sabia ser engraçado e irônico, que preferia cerveja a vinho (ao contrário dela, Simone), das viagens que fizeram juntos a Minas (muitas), Buenos Aires (duas), Nova York (uma), ao Nordeste (algumas, mas ele não quis levá-la a Imambupe, a cidade natal do coronel Pedro Tamarindo, quando viajou até lá para pesquisar a vida de seu personagem), a Portugal (uma), e outras, e ela contou, então, como em Portugal foram ao palácio de Queluz, onde o quarto onde D. Pedro I nasceu e morreu (sim, ele nasceu e morreu no mesmo quarto, Ju!) está totalmente preservado, mantida a decoração, os móveis, tudo, como no dia em que, como D. Pedro IV de Portugal, ele morreu, nossa, foi emocionante, Ju, não tanto pelo quarto em si, claro, mas pelo Estevão falando, explicando, sobre as circunstâncias do nascimento e da morte dele, a guerra contra o irmão, na qual D. Pedro lutou nas trincheiras mesmo, na linha de frente, escavando, carregando bala de canhão, cuidando de soldados feridos, enquanto o irmão, D. Miguel, medroso, se escondia atrás dos generais, e no fim, ainda que contando com um exército muito mais numeroso, mais forte, melhor armado, D. Miguel perdeu. Só que, mesmo vencendo a guerra, nas condições em que as coisas se deram, o esforço acabou por custar a D. Pedro a vida, porque ele saiu acabado, doente, tuberculoso, e morreu logo depois, em Queluz, no mesmo quarto em que nasceu. E aquele palácio é impressionante mesmo, Simone continuou.

E então ela falou também de como uns dias antes Estevão e ela tinham ido a Palmela e, uns dias depois, foram ao castelo de Marvão, e lá de cima, das muralhas, estava um dia muito claro, de céu limpo, Estevão apontou para o lado norte, bem longe, e mostrou o ponto, bem além de Castelo de Vide, onde as tropas de Junot haviam atravessado a fronteira, indo de Alcântara, na Espanha, para Idanha a Nova, em Portugal, para seguir o Tejo em direção a Lisboa, e depois, mudando de lugar nas muralhas, apontou para o sul, também bem longe, você consegue ver, Simone?, é por ali que as tropas espanholas do general Solano, que poucos dias depois chegariam a Palmela, atravessaram a fronteira, passando de Badajoz para Elvas, e dali seguindo até Estremoz, que ela também visitou com Estevão, que tem uma praça central linda, onde almoçaram num restaurante simples, mas delicioso, o Venda Azul, onde ela bebeu um vinho verde delicioso e dividiu, com Estevão, o melhor bacalhau da vida dela, porque nossa, Ju, como as porções eram bem servidas, e...

... E Simone falou quase sem respirar. Parece que estava querendo muito um pretexto para falar aquilo tudo, e quem quase ficou sem fôlego foi Juliana, mas não que tenha desgostado de ouvir, muito pelo contrário, porque, apesar de ouvir sobre Estevão através dos filtros de Simone, ela estava ouvindo e aprendendo sobre alguém por quem esteve em vias de se apaixonar e com quem imaginou que poderia compartilhar uma vida, um futuro, e estava ouvindo tudo aquilo dentro da casa dele, olhando para os quadros e estantes e livros para os quais ele olhava todos os dias, enfim...

... Enfim, Simone só não falou de como era a vida sexual com Estevão. Tinha certeza de que Juliana estava louca para ouvir sobre isso, só que não falaria, não daria esse gostinho à outra. Você pode ter roubado, no fim, minha querida, o coração de Estevão, eu admito, mas tem coisas que eram e serão só minhas, não adianta, não adianta querer que seja diferente. Mas havia muito trabalho a fazer, o tempo era escasso e Simone, num certo momento, parou de falar. Se desculpou, disse que se empolgou, que há muito não falava sobre Estevão, tomou um grande gole de vinho e disse, vamos em frente?

E então, quando finalmente começaram a trabalhar, a primeira coisa que pararam para examinar foi o trecho que falava do relacionamento entre Estevão Ribeiro de Resende e Nicolau Pereira de Campos Vergueiro. Este, Simone já sabia e Juliana aprendera há pouco, quando preparava seu esquema de personagens importantes do livro, entrou para a história como o pioneiro, no Brasil, na implantação do trabalho imigrante livre em substituição à escravidão.

Apesar de contemporâneos em Coimbra, se conheceram, mas não fizeram amizade enquanto estudantes (Vergueiro era português, natural de Vale da Porca, no alto Trás-os-Montes, e só emigrou para o Brasil depois de formado). Os dois só se aproximaram, ficaram amigos e começaram sociedades no período em que Estevão viveu em São Paulo, exercendo o cargo de Juiz de Fora; ambos foram senadores e ministros de governos imperiais e sempre aliados, tanto que, no fim da carreira política de ambos, após a abdicação de D. Pedro, enquanto Vergueiro integrava uma das regências trinas, Estevão procurava manter sob controle a difícil situação política no Senado.

Mas o que chamou a atenção de Juliana, e ela logo compartilhou com Simone, foi a hipótese, levantada pelo Estevão, o delas, de que quem despertou em Vergueiro a atenção para o tema de substituir o trabalho escravo pela mão de obra livre foi o Estevão histórico, que trazia, desde Portugal, o temor de que a revolução haitiana acabasse por se repetir no Brasil. Nas suas anotações, Estevão destacara que em nenhum lugar a bibliografia histórica mencionava essa possibilidade; sustentava-se, sempre, que a questão do trabalho livre fora ideia de Vergueiro e só dele, do nada. É possível que o lado empresarial, a história de transformar a importação de colonos europeus em negócio, tenha sido de fato de Vergueiro, afinal Estevão era mais uma pessoa do século XVIII, mais preocupado com política, e Vergueiro era quem parecia ter uma veia comercial mais forte. Mas, assim como o Intendente Câmara talvez tenha sido quem despertou em Estevão o interesse pela Ciência, talvez tenha sido Estevão quem deu a Vergueiro a ideia que, uma vez posta em prática, o faria entrar para a história como "o" pioneiro do trabalho livre no Brasil.

Bom, Ju, falou Simone. O único trecho em que Estevão discorre com um pouco mais de calma sobre esse assunto é este aqui, ó, um texto bem cru. Se decidirmos incluir, teremos que reescrevê-lo, quer dizer, reescrevê-lo, só, não, precisaremos aumentá-lo. O que você acha? É uma hipótese importante, você não concorda? Juliana hesitou. E Simone completou, olha Ju, e eu também achei que ia ficar estranho esse trecho incluído assim, do nada, então redigi este pedacinho, para fazer a introdução. Veja o que você acha, pode sugerir, criticar, reescrever, fique à vontade. E aí, naturalmente, se decidirmos incluir isso, mexeremos no texto de Estevão, para evitar as redundâncias:

> Nicolau Pereira de Campos Vergueiro vinha de uma família de posses do norte de Portugal. Uma vez formado em Coimbra, decidiu tentar a sorte no Brasil, mas não era um imigrante comum, porque era advogado formado por Coimbra e trazia consigo um considerável capital financeiro. Uma vez em São Paulo, não demorou a se aproximar da elite econômica da província, a começar pelo mais rico entre todos os que lá viviam, o também português brigadeiro Luís António de Sousa Queirós. E foi nesse mesmo círculo de relações que, ao ser nomeado Juiz de Fora, Estevão foi sem demora incluído.

Não sei, Simone, não sei. Se fizermos esse tipo de coisa nós não estaremos indo longe demais nessa coisa de *ghostwriters*? Mas é tudo baseado em anotações do Estevão, Ju. E por que estranhar agora, nós já fizemos algumas dessas, não fizemos? Fizemos, Simone, é verdade. Mas foram intervenções essenciais, quase cirúrgicas, não ficamos escrevendo parágrafos inteiros, né? Mas, olha só, com você falando, estou me lembrando de um outro trecho, deixa eu ver, está aqui, esta é aquela que havíamos concordado ser a melhor versão para essa descrição, na qual é contada a chegada do Estevão Ribeiro de Resende a São Paulo, e aí os dois pedaços podiam talvez ir juntos, o que você acha?

Montando uma mula, com um ajudante em outra mula e as malas em outras duas, Estevão Ribeiro de Resende entrou, em uma tarde de inverno de 1810, na cidade de São Paulo. Em 13 de maio daquele ano, ele havia sido nomeado, pelo príncipe regente D. João VI, juiz de fora daquela cidade, "em atenção ao seu merecimento e préstimo". A São Paulo que Estevão teve diante de seus olhos, quando adentrou na área urbana, depois de subir a serra, cansado e com fome, vindo de Santos, era uma cidade em intensa transformação. Ainda não contava com os cerca de vinte mil habitantes que teria pouco mais de uma década depois, quando D. Pedro, fazendo aquele mesmo trajeto de subida desde o litoral, decretaria, pouco antes de entrar na cidade, às margens do riacho do Ipiranga, a independência. Quando Estevão chegou, a antiga Vila de Piratininga ainda era muito menor do que o Rio de Janeiro, Vila Rica, Salvador ou Recife.

Mas São Paulo crescia rápido, deixando para trás a acanhada vila de seis mil habitantes que havia sido até pouco tempo antes. Era uma cidade serrana, fria, de muita neblina e pouco sol, onde a chuva e a garoa eram frequentes. O solo, ao contrário do que acontecia em quase toda a província, era barrento e ruim para o plantio. O que não quer dizer que não se cultivasse chá, e que não houvesse inúmeras casas com belos jardins e pomares que muito impressionaram os visitantes estrangeiros que passaram por lá naqueles anos, gente como Mawe e Saint-Hilaire. Também chamava a atenção dos visitantes a situação de relativa limpeza das ruas, especialmente em comparação às outras capitais do Brasil.

Apesar da aparente calma de cidade provinciana, São Paulo era, política e socialmente, uma cidade tensa e dividida. Os paulistas de famílias mais antigas, a aristocracia local, que dariam origem ao mito, cem anos mais tarde, dos quatrocentões, eram em geral mais pobres do que os novos imigrantes de origem portuguesa, e o ressentimento, mútuo, estava no ar. Era praticamente inevitável, apesar do espírito apaziguador que Estevão levara a São Paulo, que um conflito entre as duas facções acabasse por explodir. Isso viria a acontecer pouco antes da Independência, em abril de 1822, quando o grupo dos imigrantes, comandado pelo chefe das milícias paulistas, Francisco Inácio (primo do brigadeiro Luís Antônio) e o presidente da província, João Carlos Oyenhausen, pegaram em armas contra Martim Francisco, irmão de José Bonifácio, que era, na realidade, o verdadeiro homem forte na província.

Ainda que derrotados, os revoltosos, em boa parte pelos esforços de Estevão, de quem eram próximos, junto a D. Pedro, foram isentados de qualquer punição. No médio prazo, acabariam prevalecendo frente ao grupo de José Bonifácio, no círculo íntimo do poder. Oyenhausen, que ainda seria Ministro das Relações Exteriores e viria a ser agraciado com o título de Marquês de Aracati, é interessante notar, era tão fiel a D. Pedro I que, quando este abdicou do trono brasileiro e seguiu para o exílio, foi com ele, tomando parte na guerra civil que derrotaria D. Miguel e ajudando a reconduzir a filha de D. Pedro, Maria II, ao trono português. Oyenhausen, aliás, jamais regressou ao Brasil, vindo a morrer, em 1836, como governador de Moçambique.

Entre as atribuições dadas a Estevão em São Paulo estava a reorganização da Provedoria da Fazenda, dos Defuntos e Ausentes. Segundo constava, os cofres do município estavam completamente depauperados. Ou seja, além das atividades jurídicas propriamente ditas, ele estava recebendo a incumbência de auditar, moralizar e reorganizar as finanças municipais. Um dos primeiros problemas que encontrou foi, ao mesmo tempo em que os cofres estavam exauridos, sem recursos para manutenção de estradas, pontes etc., a generosidade com que a Câmara Muni-

> cipal distribuía terras, gratuitamente, a qualquer um que, a juízo dos representantes do povo, merecesse ganhá-las. Imediatamente, com autorização do Príncipe Regente, proibiu a prática. Dali em diante, quem almejasse tomar posse de terras públicas deveria pagar por elas, por preço compatível com os de mercado.
>
> E assim, em poucos meses, sem que fosse necessário aumentar impostos, as rendas públicas já estavam equilibradas. Mas essas ações moralizadoras acabariam por afastá-lo, em alguma medida, dos "quatrocentões", que eram os principais beneficiários das doações de terras, as quais, logo depois que ganhavam, costumavam vender ou arrendar para os imigrantes. Por outro lado, Estevão foi logo recebido, como um igual, nas casas e famílias destes últimos. Foi assim que ficou próximo de Nicolau Vergueiro, futuro senador do Império e membro de uma das regências trinas, que viria a se tornar amigo para toda a vida, além de sócio em fazendas e negócios. E foi assim, também, que Estevão foi aceito no seio da família do homem mais rico da província, o Brigadeiro Luís Antônio, a ponto de receber, deste, a filha, Ilídia Mafalda, como noiva, acompanhada de um dote mais do que generoso. Mas como a noiva contasse, na época, apenas oito anos de idade, o casamento esperaria até que ela tivesse a idade adequada para que se consubstanciasse o matrimônio, o que viria a ocorrer seis anos mais tarde, quando ela já estava com catorze.

É mesmo, Ju, concordo com você. Totalmente. Tínhamos escolhido esse pedaço mesmo, e agora precisaremos enxertar aquele trechinho que fala do Nicolau Vergueiro nele, mas acho que precisaremos também, para que a emenda fique boa, reescrever alguma coisa, mesmo que isso te incomode, e isso me incomoda também, eu também não acho bom isso, acredite. Ah, e também poderíamos suprimir esse pedacinho em que ele fala da idade da noiva, pois isso já foi explorado em outro lugar, né?

A noite de trabalho estava chegando ao fim, e as duas, exaustas, mas felizes, depois de um breve balanço, chegaram à conclusão de que haviam trabalhado bastante e que o resultado havia sido inegavelmente bom, com grandes avanços. Mas, por outro lado, estendendo o balanço para um levantamento de tudo o que ainda tinham por fazer, viram-se obrigadas a admitir que o trabalho estava apenas uns trinta por cento concluído. Na melhor das hipóteses. E talvez uns outros trinta por cento estivessem bem encaminhados. O que significava que perto de quarenta por cento estavam muito longe de serem resolvidos. Fizeram uma conta rápida de quanto vinham conseguindo avançar em cada encontro e perceberam, sem muito esforço, que no ritmo em que iam, elas atrasariam a entrega dos originais em dois meses, pelo menos. Será que o editor aceitaria outro adiamento, Simone? Olha, Ju, não sei, o que eu sei é que vai ficar bem chato. O prazo curto é um pouco culpa minha, admito, mas não tive saída. Precisei dizer que o livro estava praticamente pronto, não poderia ter falado a verdade, já conversamos sobre isso, não foi?, nem ele nem ninguém jamais poderá saber o quanto as nossas quatro mãos acabaram interferindo no resultado final. Se eu tivesse falado a verdade, ele provavelmente rejeitaria o livro. É, Simone, acho que você tem razão. Como eu disse, acabamos virando, muito mais que editoras, quase *ghostwriters* do Estevão, né? É verdade, você não teve mesmo saída. E nem eu tenho, nem nós temos, agora. Além disso, é óbvio que, se atrasarmos, o cara vai desconfiar. Porque, se estava quase pronto, ele vai se perguntar, por que tanta demora para me entregar os originais?

Simone fez uma cara séria, de preocupação, e olhou bem para Juliana. Vamos precisar dedicar mais tempo a este projeto, Ju. Eu sei que é complicado, que você tem o Aldeia, o Stefano, seus pais, tudo. Eu sei disso tudo. E para mim também não está muito tranquilo. Como se eu já não tivesse trabalho suficiente, a gravadora decidiu lançar um selo só com vinis, eu já tinha te contado?, vai se chamar *Long Play Roots*, e eles me convocaram para coordenar o projeto. Vai ser bacana, estou animada, serão gravações analógicas, sem efeitos, sem plug-ins, com músicos só da melhor qualidade, bateria de verdade, baixo de verdade, mas o fato é que a minha carga de trabalho, que já não era pequena, vai aumentar ainda mais, muito mais. Está complicado. Voltando ao nosso caso, o problema, o fato objetivo é que, se não acelerarmos, não tem chance, você sabe, Ju, isso aqui não vai ficar pronto a tempo. Juliana, escuta, olha, estou falando sério. Eu não vou conseguir dar conta sozinha, não daria tempo e, sem suas opiniões, para se contrabalançarem às minhas, não ficaria bom. Eu às vezes sou chata, eu sei, mas até que estamos formando uma boa dupla, não estamos? Mas olha, não dá, Ju, é sério, sozinha eu não consigo. Por favor, me ajude. E, pense bem, nós daremos um gás aqui, vai ser puxado, mas vai ser por pouco tempo. Assim que enviarmos o livro para a editora, pronto, acabou, vida nova, voltamos cada uma para a sua rotina. E aí a nossa única preocupação vai ser planejar a festa de lançamento, que vai ser linda, vai ser lá no Aldeia, e vamos celebrar enchendo a cara, e vamos dar boas risadas relembrando esse trabalhão todo, e vamos comemorar muito, vai ser muito bom, você vai ver...

Juliana, mais uma vez, assim como acontecera com a possível volta de Juan, não queria. Como aumentar sua carga de trabalho ali, em detrimento de todo o resto? Ela vivia espremida entre a necessidade de dar atenção a Stefano, em resolver a questão com Juan, a briga com o ex-marido, que estava ficando mais quente e exigindo mais energias mentais dela, agora que a primeira audiência havia sido marcada, em lidar com pai e mãe, que, apesar de serem fofos e presentes, inevitavelmente cobravam e enchiam o saco, em dar conta das intermináveis demandas do dia a dia do Aldeia e, finalmente, havia a vontade de separar um tempinho, de vez em quando, para ver se o relacionamento com o editor poeta evoluía, se sentir mulher, e enfim, namorar.

E, agora, no meio desse turbilhão que era a sua vida atual, como conseguiria dedicar mais tempo, mais do que duas noites por semana, para o livro de Estevão? Onde é que ela encontraria espaço, em seu dia a dia, para isso? Além do que, se era verdade que já aceitara Simone do jeito que Simone era, evitando alimentar rancores ou ressentimentos com relação à parceira de trabalho no livro, o real é que Juliana estava longe de sentir que eram amigas, odiava particularmente quando a outra fazia aquela expressão de chefinha, de superior, da viúva oficial que era dona do projeto. E agora, para completar, Simone ainda apelava para chantagem emocional.

Já eram mais de onze horas da noite e lá estava Juliana, sendo impiedosamente encarada, sem saber como se safar, enquanto Simone, com o olhar fixo, cintilante, dirigido para dentro dos olhos dela, medindo as reações da parceira, pressionando, esperando pela resposta, tendo no rosto aquela expressão intensa de quem não aceitaria outra coisa que não fosse um sonoro e definitivo sim.

27. *Estevão*

"[...]
Em lugar algum
perguntam por
vocês –

O lugar onde jazem, ele tem
um nome – ele não
tem. Eles não jazem ali. Alguma coisa
jaz entre eles. Eles não
veem através daquilo.

Eles não viam, não
falavam de
palavras. Nenhum
despertou,
o sono
caiu sobre eles.
[...]"[19]

Paul Celan, "Estreitamento", em *Sprachgitter*, 1959.

Um novo encontro, outra garrafa de vinho. Agora uma escolha pessoal de Juliana, da adega do pai: *Ficada*, um vinho português da "Península de Setúbal", ou seja, ela dizia enquanto, toda

19 Tradução do Autor.

animada, mostrava o rótulo a Simone, é um vinho da região de Palmela, deve ter o sabor de um daqueles que o juiz Estevão Ribeiro de Resende bebia com os oficiais franceses e espanhóis! (e com aquelas mulheres de vida fácil, claro!!!) Eu não entendo muito de vinho, mas meu pai, que entende, ou pelo menos diz que entende, disse que a região de Setúbal produz algumas boas pérolas, boas pérolas, palavras dele, viu?, embora não tenha a fama do Douro, do Minho ou do Alentejo. Mas este vinho aqui, ele fez questão de reforçar, disse que não conhece, então passou para nós duas a tarefa de fazer uma avaliação, nós duas, uma dupla de enólogas profissionais, até parece! As duas riram, mas, de qualquer forma, antes de começar a trabalhar, Simone abriu a garrafa, serviu as duas taças, elas fizeram tintim, fizeram pose de entendidas, cheiraram, deram cada uma o seu gole, e hummm, interessante, mas talvez um pouco ácido, você não achou? Sim, Juliana, pode ser, mas é um vinho encorpado, é interessante, tem personalidade, e logo em seguida esqueceram os comentários sobre o vinho, que na realidade não passavam de chutes, e partiram para o trabalho. Juliana ainda não dissera sim ao pedido de Simone para que as duas aumentassem os dias de trabalho, mas ela sabia que não teria muita saída. Deixaria para falar disso mais tarde, quando Simone, inevitavelmente, a cobrasse.

Estevão havia optado por transcrever muito poucos documentos no formato original. Dizia que isso, na maior parte dos casos, deixava o texto chato para os leitores comuns, os não acadêmicos. Mas havia uma exceção importante em *Estevão*, algo de que ele manifestamente não abria mão. E Simone e Juliana, embora estranhassem um pouco o efeito que provocaria a inserção daquele trecho no corpo do livro, decidiram que precisariam seguir a vontade de Estevão. Anexado ao documento que seria transcrito, havia, escrita por ele, uma nota explicativa. As duas decidiram que aquela nota seria transformada num parágrafo, e incluída no corpo do texto, do jeito que estava no documento original:

1.	José	Preto	37 anos	Bahia	Casado	Roceiro
2.	Valeriano	Preto	23 anos	Benguela	Solteiro	Roceiro
3.	Roque	Preto	40 anos	Bahia	Casado	Roceiro
4.	Jesuína	Preta	24 anos	Bananal SP	Casada	Cozinheira
5.	Manoel	Preto	28 anos	Bahia	Casado	Roceiro
6.	Indalécio	Pardo	43 anos	Bahia	Casado	Roceiro
7.	Maria	Preta	26 anos	Bahia	Casada	Copeira
8.	Josué	Preto	25 anos	Benguela	Solteiro	Roceiro
9.	Antônio	Pardo	48 anos	Minas	Casado	Carpinteiro
10.	Ilegível	Preto	ilegível	ilegível	Solteiro	Roceiro
11.	Bernarda	Preta	ilegível	ilegível	Solteira	Cozinheira
12.	José Amaro	Preto	27 anos	Pernambuco	Solteiro	Adestrador
13.	Telesphoro	Preto	35 anos	Benguela.	Casado	Roceiro
14.	Nicolau	Preto	25 anos	Minas	Solteiro	Roceiro
15.	Lia	Parda	19 anos	Minas	Casada	Costureira
16.	Benedito	Pardo	29 anos	Bahia	Casado	Roceiro
17.	Miguel	Preto	36 anos	Minas	Casado	Jardineiro

José, Bernarda, Indalécio, Miguel, Telésphoro, Nicolau, Lia.... Este é o único documento que restou dentre todas as listagens de escravos que pertenceram a Estevão Ribeiro de Resende. Eu quis incluí-lo aqui, na íntegra, porque, ao longo das pesquisas que realizei e diante de todos os documentos que li, nenhum me comoveu como este.

Diante dos literalmente milhares de negros (e, como se vê, "pardos") que o Marquês de Valença possuiu ao longo da vida, que trabalharam de maneira forçada em suas fazendas de cana de açúcar e de café, em suas muitas residências, fosse no campo ou nas cidades de Valença, de Mogi Mirim, de São Paulo, de Diamantina ou no Rio de Janeiro, estes são poucos, pouquíssimos nomes. Mas são nomes. Nomes de pessoas. Não sabemos como eram os rostos, como nos olhariam se nos fitassem hoje, como sorririam, como falariam. Não sabemos o que foi a vida deles, pelo que passaram, com o que sonhavam, como choravam, como lidaram com as eventuais alegrias e os muitos sofrimentos que a vida lhes destinou.

Mas são nomes, nomes de pessoas. Nomes de gente que não era dona do próprio destino, das próprias horas, do próprio amor, da própria prole, gente que não tinha nada. Mas são nomes. Tinham história.

E jamais, desde aqueles anos em que o Brasil foi inventado por D. Pedro I e seus auxiliares mais próximos, entre os quais se incluía Estevão, estas pessoas foram levadas em conta. Exceto como fonte de lucro, por um lado, e de medo, por outro, como motivo para se colocar trancas nas portas das senzalas, para se encomendar correntes de ferro no armazém, para se colocar tramelas nas janelas das casas grandes e, conforme os anos foram passando, e anos viraram décadas, para chegarmos hoje num país em que se investe não em educação, amor ou inclusão, mas em subir os muros, eletrificar cercas, contratar seguranças armados, colocar filmadoras, blindar os carros. Hoje, como antes.

28. Simone, Juliana e *Estevão*

> "Nenhum de nós se sentiu bem neste ano:
> inflamações pustulentas nos olhos,
> furúnculos que vieram e se foram sem qualquer explicação.
> Mas ainda acreditamos que superaremos tudo isso!
> Posso sentir as boas novas
> quando ergo um dedinho."[20]
>
> James Tate, "The Immortals", em *Absences*, 1972.

Os dias e as semanas iam se sucedendo, e Simone e Juliana, trabalhando num ritmo cada vez mais forte, chegaram finalmente a um ponto em que conseguiam decifrar-se mutuamente e ajudar-se mutuamente, diminuindo os conflitos, tratando com cuidado, com delicadeza, as diferenças entre ambas. A cada sessão, se não se tornavam amigas, pelo menos se aproximavam um pouco mais uma da outra e iam, assim, ganhando intimidade. Simone perguntava a Juliana sobre Stefano, sobre os pais, sobre o Aldeia, se já estava pensando em namorado, e Juliana respondia perguntando sobre a Long Play, sobre outras atividades e interesses de Simone, terreno do qual, quando surgia, Simone procurava escapar, pois não tinha a menor vontade de falar sobre a própria vida. Juliana

---

20 Tradução do Autor.

sentia a reserva que havia na colega de trabalho, de modo que procurava mostrar-se interessada, mas tomava o cuidado de não agir de uma maneira excessivamente invasiva ante a intimidade da outra. Era um equilíbrio delicado, mas Juliana tentava. O caso mais delicado aconteceu no dia em que, desejando se mostrar interessada, ela perguntou a Simone sobre a carreira musical. Você tocava cello, não é, Simone?, o Estevão comentou isso comigo mais de uma vez, ele me disse que você tinha muito talento. E então Simone, sentindo-se estuprada em seus sentimentos, também por Juliana, mas principalmente por Estevão, por que ele teve que falar disso com Juliana, uma coisa tão delicada para ela, tão dolorida, na qual, caramba, o retardado do Estevão teve um papel negativo tão importante, fazendo, afinal de contas, com que ela desistisse, e aí ele foi falar disso com a outra, e ainda dizer que ela era muito talentosa? Ai, ai, que merda. Mas respirou fundo, se controlou, sabia que a culpa não era de Juliana, e respondeu que não, que tinha parado, que passou um bom tempo em crise com relação à sua carreira de instrumentista de concerto, pondo em dúvida o próprio talento, que uma tendinite teria facilitado sua decisão de parar e que, para ser sincera, Estevão não tinha sido de grande ajuda ao longo do processo, que mais a desencorajara do que o contrário, e que ela achava curioso ouvir de Juliana que ele dissera que ela tinha talento, mas que tudo bem, afinal a música era uma parte importante da vida dela, desde criança, desde que tocava na escolinha de música de Itatiba, que não se vira, na vida, fazendo outra coisa, e que, afinal de contas, na Long Play, era com música que ela trabalhava, ainda que não tocasse mais.

Simone não quis contar, guardando para si, embora se lembrasse perfeitamente, como se tivesse acontecido ontem, o momento decisivo, a hora em que decidiu que não tocaria mais o violoncelo. Estavam, Estevão e ela, na Sala São Paulo, assistindo a uma apresentação de Antônio Meneses, ele estava tocando um concerto de Elgar, absolutamente divino, perfeito, mágico, e então num certo momento ela olhou para Estevão, os olhos dele brilhavam, e ele tinha no rosto uma expressão que jamais exibira quando ela tocava, nunca. Simone percebeu, naquele exato momento, que jamais atingiria o patamar de um violoncelista como o Meneses, e há muito tempo as atitudes e os comentários de Estevão com relação às performances dela já deviam tê-la feito perceber isso, embora ele nunca dissesse nada diretamente, mas ali, naquele instante, esse abismo, entre o que ela almejava e o que conseguiria tocar ficou subitamente claro. Quando as luzes se acenderam e eles saíram, ela jamais se esqueceu, ela chorava. Estevão a abraçou, animando-a, achando que ela se emocionara com a beleza da música, e seguiu comentando a apresentação que acabavam de assistir, entusiasmado, sem saber que Simone chorava não porque o concerto havia sido lindo, e havia sido, de fato, lindo, mas porque ela estava, ali, em silêncio, sem falar nada para ninguém, e não falaria jamais, se despedindo, para sempre, de seu violoncelo.

Uns dias mais tarde ela inventaria uma tendinite, mentiria que havia marcado uma consulta e contaria para Estevão, fingindo estar desconsolada, que o médico a proibira de tocar, por pelo menos alguns meses. Estevão, que andava, para variar, muito focado em si mesmo e no livro, não perdeu tempo desconfiando da história, aceitando-a sem questionar. E, como que apenas para deixar Simone ainda mais segura de que tomara a decisão correta, em nenhum momento consolou-a mais do que protocolarmente, não lamentou que ela não pudesse tocar e, nas semanas e meses seguintes, tampouco demonstrou sentir a menor falta de ouvi-la estudando ou ensaiando. Pouco tempo depois, um antigo colega de conservatório, que abrira uma gravadora, ligou para Simone perguntando se ela conhecia alguém para trabalhar como produtor-executivo e ela imediatamente se candidatou ao cargo, que era onde estava até hoje, e estava tudo bem, estava feliz, era valorizada, apreciada, tinha responsabilidades, poder de decisão, havia sido melhor assim, ela tinha certeza. E de certa forma foi também naquela noite, lá atrás, há tanto tempo, enquanto ouvia os concertos de Elgar executados pelo Antônio Meneses, ela tinha isso muito claro, que seu casamento com Estevão começou a acabar.

Juliana, por seu lado, menos pelo que ouviu e mais pela tristeza estampada no rosto e na voz de Simone, percebeu que cutucara, sem querer, um ponto muito sensível da amiga, procurou remediar, do jeito que pôde, a situação, dizendo, puxa, Simone, de repente um dia você volta a tocar, eu mesma sempre quis ser escritora, mas não consegui, e agora vivo, no Aldeia, de lançar livros dos outros, mas tudo bem, o importante, para mim, é estar perto dos livros, dos textos, como nesse trabalho que estamos fazendo agora, assim como você continua respirando música, a música está em você, ela não vai sair, não faz tanta diferença em que pedaço do processo você se encaixa, né?

O prazo acertado com o editor estava perto de se esgotar. Vinha sendo um trabalho nada menos que gigantesco para Simone e Juliana fazer as seleções e juntar, da maneira mais harmoniosa possível, mas nem sempre ideal, os trechos, e ainda aparar as arestas, que, elas descobriam a cada leitura, a cada reunião, não eram poucas. E inclusive, o que era mais difícil, escrever trechos inteiros para preencher as lacunas, por mais que não gostassem muito da ideia. Fizeram, enfim, um pesadíssimo trabalho de edição. Com grande frequência as escolhas de cada de uma delas não batiam, e seguiam-se longos debates, nem sempre muito amistosos, sobre o que fazer e por quê. Houve um caso em que elas chegaram a misturar duas versões diferentes, criando uma terceira. O que Estevão teria achado?, elas se perguntaram, entre confiantes e apreensivas. Na ocasião, foi Juliana quem respondeu: pelo pouco que eu o conheci, ele lidava bem com sugestões, embora não tão bem com críticas. Acho que teria debatido conosco, talvez discordasse e argumentasse, mas é bem provável que, diante da razoabilidade do que estamos propondo, acabasse por concordar. De um jeito ou de outro, emendou Simone, acho que ele teria ficado feliz por nós duas estarmos trabalhando nisso juntas. E, mais ainda, elas sabiam, era certo que, a despeito da insegurança que sentiam com relação ao material, não havia outra saída, Estevão estava, afinal de contas, morto, e seguramente ficaria feliz pelo livro ser publicado. Quanto ao tanto que elas haviam interferido no texto, isso seria um segredo das duas, guardado para sempre, por elas, entre elas. De qualquer modo, elas haviam superado aquela disputa entre mais lirismo, como defendia Simone, e mais ação, como preferia Juliana. Com o tempo, perceberam que o livro precisava combinar os dois elementos da maneira mais equilibrada possível, que nada mais era, afinal, do que o que Estevão vinha tentando fazer há anos.

Simone e Juliana já vinham trabalhando, além das terças e quintas, em algumas quartas-feiras também. E em todos os sábados. Mas não estava ficando barato, especialmente para Juliana. Esse ritmo acelerado estava criando uma série de problemas para ela. A mãe estava ficando sem paciência. Stefano, carente, andava mais chorão do que o habitual e voltara – de novo! – a fazer xixi na cama. Mais recentemente, o agora oficialmente namorado, o editor poeta, dera para reclamar também. E Juan, de volta ao Aldeia, exigia mais presença por parte de Juliana, como se tudo o que ela tivesse feito, enquanto ele se afastara, não contasse nada. Juliana andava à beira de um ataque de nervos diante dessas demandas todas, mas tinha claro que o trabalho com Simone estava quase no fim, que não dava para desistir agora. Do lado de Simone a pressão era um pouco menor, porque, exceto pelo trabalho na Long Play, não havia muito mais. Mas, ainda assim, a carga por lá também aumentara, e tampouco para ela estava fácil. Além disso, espremida pelo editor, Simone não teve saída, e acabou aceitando marcar uma reunião para entregar os originais, pessoalmente, no prazo de duas semanas.

A apenas uma semana da data de entrega de *Estevão*, elas precisaram encarar, além de tudo o que já vinham fazendo, também um domingo de trabalho. Um domingo, para as duas juntas, era a primeira vez. Juliana e Simone se reuniram logo depois do almoço, uma tarde linda, e, tendo apenas Jonas como companhia, ficaram as duas fazendo os ajustes no texto, ajustes que eram, pelo menos, os derradeiros. Sobrara pouca coisa. O que havia ainda para resolver? A ocasião em que Estevão prendeu José Bonifácio. O trecho estava confuso e precisava ser melhorado. Outra coisa: se foi de fato Estevão Ribeiro de Resende quem introduziu a numeração das casas nas ruas do Rio de Janeiro (e do Brasil), pois isso estava pouco documentado pela pesquisa original. O que elas fariam? Também havia dúvidas quanto a briga política entre Estevão e Felisberto Caldeira Brant, o Marquês de Barbacena, antigos amigos e aliados, quando Brant era embaixador do Brasil na Inglaterra, por causa de alguma operação financeira malsucedida em Londres, briga que teria custado a Estevão, na época, um ministério.

E quantos escravos havia na Fazenda das Coroas, em Valença? Em alguns trechos Estevão escreveu que eram seis mil, em outros, quatro mil. Elas nem mesmo conseguiram saber de onde Estevão tirou isso. Com qual número ficariam? Elas já haviam enxertado um texto em que o marquês se manifestava um pouco mais explicitamente contra a escravidão africana, principalmente por medo de que o que ocorreu no Haiti se repetisse no Brasil, um pouco por razões econômicas, pois ele estava convencido de que um trabalhador livre produzia mais do que um cativo, e muito menos, ou quase nada, na verdade, por razões morais. Estevão havia escrito um curto parágrafo a respeito, mas não indicara onde ele seria incluído, de modo que elas ampliaram um pouco o texto e escolheram o local de inserção. Simone e Juliana achavam que o livro deveria ter sido mais explícito neste ponto, afinal era paradoxal que alguém que defendesse o fim da escravidão vivesse do trabalho de alguns milhares de escravos em suas fazendas de café.

Além disso, outra questão que Estevão espalhara, diluindo, ao longo do livro, era sua hipótese de que um dos problemas crônicos e aparentemente insolúveis do Brasil, que era a extrema pobreza intelectual das elites dirigentes, vinha lá da origem, do fato de Portugal ter vedado em sua colônia a existência de escolas de verdade (o que os jesuítas faziam, até Pombal, era muito pouco), de universidades, de gráficas e livros. Assim, o Brasil independente nasceu analfabeto e, como analfabetos eram os dirigentes (com exceção de uns poucos, como o próprio Estevão Ribeiro de Resende), analfabeto ele ficaria, pelos tempos à frente. Simone e Juliana acabaram se decidindo por, sem retirar os pedaços espalhados, redigir um parágrafo a respeito do tema, que acabou dando algum destaque maior para uma questão que, afinal de contas, era muito importante para Estevão, tanto que ele falara disso com cada uma das duas mais de uma vez.

Finalmente: como é que haviam sido obtidas as extensas propriedades do marquês, em Valença? Em um trecho, Estevão escrevera que haviam sido compradas com parte do dinheiro que Estevão ganhara como dote pelo casamento com Ilídia Mafalda; em outro, que haviam sido doadas por D. Pedro em agradecimento aos serviços prestados durante a viagem a Minas Gerais em abril de 1822. Elas precisariam escolher uma das duas. Nada disso, porém, era muito complicado.

Mas o problema mais sério, para Simone e Juliana, estava no fechamento do livro. Estevão deixara quatro versões, e elas hesitaram muito sobre qual escolher. No fim, acabaram escolhendo esta, que nem era uma das mais recentes:

> A vida se esvai, ela vai, vai indo, ele sabia, ela escorria entre seus dedos. Estevão tossia, sentia-se fraco, já não podia falar. Meu Deus do Céu, me perdoe, me receba agora em vossos braços. Morrer. A qualquer momento, agora, a luz terrena se apagará para sempre. Seria perdoado? Veria novamente o pai? O pai tão querido, que abraçara pela última vez há tanto, tanto tempo, quando deixou a casa materna para estudar em Portugal? Meu pai, ó, senhor meu pai. Veria novamente a mãe? Os irmãos? E a avó, sempre por perto quando era criança? E a negra Anunciação, sua ama de leite, tão carinhosa? Não, não se sentia sozinho. Viveu. Fez o que precisou fazer, buscou o certo, o justo. Deus o julgaria. Percebia presenças ao lado, em volta da cama. Sussurros. Alguns em pé, outros sentados. O padre Virgílio, o dr. Joaquim Silvério, médico e amigo de tantos anos. O Imperador mandara saber notícias. Via com dificuldade, não falava, mas ainda conseguia ouvir um pouco e sentia o ambiente. Tide e Januária estavam agitadas, esbaforidas e visivelmente emocionadas. Boas negras que eram, corriam de um lado para o outro, obedecendo as instruções do dr. Joaquim, levavam e traziam água, compressas, velas, o cheiro de emplastros de raízes e folhas e todas essas coisas que fazem parte dessas ocasiões. Ilídia Mafalda estava ali, rezava e chorava baixinho, o terço nas mãos, abraçada às meninas Amélia e Francisca Leopoldina. O filho mais velho, Estevão, barão de Lorena, estava ali também. Chegara havia poucos dias da fazenda em Barra do Piraí, chamado com urgência. Amparavam-no quando tossia, tinha sede, davam-lhe água, mas como era custoso beber! Os meninotes, Pedro, Luiz, e Geraldo, não saíam dos pés da cama. Ain-

da não tinha começado o verão e como fazia calor na cidade de São Sebastião do Rio de Janeiro. Um vento que vem do mar, velho conhecido, passava pelas mangueiras do jardim, rente à casa, agitava as folhas, passava pelas treliças das janelas e refrescava um pouco. Estevão olhava para o alto, para as tábuas do forro e bateu uma tosse mais forte. Sinto que cuspirei as tripas, os miúdos, tudo, pela boca, sufoco, já não tenho forças sequer para respirar. Meu Deus, meu Pai, sede piedoso e aceitai em vossos braços, em vossa sagrada morada, agora, nesta hora, este vosso filho pecador. Já não estou mais em casa, mas em algum lugar que não sei qual é, onde é. O sol vai alto e as ruas são estreitas, são subidas e descidas sem fim, o calçamento é de pedra, irregular, pé-de-moleque, não há sombras. Faz muito calor, é difícil andar. Subo no cavalo, apeio, volto a montar, não sei o que faço. Meu Deus, meu Pai, não consigo respirar. Agora, meu Pai, entrevejo as folhas da mangueira junto à janela, elas balançam, parece, alternadas, como as teclas de um pianoforte, como se estivessem principiando a cair, aqui e ali, algumas gotas de chuva. E, ao longe, o céu, o campo, as pedras brilhando ao sol da Serra dos Cristais, as nuvens.

***

Lá pelas quatro da tarde as duas deram por encerrado o trabalho. Elas nem acreditavam que haviam terminado. Que loucura, nós conseguimos, disse Simone, espreguiçando-se para trás na cadeira. E não é que conseguimos mesmo?, respondeu Juliana. Elas imprimiram duas cópias, que cada uma mandaria encadernar, no dia seguinte, no respectivo local de trabalho. A ideia era que Simone e Juliana dessem uma lida final, separadamente, nas versões impressas, apontando as eventuais derradeiras correções. Dessa maneira, na terça-feira à noite, data da reunião final, elas poderiam finalmente gerar a versão definitiva, a que seria entregue à editora. Precisaria ser assim, não havia outro jeito, pois o encontro de Simone com o editor para a entrega dos originais de *Estevão* estava marcado para quarta-feira de manhã. Elas estavam exaustas, mas realizadas. *Estevão* estava pronto.

Por meses, Simone pensara que ficaria feliz quando terminasse *Estevão*. Que teria uma sensação de dever cumprido, que ficaria livre e teria mais tempo para si, que faria outras coisas. Mas não estava. Era uma sensação estranha, talvez de um novo luto, de sentir uma quase segunda morte de Estevão, uma morte definitiva, e de medo de encarar a própria vida, a solidão das sextas-feiras à noite. Quando Juliana se levantou, preparando-se para ir embora, Simone perguntou o que ela iria fazer naquele resto de domingo. Vou pegar o Stefano na casa de minha mãe, quer dizer, em casa, e iremos ao cinema. Tem um desenho animado novo que ele está há dias me pedindo para assistir e eu, sempre nessa correria maluca que tem sido a minha vida, tenho enrolado. E depois do cinema vamos comer uma pizza e tomar um sorvete, ou algo parecido, ele é quem vai decidir. Estou devendo a ele um programa assim. Acho que hoje vai ser uma boa oportunidade de começar a pagar minhas dívidas. Posso ir com vocês?, perguntou, então, Simone. Todo esse tempo em que temos trabalhado juntas, e dá para acreditar que ainda não conheci o Stefano?

***

Este livro foi composto com a tipologia
Minion Pro e impresso em papel
Pólen 70 g/m2.

Este livro foi impresso nas oficinas gráficas da Editora Vozes Ltda.,
Rua Frei Luís, 100 – Petrópolis, RJ.